KB260310

청
清明

청명절에 비 어지럽게 내리니
길 가는 나그네는 시름겨워지네
술집이 어디 있는가 물으니
목동이 멀리 살구꽃 핀 마을을 가리키네

淸明時節雨紛紛
路上行人欲斷魂
借問酒家何處有
牧童遙指杏花村

정검록 5
매은 新무협 판타지 소설

초판 1쇄 찍은 날 § 2006년 10월 10일
초판 1쇄 펴낸 날 § 2006년 10월 20일

지은이 § 매은
펴낸이 § 서경석

편집장 § 문혜영
편집책임 § 김규진
편집 § 최하나 · 문정흠

펴낸곳 § 도서출판 청어람
등록번호 § 제1081-1-89호
등록일자 § 1999. 5. 31
어람번호 § 제2-1026호

주소 § 경기도 부천시 원미구 심곡1동 350-1 남성B/D 3F (우) 420-011
전화 § 032-656-4452 팩스 § 032-656-4453
http://www.chungeoram.com
E-mail § eoram99@chollian.net

ⓒ 매은, 2006

ISBN 89-251-0345-1 04810
ISBN 89-251-0037-1 (세트)

정검록

情 劍 錄

Fantastic Oriental Heroes

매은 新무협 판타지 소설

5 완결

■ 그러나 함께라면

도서출판 청어람

목차

버릴 수 없는 마음

1

"으하하하하하핫!"

갑작스러운 퇴불의 등장과 그의 웅혼한 내력이 실린 웃음소리에 사람들은 평정을 잃고 놀라기만 했다. 모용현은 금설옥의 모습이 허상은 아닐까 생각했지만, 비무대 위로 뛰어오른 퇴불의 웃음소리를 듣고 나서야 비로소 실체임을 깨달았다. 모용현과 눈이 마주친 금설옥은 눈살을 찌푸리고 있어 무언가 크게 화가 난 것 같았다.

퇴불이 웃음을 그치고 모용강을 향해 말했다.

"운룡검! 여전히 신수가 훤하구려!"

모용강은 뜻밖의 상황에도 당황한 기색없이 자리에서 일어나 포권의 예를 취하며 대답했다.

"광승이야말로 예전과 다를 바 없소이다. 잘 지내셨소?"

모용강이 답하자, 그제야 집회에 모인 이들은 퇴불의 정체를 알아챘다. 강호 최강의 고수로 손꼽혔던 그이지만, 무림맹이 창설된 이후 모습을 드러내지 않아 단번에 그를 알아보는 이가 없었다. 정파연합의 수뇌진들 중에서도 그나마 왕민보와 남종이 처음부터 퇴불을 알아봤을 뿐이었다.

퇴불이 너털웃음을 터뜨리며 법장을 휘휘 내저었다.

"이 땡초가 어디 밥을 굶고야 다녔겠소? 그나저나 지난번에도 그러더니 오늘도 이렇게 재미있는 자리를 만들어놓고 나만 쏙 빼놓다니 정말 섭섭하군!"

지난번이라 함은 바로 천하제일인 모용천의 고희연을 말함이다. 모용강은 슬며시 웃으며 말했다.

"그때야 초대하고 싶은 마음은 굴뚝같았으나 광승의 행적이 묘연하니 초대장을 보낼 엄두조차 내질 못했소. 하여 직접 왕림해 주셨을 때는 참으로 감사하였소. 하나 지금 이 자리는 본 맹의 사람들끼리 조촐한 모임을 가지는 자리이니 광승께서는 피해주시는 것이 어떨까 싶소만? 계속 이 자리에 있고 싶다면 본 맹에 가입하는 방법을 추천하고 싶구려."

퇴불은 비무대 위에, 모용강은 그와 떨어진 곳에 임시로 설치된 특별석 위에 있어 그 사이가 십 장이 넘었다. 그러나 당금 무림에서 가장 강하다는 두 사람이 겉으로는 반가운 척 인사를 나누나 그 기세가 한 치의 양보도 없어 그 사이에 흐르는 험악한 기운을 모두가 느낄 수 있었다.

퇴불이 침을 탁 뱉고 법장을 치켜세우며 외쳤다.

"언제나 말 하나는 기가 막히는군! 어디, 이 땡초도 말로 설복시켜 보시지?"

퇴불의 말에 날이 서자 모용강의 대꾸도 만만치 않았다.

"상대가 사람이어야 사람 말로 설복시킬 수 있지 않소? 나는 쓸데없는 일에 시간을 낭비하고 싶지 않소! 총사령!"

모용강이 크게 외치자 담대진홍이 퇴불에게로 시선을 돌렸다. 왕민보들에게 포위당해 있었지만 처음부터 그들은 안중에도 없는 듯했다. 담대진홍과 눈이 마주치자 퇴불이 아는 체를 했다.

"아하, 그 기개 없던 놈 아냐? 아직도 부끄러운 줄 모르고 있군."

누가 무림맹의 총사령 담대진홍에게 그런 폭언을 할 수 있단 말인가? 담대진홍은 애써 화를 가라앉히고 평정을 찾았다. 담대진홍은 과거 퇴불에게 손도 못 쓰고 패배한 기억이 있어 감히 그를 경시할 수 없었다.

담대진홍은 당시에도 심명신장으로 명성이 높아 내심 무림에 몇 사람을 제외하면 자신이 당해내지 못할 자가 없다 자부하고 있었다. 그러나 적어도 동등하게 싸울 수 있을 것이라 생각했던 퇴불에게 치욕스러운 패배를 당하였으니 그가 받은 충격은 상당한 것이었다.

하나 긍지 높은 무인에게 패배란 한 단계 올라설 수 있는 계기가 되기도 한다. 퇴불에게 당한 패배는 담대진홍을 명실상부한 고수 중의 고수로 만들어 무림맹 절정고수들의 위에 선 총사령에 걸맞은 무위를 가져다준 것이다.

담대진홍은 당금 무림에서 모용강을 제외하고는 자신을 이길 자가 없다 자신하였지만, 눈앞의 퇴불에게는 그러한 잣대를 들이댈 수 없었다. 담대진홍은 마음을 굳게 먹고 진기를 끌어올렸다. 방금 전, 왕민보들을 상대할 때와는 기세가 전혀 달랐다.

'이런 자를 상대하려 했다니!'

두 사람 사이에 있던 현재가 담대진홍의 기운을 느끼고 속으로 부르 짖으며 자신도 모르게 뒤로 물러났다. 퇴불도 그를 느꼈는지 눈을 크게 뜨고 누런 이를 드러내며 외쳤다.

"이제 자신이 좀 생겼나?"

담대진홍은 대답하지 않고 굳은 얼굴로 퇴불에게서 눈을 떼지 않았다. 퇴불이 그를 보고 법장을 두드리니 비무대 바닥에 깔린 돌들이 과자처럼 부서졌다.

"좋아, 이 땡초가 어디 얼마나 나아졌나 시험해 보지!"

"뭐 하는 거예욧!"

퇴불이 한창 신을 내려 할 때에 비무대 아래 모여 있는 사람들 사이에서 누군가 소리를 빽 질렀다. 놀랍게도 퇴불이 그 소리를 듣고 얼굴을 찡그리며 움찔하더니 쓴맛을 다시며 말했다.

"쓰읍. 아쉽지만 더 놀았다간 무슨 경을 칠지 모르겠군!"

퇴불이 그리 말하고는 품속을 뒤지더니 솔방울 같은 구슬을 몇 개 꺼내 들었다. 그것을 본 담대진홍이 삽시간에 낯빛을 바꾸며 소리쳤다.

"그, 그건……!"

담대진홍은 놀란 입을 다물었다. 지금 퇴불이 꺼내 든 구슬의 모양과 크기, 색을 보건대 폭약으로 만든 병기 중에서도 그 위력이 으뜸이라는 화정단(火精丹)이 분명했다. 저 작은 구슬 하나면 수십 명의 목숨을 거두어들일 수 있다는 위험성이 황실에까지 알려져 십여 년 전 칙명에 의해 민간에서의 제조가 금지된 병기였다.

하긴 아무리 퇴불이라 해도 본신 무공만을 믿고 범의 아가리로 걸어 들어올 리 없었다. 법장 한 자루만 들고 홀연히 나타났을 때에는 반드시 그에 맞는 준비가 선행되었을 것이다.

하지만 담대진홍은 그 이름을 외칠 수 없었다. 지금 비무대 주위에는 수많은 군중들이 몰려 있어 자칫 혼란을 야기했다가는 큰 사고로 이어질 우려가 있기 때문이었다. 사실 군중들의 안위보다는 그 혼란으로 인해 병력의 활용이 원활하지 못함을 우려한 처사였다.

그러나 담대진홍의 심계가 무색하게도 비무대 아래에서 누군가 퇴불에게 일갈한 것과 같은 목소리로 크게 소리쳤다.

"화정단! 화정단이다! 퇴불이 화정단을 들었다!"

"화정단이라고!"

놀라움과 두려움이 엉켜 하나가 된 듯, 여러 사람의 목소리가 하나로 합쳐졌다. 퇴불이 화정단을 들고 있다는 소식이 여기 모인 이들에게 모두 전해진 것은 눈 깜짝할 사이였다.

"진짜냐!"

"피해! 목숨이 아깝다면 피해라!"

"으아악!"

비무대 주변에는 갑작스러운 퇴불의 등장에도 질서정연하던 군웅들은 간데없이, 지금은 오직 과거 도시 하나를 날려 보냈다는 사라졌던 병기에 대한 공포심에 우왕좌왕 갈피를 잡지 못하는 이들로 가득했다. 그들은 모두가 하나같이 고수였으나 피륙으로 이루어진 사람의 몸으로 감당치 못할 병기 앞에서 목숨을 부지하려 애쓰는 모습은 일반인과 다를 것이 없었다.

"크하하핫! 그래, 그래!"

퇴불은 무엇이 그리 재밌는지 웃음을 터뜨렸다. 담대진홍이 그를 보고 소리쳤다.

"퇴불! 준비한 것이 고작 화정단인가!"

퇴불이 고개를 저으며 대답했다.

"설마 이 땡초가 겨우 이런 것으로 중생을 구제하려 할까!"

말이 끝나기 무섭게 퇴불이 손에 든 구슬들을 하늘 높이 던졌다. 대여섯 개의 구슬은 절묘하게 각기 다른 방향으로 날아갔고, 그를 본 군중들은 너 나 할 것 없이 비명을 질렀다.

"으아아아악!"

귀를 찢을 듯한 폭음이 그를 집어삼켰다.

2

쿠아앙!

하늘이 무너지기라도 하듯 커다란 소리가 나며 희뿌연 연기가 무림맹 본영을 뒤덮었다. 퇴불이 서 있는 비무대 위도 온통 연기로 뒤덮여 한 치 앞도 보이지 않았다. 그러나 당연히 폭음에 이어져야 할 충격이 오지 않았다.

퇴불이 던진 화정단 중 하나는 바로 제자리에 떨어져 담대진홍마저 놀라 비무대를 내려왔는데, 폭발로 인한 충격은커녕 파편 하나 튀지 않는 것이다.

"속였구나!"

퇴불이 던진 것은 화정단이 아니라 평범한 연막탄이었던 것이다. 담대진홍이 대노하여 소리치자 연기 너머로 퇴불의 비웃음이 들려왔다.

“언제 내 입으로 이것이 화정단이라 했는가?”

“빌어먹을 중놈이!”

담대진홍이 이를 갈며 욕을 했지만 섣불리 비무대 위로 다시 올라갈
엄두가 나지 않았다. 더구나 비무대 아래에는 도망치고자 하는 사람들
로 인해 혼잡하기 이를 데 없었다.

수많은 사람들이 이 자리를 빠져나가고자 하나의 방향으로 이동하
니 제아무리 담대진홍이라도 그 흐름으로부터 쉽게 벗어날 수 없었던
것이다.

“윽!”

한 치 앞도 보이지 않는 안개 속, 모용현의 뒤에서 그를 감시하던 무
사가 짧은 비명을 내질렀다. 모용현이 그를 듣고 고개를 돌리니 허연
연기에 비친 하나의 그림자가 눈앞에 서 있었다. 매캐한 화약내로 가
득한 연기 속에서 가슴을 두드리는 향이 코끝을 스친다.

“움직이지 마.”

주문처럼 가는 목소리가 모용현을 옭아맸다.

서걱.

묶여 있던 밧줄이 끊기고 모용현의 사지는 자유를 되찾았다. 그러나
주문의 여력이 남아 있기라도 하듯 모용현은 여전히 움직이지 않고 있
었다. 연기를 뚫고 금설옥의 얼굴이 가까이 다가온 것이다.

입을 굳게 다문 모용현의 얼굴은 온통 상처투성이였다. 각기 다른
방향으로 난 상처들과 흙으로 더럽혀진 모용현의 얼굴을 보고 금설옥
은 자신도 모르게 손을 뻗었다.

“……”

금설옥의 흰 손이 모용현의 한쪽 뺨을 감싸 쥐었다. 모용현의 살갗이 일순 움츠러들었다가 손바닥의 온기에 동화된 듯 풀어졌다. 금설옥의 손바닥은 검을 든 자의 것이 으레 그렇듯 굳은살이 박혀 있었지만 지금 모용현에게는 갓 태어난 아기의 살결처럼 부드럽고, 따뜻했다.

금설옥은 모용현의 뺨을 감싼 채 엄지손가락으로 그의 눈 밑에 묻은 흙먼지를 닦아냈다. 모용현은 자신의 얼굴을 금설옥에게 맡기며 입을 열었다.

"여기는 무슨 일로 왔소?"

모용현의 음성은 단단히 굳어 있었지만 지금의 금설옥에겐 통하지 않았다. 금설옥은 자신보다 한 뼘은 위에 있는 모용현의 눈을 보며 대답했다.

"무슨 일이긴! 널 구하러 왔지!"

금설옥은 단호히 말하고는 모용현의 얼굴에서 손을 뗐다. 금설옥은 자신이 기절시킨 무사의 검을 주워 모용현에게 건네고 다시 말했다.

"길게 말할 여유가 없어. 일단 도망치자. 움직일 수 있지?"

금설옥에게 받은 검을 든 모용현은 이루 형언할 수 없는 감정에 사로잡혔다.

널 구하러 왔지!

망설임없이 딱 잘라 말하는 금설옥의 마음은 대체 무엇인가? 끝까지, 그가 남긴 한마디 말에 사로잡혀 이 사지(死地)로 나를 찾아온 것인가? 아니면…….

"왜, 힘들어? 자."

멍하니 서 있는 모용현에게 금설옥이 손을 내밀었다. 모용현은 순간, 아무것도 생각하지 말고 그 작은 손을 잡고 싶다는 충동에 휩싸였다. 무엇에 홀리기라도 한듯 모용현도 손을 내밀었다.

"……."

쉬익.

어디선가 청명한 한줄기 바람이 불어 장내를 가득 메웠던 연기가 잠시 흔들렸다. 모용현은 무의식적으로 내밀던 손을 멈추고 고개를 돌렸다. 한줄기 바람이 휘저어놓은 사이로 두 사람의 모습이 비쳤다. 연기 속에서도 한 점 흐트러짐 없는 모용강과 남영혜, 두 부부의 모습이 모용현의 하나뿐인 눈 속으로 파고들었다.

"……!"

그리고 그 위로 한 사내의 모습이 떠올랐다. 사내는 예의 간호한 얼굴로 모용현을 뚫어져라 바라보고 있었다. 그 시선은 여러 방향으로 해석할 수 있겠지만, 모용현에게는 하나의 의미뿐이었다.

모용현은 다시 금설옥을 보았다. 금설옥은 손을 내민 채 모용현이 자신의 손을 잡기를 기다리고 있었다. 그런 그녀는 희뿌연 연기 속에서도 환하게 빛나고 있었다. 모용현은 그대로 손을 뻗어 금설옥의 손을 잡고 싶었지만 그럴 수 없었다. 모용현은 금설옥에게로 향하던 오른손을 거두고 왼손에 들린 검을 바꿔 쥐었다. 그리고는 다시 고개를 돌렸다. 모용강과 남영혜의 모습은 다시금 연기 속으로 사라졌지만 고집스러운 사내의 환영만은 그 자리에 그대로였다.

지금도 이토록 흔들리는데 미덥지 못한 것이 당연해. 하지만… 당신에게서 눈을 돌리지 않겠다고 맹세했었지.

　모용현은 검을 들고 사내를 향해 몸을 튕겼다. 모용현의 신형은 잔상을 남기지 않고 사내를 지나쳐 연기 속으로 사라졌다.

　"뭐 하는 거야!"

　금설옥의 외침을 귓등으로 흘린 채 모용현은 진기를 끌어올렸다. 절초 무진으로 인해 한 점도 남기지 않고 소진되었던 내력은 어느새 원래대로 돌아와 있었다. 아니, 오히려 늘어나 있었다.

　"미안해요."

　추신인지, 아니면 금설옥인지? 정작 중얼거린 모용현도 누구를 향했는지 모를 사과가 입 안에 맴돌았다. 그와 함께 모용현의 전신에 푸른 기가 일렁이더니 쭉 뻗은 검극으로 내몰리듯 집중되었다.

　시위를 떠난 화살처럼 모용현의 신형은 하나의 빛이 되었다. 무엇도, 모용강을 향해 일직선으로 나아가는 모용현을 가로막는 것은 없었다. 그 기세에 눌렸는지 자욱한 연기마저 모용현의 몸에 채 닿기도 전에 몸을 비틀어가며 차례로 길을 텄다. 그 끝에 모용강이 있었다.

　"……!"

　내력이 집중된 모용현의 검극은 모용강의 가슴에 닿아 있었다. 조금만, 아주 조금만 더 나아간다면 그의 납으로 만들어졌다는 심장을 꿰뚫을 수 있으리라.

　모용현의 눈에 모용강과 남영혜가 들어왔다. 모용강은 놀란 얼굴로 두 눈을 부릅뜨고 모용현을 바라보았고, 남영혜는 입술을 살짝 벌린 채였다. 마치 시간이 멈추기라도 한듯 자욱한 연기와 함께 굳어버린 두 사람의 모습이 그림처럼 모용현에게 비쳐졌다.

　'……'

시간이 멈춰 버린 세계에서, 남영혜의 두 눈이 모용현의 한 눈으로 들어온다. 사태를 미처 파악하지 못했는지 모용현을 보고도 그녀의 큰 눈동자에는 선뜻 놀라는 기색이 떠올라 있지 않았다.

그래, 이대로 멈춰 있을 수는 없다. 모용강의 심장에 검을 꽂기 위해 남영혜의 시간은 다시 흘러야 한다.

콰앙!

멈춰 버린 시간은 굉음과 함께 흐름을 재개했다. 그것은 극심한 고통을 수반한 격렬한 움직임이었다.

"커헉!"

모용현은 비명을 지르며 몇 장을 나가떨어졌다. 날아가는 기세가 워낙 강하여 두어 번 팅긴 바닥이 깊게 파이지나 않았을까 걱정될 정도였다.

나가떨어진 모용현이 쓰러진 곳으로부터 모용현이 강한 타격을 입은 지점, 다시 말해 모용강의 지척까지는 마치 더러운 마룻바닥을 한 번 걸레로 밀고 나간 것처럼 환히 트여 있었다. 희뿌연 연기가 걷히기 시작한 모용강의 지척에는 흰 수염이 무성한 노인이 쌍장을 내민 채 서 있었다. 과거 정교의 장로였으며, 지금은 무림맹 사대사령 중 하나인 북사 풍경립이었다. 풍경립의 쌍장은 모용현을 멀리 날려 버리고도 모자라 퇴불이 터뜨린 연기마저 물리친 것이다.

"하마터면 직접 손을 쓰실 뻔했습니다."

풍경립은 쌍장을 거두고 모용강에게 말했다. 모용강은 희미한 미소를 지으며 대답했다.

"북사의 호아굉격장(虎牙淘擊掌)은 실로 오랜만에 보는구려. 내력이 한층 심후해졌소."

“어쩌자고 저자에게 거리를 허용하셨는지 모르겠지만 마냥 두고 볼 수만은 없어 부득이 손을 썼습니다. 용서하십시오.”

풍경립이 그렇게 말하며 고개를 숙였는데 따가운 눈총이 느껴졌다. 맹주가 나를 책망함인가? 풍경립이 그리 생각하며 고개를 드니 정작 모용강은 엷게 웃고만 있고, 그 옆에 선 남영혜의 시선이 날카로운 창처럼 자신을 찌르는 게 아닌가? 맹주 부부의 사이가 아무리 소원하다지만 남편의 목숨을 구하였는데 저런 험악한 눈으로 보다니, 풍경립은 의문을 감출 수 없었다. 그러나 남녀가 유별하고, 더구나 맹주의 부인과 쓸데없이 눈을 마주하고 있을 수는 없었다. 그런 풍경립의 마음을 알았는지 그의 장력에 흩어졌던 연기가 다시금 사람과 사람 사이로 슬그머니 모여들더니 어느새 서로의 모습을 그 안으로 숨기고야 말았다.

풍경립이 모용강이 있을 방향을 향해 말했다.

“제가 잡아들이겠습니다.”

모용강이 대답했다.

“북사가 직접 나설 필요가 있겠소? 오기의 단주들에게 맡겨도 될 듯하오만.”

“전체를 통솔하는 자가 없는 상황에서 한 가지 일을 맡긴다면 오합지졸이나 다름없을 겁니다. 저들이 공을 다툰다면 이 소란이 쉽게 진정되진 않을 것입니다.”

“그것도 나름대로 좋지 않소?”

“예?”

뜻밖의 말에 풍경립은 눈을 부릅떴다. 그러나 모용강의 모습은 연기에 가려 보이지 않았고, 그의 목소리만이 들려왔다.

“고르고 골라 오기의 단주가 되었다는 자들이라면 북사의 생각대로 움직이진 않을 것이오. 그리고 자질이라는 것은 실제 상황에 부딪혔을 때래야 비로소 드러나는 것이지.”

“하지만 퇴불은 어쩌실 겁니까?”

“그의 목적은 오직 한 사람의 구출이오.”

“한 사람……?”

모용강의 음성은 단호하고 확신에 차 있었다. 풍경립이 되묻듯 중얼거리자 모용강이 말을 이었다.

“그래, 퇴불이 원하는 것은 방금 북사의 손에 나가떨어진 그 암살자를 구하는 것뿐이오. 반면 내가 저들에게 바라는 것은 구파일방의 잔당들을 다시 잡아들이는 일이지. 물론 퇴불이라 해도 부상자를 데리고 도망치는 것이 쉽지는 않겠지만.”

“하오나! 이는 맹의 자존심이 걸린 문제입니다!”

풍경립이 소리치자 모용강은 조용히 말했다.

“북사는 퇴불을 상대할 자신이 있으신가?”

“홀로는 당해내지 못할지라도……!”

“어차피 그의 목적은 한 사람뿐이니, 그를 도망시킬 수 있다면 다른 이들은 어찌 되든 상관하지 않을 것이오. 위험한 것을 피해 간다 하여 누가 북사를 조롱하겠소?”

풍경립은 더 이상 말하지 않았다. 모용강의 뜻은 완강하여 그가 아무리 부딪혀도 움직이지 않으리라. 그러나 대체 왜, 모용강은 퇴불을 방관하라는 것인가? 아니, 퇴불이 구하고자 하는 암살자를 왜 이대로 놓아주려는 것인지 풍경립은 알 수 없었다.

“뭐 하는 거야!”

금설옥은 검을 들고 연기 속으로 사라지는 모용현을 향해 소리쳤다. 그러나 모용현의 신형은 어느새 사라져 보이지 않았다. 금설옥이 급히 그가 사라진 연기 속으로 뛰어들자 커다란 굉음이 났다.

콰앙!

그와 동시에 커다란 물체가 금설옥의 눈앞을 스쳐 지나가고, 곧이어 그 자리에 연기가 걷혔다. 금설옥은 눈앞을 스쳐 지나간 물체가 모용현임을 직감했다. 그를 깨달은 것은 그녀의 몸이 이미 모용현이 쓰러진 곳에 가 닿은 후였다.

“이봐, 괜찮아? 이봐!”

일순 걷혔던 연기가 다시 모용현의 모습을 집어삼켰다. 한 치 앞도 보이지 않는 연기 속에서 금설옥은 마치 보이는 것처럼 자연스럽게 모용현의 상체를 일으켰다.

“커헉!”

금설옥이 일으키자 모용현은 신음과 함께 검붉은 피를 토해냈다. 모용현이 토해낸 피는 고스란히 금설옥의 가슴팍을 적셨다.

‘윽, 이거 심각한데!’

가슴팍이 온통 검붉은 피로 엉망이 되었지만 금설옥은 그를 전혀 개의치 않았다. 다만 모용현이 입었을 내상이 걱정될 뿐이었다.

“이봐, 정신 차려!”

금설옥이 모용현의 뺨을 가볍게 두들겼지만 모용현은 깨어날 생각을 하지 않았다. 원래부터 하얀 얼굴이 이제는 시퍼렇게 보일 정도였으니 모용현이 입은 내상이 꽤나 무거워 보였다.

"아휴, 이걸 어째!"

금설옥은 발을 동동 구르며 모용현을 업었다. 연기에 묻혀 보이지 않지만 가까운 곳에서 담대진홍 못지않은 고수가 셋 정도 느껴졌다. 그중 하나는 사부인 퇴불과 비슷할 정도였다. 말할 것도 없이 모용강이다.

금설옥은 언젠가 이런 비슷한 상황이 있었음을 떠올렸다. 작았던 모용현은 바위처럼 무거웠는데, 지금 금설옥보다 한 뼘이나 큰 모용현은 오히려 가볍다. 지금의 자신에게는 칠 년 전에는 없었던 모용현을 구할 힘이 있는 것이다.

'지금이야말로!'

아직도 주위는 뿌연 연기에 점령당했지만 조금 전과는 확실히 다르다. 퇴불이 터뜨린 연막탄의 효능이 다할 때가 된 것이다. 그러나 사람들은 아직도 다 빠져나가지 못했는지 장내는 소란스럽기만 했다.

"사부, 뒤를 부탁해요!"

금설옥이 또박또박 내공을 실어 말했다. 무슨 수법을 썼는지 연기 속에서 금설옥의 목소리는 방향을 가늠할 수 없이 울려 퍼졌다.

"이런 치졸한 수를!"

무림맹의 사람인 듯 화를 내는 소리가 들려왔다. 곧이어 그녀의 말에 답하는 퇴불의 목소리가 들려왔다.

"오냐! 잘 챙겼느냐?"

퇴불의 목소리는 금설옥과 달리 자신의 위치를 명확히 알려 줬다. 그러나 그렇다 하여 감히 누가 퇴불에게 달려들 것인가? 금설옥이 다시 같은 수법을 써 대답했다.

"걱정하지 마세요! 그날 뵈어요!"

금설옥은 더 이상 대답을 기다리지 않았다. 그녀의 가는 목에는 모용현의 두 팔이 둘러져 있었다. 제대로 업히지도 않은 애매한 자세였지만 금설옥에게는 그것만으로 충분했다. 금설옥은 왼손으로 가슴팍에서 교차하는 모용현의 두 팔을 잡고, 오른손으로는 검을 힘주어 들었다.

"......."

다시금 그 존재를 인식한 순간, 금설옥은 검의 원 주인에게 무사 귀환을 빌고 싶어졌다. 하나 죽은 자에게 무슨 염치로 달리 부탁을 할까! 금설옥은 마음을 고쳐먹고 검을 고쳐 쥐었다. 이제는 스스로의 힘으로 빠져나갈 때다.

"여기다!"

옅어지는 연기 속에 비친 금설옥의 그림자를 보고 다가온 무림맹의 무사가 소리쳤다. 그와 동시에 금설옥의 손이 번쩍였다.

"크아악!"

소리친 무사의 가슴이 길게 찢기고 핏발이 솟구쳤다. 피에 젖어 씻겨 내리는 연기를 뒤로하고 금설옥의 모습은 사라졌다.

"맹원들은 모두 제자리를 지키시오! 다시 한 번 알리오! 맹원들은 혼란을 가중시키지 말고 모두 제자리를 지키시오!"

내공을 실은 목소리가 장내를 뒤흔들었다. 우왕좌왕하던 무림맹 본영의 무사들은 그 목소리를 듣고 정신을 차렸지만 사태는 아직 호전의 기미를 보여주지 않고 있었다. 장내의 사람들은 이미 퇴불이 터뜨린 것이 단순한 연막탄임을 알았지만 쓸데없는 일에 휘말려 손해를 보고 싶은 마음은 추호도 없었다. 무림맹주 모용강이 직접 주최한 집회에 참석한 이들은 모두 내로라하는 고수였지만, 연기가 자욱한 가운데 퇴불과 맞닥뜨리고 싶은 이는 아무도 없었던 것이다.

목소리를 높인 것은 바로 청기단주 팽영국이었다. 하나 그의 명령은 무림맹 본영의 무사들에게만 통용되었지, 집회에 참석한 각 지부의 사람들에게는 씨알도 먹히지 않을 이야기였다. 사실 똑같은 이야기를 모용강, 아니, 상공 사왕 손망후나 북사 풍경림이 했더라면 모두 군말없이 따랐으리라. 팽영국은 속으로 그리 생각하며 침묵하는 상급자들을 원망했다.

"본영의 무사들은 자신이 맡은 각 출구를 철저히 지켜라! 누구도 빠져나가지 못하게 해라!"

팽영국은 다시 한 번 목소리를 높였다.

"출구를 맡은 무사들에게 손대는 이는 지위의 고하를 막론하고 추후 엄중 처벌하겠소! 청기단주의 이름을 걸고 반드시 찾아내 대가를 치르게 할 것이니 모두 멈추시오!"

팽영국의 으름장이 효과가 있었는지 장내의 혼란이 줄어들었다. 그러나 자욱한 연기와 제한된 시야가 사람들에게 주는 불안감은 줄어들지 않았다. 팽영국도 그를 잘 알고 있었기에 부관을 다그쳤다.

"물! 물은 아직인가?"

대체 어떤 제조 과정을 거쳤는지 연기는 좀처럼 진정되지 않았다. 처음보다는 옅어졌지만 팽영국의 급한 마음에는 한없이 모자랐다. 결국 궁여지책으로 생각해 낸 것이 물을 뿌리는 것인데, 물을 가져오라 시킨 자기단이 돌아오지 않고 있었다. 물론 그것은 팽영국의 마음으로,

자기단이 물을 가지러 간 지 극히 짧은 시간이 지났을 뿐이다.

"적, 백, 흑기단은 뭘 하고 있는 거지!"

청기단을 이리저리 움직여 혼란스러워하는 맹원들을 통제하며 팽영국은 분통을 터뜨렸다. 그는 오기의 단주들 중에서도 가장 연상으로, 내심 스스로를 오기의 첫째로 생각하고 있었다. 언제고 위급한 상황이 닥치면 자신이 다른 단주들을 통제하여 극복해 내리라 마음먹고 있었는데, 막상 실제로 그러한 일이 닥치니 저마다 멋대로 행동하는 바람에 자신의 뜻대로 되는 일이 없었다. 그나마 자기단주 팽영옥에게 물을 가져오라 시킬 수 있었던 것은 친형제 간이기 때문이었다.

"으헉!"

그렇지 않아도 혼란스러운 와중에 비명 소리가 들렸다. 그것도 각 출구마다 제각각!

"퇴불이다!"

"정파연합의 잔당이다!"

그리 소리치면서도 출구를 막는 본영의 무사가 쓰러진 곳으로 다시 사람들의 물길이 빠져나가기 시작했다. 세 군데의 출구로 빠져나가는 사람들은 최소 백여 명은 될 것 같다. 혼란을 틈타 도망치려는 자들은 열 명도 채 안 되는데 이게 무슨 추태인가!

"적, 백, 흑기단은 무얼 하는 거야! 각자 출구를 하나씩 맡아 지켜야 할 것 아니야!"

"담을 넘어갈 수도 있지!"

때마침 돌아온 팽영옥이 심드렁히 대답했다. 그의 말마따나 담은 기껏해야 일 장에 불과해 넘어가지 못할 이유가 없다. 그러나 지금 같은 상황에서 팽영국에게 그런 소리가 곧이곧대로 들릴 리가 없다.

"넌 어딜 갔다가 이제 오는 거냐!"

팽영국이 화를 내니 팽영옥이 오히려 더 성을 냈다.

"아니, 왜 내게 화를 내는 거요! 형님이 말한 대로 물을 가져왔는데, 뭐 잘못한 거라도 있소?"

"일을 시켰으면 빨리빨리 해야 할 것 아니냐!"

"아니, 한 번 해주니까 이제 내가 부하로 보이나? 형님과 나는 동기간이지만 그 이전에 엄연히 동등한 오기의 단주라고! 그리고 언제부터 형님이 내게 큰소리를 냈소?"

사실 팽영국은 무림맹 이전, 세가에 살 때만 하더라도 동생을 중히 여기는 아버지와 가문 어른들의 등쌀에 눌려 기를 펴고 산 기억이 없었다. 무공에 자질이 뛰어났던 팽영옥에 비해 평범한 편이었던 팽영국은 아버지의 여린 성정을 이어받아 쭉 동생인 팽영옥의 눈치를 보며 살았던 것이다. 하지만 무림맹이 세워지고 오기의 단주로 선출되어 낙양으로 오면서 팽영국의 심성도 서서히 변화하기 시작했다. 사실 그의 자질이 미련한 것도 아니었고, 성실함마저 갖추었으니 청기간주로서 맡은 임무 중 실패한 것이 없었다. 하여 맹 내에서의 평가도 다른 단주들에 비하여 높은 편이었으니, 스스로에게 자신을 가지게 된 것은 당연한 일이었다.

하나 지금 돌발적인 상황에 부딪히자 자신의 마음대로 되는 것이 없었다. 거기에 자신의 말을 고분고분 들어야 할 동생이 예전처럼 눈을 부라리고 덤벼드니 팽영국은 자신도 모르게 예전의 나약하고 자신없던 모습으로 돌아가고 말았다.

"아니, 너는… 얼른 물이나 뿌리거라!"

"에잉!"

팽영옥은 그럴 줄 알았다는 얼굴로 혀를 찼다. 이미 자기단원들은 가져온 물을 뿌리고 있었다. 그 영향인지, 아니면 연기의 효과가 다했는지 장내의 연기는 서서히 걷혀갔다.

연기가 걷힌 집회장은 엉망이 되어 있었다. 집회에 참석했던 각 지부 맹원들 중 팽영국의 통제에 따라 장내에 남아 있던 이는 절반도 채 되지 않았다. 나머지는 전부 혼란을 틈타 도망쳤으리라. 물론 정파연합의 수뇌진들과 암살자, 퇴불도 함께!

"이런 젠장! 다 같이 힘을 합쳐 놈들을 잡지는 못할망정 도주를 방치하다니!"

팽영국은 끝내 분통을 터뜨렸다. 그에게 팽영옥이 다가와 말했다.

"형님, 그보다는 다른 놈들이 어디 갔는지를 생각하시는 게 낫겠소."

"뭐야?"

"적, 백, 흑기 세 놈들이 어딜 갔겠느냔 말이오."

팽영국이 보니 과연 팽영옥의 말대로 적, 백, 흑기단의 모습이 보이지 않았다. 기존의 사기에서 인원을 갹출하여 백기단을 구성했다 하더라도 이들 삼기의 인원은 백 명에 육박한다. 이들이 한꺼번에 어디로 갔단 말인가?

"장내에서 해결할 생각을 못하고 도주한 자들을 쫓아갈 생각이나 하다니, 이놈들……."

팽영옥이 힐끗 보니 형인 팽영국은 삼기의 약삭빠른 행동에 화가 잔뜩 난 모양이었다. 하나 이것은 팽영국이 화낼 일이 아니다. 어차피 연기가 자욱한 곳에서의 진압보다는 도망친 자들을 재빨리 뒤쫓는 편이

나름 효율적이리라. 장내에서 해결하려 했던 것은 어디까지나 팽영국 혼자만의 생각이었으니까. 더구나 무림맹의 수뇌진들이 손을 놓다시피 한 상황에서 일개 단주가 무엇을 할 수 있단 말인가?

'제갈가의 녀석까지도 적극적으로 나설 줄이야. 한 번 크게 데이더니 행동이 빨라졌군.'

팽영옥은 분을 속으로 삭혀내는 팽영국을 보곤 다시 고개를 돌려 맹주를 보았다. 모용강은 무슨 생각에서인지 팔짱을 끼고 눈을 감고 있었고 담대진홍과 손망후, 풍경립 세 사람은 모용강에게서 무슨 지시를 받았는지 가만히 서서 서로의 눈치만 보고 있었다.

'저들 중 누구 하나라도 나섰다면 이 정도의 사태는 금방 진정시킬 수 있었을 텐데. 대체 무슨 생각으로 가만히들 있는 거야?'

4

고도(古都) 낙양은 그 위에 얹힌 시간만큼 수많은 사연을 간직하고 있다. 과거로부터 이어져 내려온 건물과 거리, 심지어는 소소한 담벼락에도 역사가 새겨져 있는 곳이 바로 이 낙양이라는 도시였다. 한나라의 도읍이었던 만큼 권세를 향한 정쟁(政爭)이 흩뿌린 피비린내는 볕도 잘 들지 않는 뒷골목까지 뻗어 아무리 오랜 시간이 흘러도 지워지지 않는 듯했다.

터엉!

지금 둔탁한 소리를 내며 청강검이 담벼락에 또 하나의 상처를 새긴

다. 골목의 담벼락에는 언제, 어떤 경위로 생겼는지 모를 상처들이 가득했다. 지금 막 생긴 이 상처도 오랜 시간이 지나면 사람들의 눈에 하나의 역사로 보일지도 모를 일이다.

'역사는 쥐뿔!'

스스로의 생각을 강하게 부정하며 금설옥은 몸을 돌렸다. 등 뒤에 짊어진 모용현의 몸이 그녀를 따라 돌고, 그들이 있던 자리에 두 자루의 검이 동시에 떨어졌다.

"타앗!"

금설옥은 검을 피하는 동시에 검을 뿌렸다. 그녀의 강맹한 검로가 그리는 붉은 선은 한 사람을 지나 다음 사람에게로까지 이어졌고, 금설옥이 있던 자리에 내려쳐진 두 자루의 검은 주인을 잃고 바닥에 떨어졌다.

"저기다!"

한숨을 돌릴 틈도 주지 않고 골목 모퉁이에서 검을 든 세 사내가 모습을 드러냈다. 그들은 금설옥의 검에 쓰러진 자들과 마찬가지로 붉은 옷을 입고 있었다. 바로 무림맹의 적기단원들이었다.

"쳇!"

금설옥이 혀를 차고 반대편으로 고개를 돌리니 반대편 모퉁이에서도 붉은 옷을 입은 자들이 모습을 드러냈다.

"서두르지 마라! 어차피 독 안에 든 쥐다!"

살기를 짙게 풍기며 좁은 골목 앞뒤로 적기단원들이 금설옥을 압박해 들어왔다. 금설옥은 지체없이 발밑에 쓰러진 시체를 걷어찼다.

"흡!"

금설옥의 뒤로부터 서서히 거리를 좁혀가고 있던 적기단원들은 놀라면서도 감히 동료였던 자를 쳐내거나 피하지 못하고 받아냈다. 금설옥은 다시 한 번 남은 시체를 뒤로 차 날리는 동시에 앞으로 뛰어나갔다.

순간적인 기지로 만들어낸 틈을 놓칠 수는 없다. 금설옥은 진기를 잔뜩 끌어올리고 왼손으로는 자신의 목에 걸쳐 놓은 모용현의 두 팔을 꼭 쥐며 세 사람의 적기단원에게로 달려갔다.

"하앗!"

뜻밖의 상황에도 불구하고 적기단의 움직임에는 흐트러짐이 없었다. 선두에 선 자의 검은 일직선으로 금설옥의 목을 향하그, 그 뒤에 선 두 사람의 검은 각기 다른 방향으로 반원을 그리며 금설옥의 양 옆구리를 향하였다.

카앙!

금설옥의 검이 정면으로 향해 오는 검과 부딪쳤다. 금설옥의 목을 향해 일직선으로 향하던 적기단원의 검로가 순간 비틀리며 금설옥의 오른쪽 귓등을 스쳐 지나갔다.

'아차!'

예리한 기운이 눈가를 스치는 순간 금설옥은 등 뒤에 업힌 모용현을 생각하고 가슴이 철렁 내려앉았다. 모용현의 고개가 어디로 숙여져 있는지 미처 생각하지 못했던 것이다. 오른쪽인지 왼쪽인지, 마음이 급해서일까 어깨로 느껴지질 않았다. 그러나 사유와 행동은 각기 다른 시간의 영역에 속해 있으니 제아무리 금설옥이라도 되돌릴 수 없다. 다만 모용현의 고개가 반대편으로 숙여 있기를 바랄 뿐.

쉬익!

다행스럽게도 금설옥의 오른쪽 귓등을 스쳐 지나간 검은 부드럽게 쭉 나아갔다. 그제야 금설옥은 어깨로 느껴지지 않았다면 모용현의 고개가 뒤로 젖혀져 있으리라 깨달았다.

'그걸 생각 못하다니!'

금설옥은 선두의 적기단원을 교묘히 지나치는 동시에 진각을 밟으며 모용현의 몸으로 지나친 적기단원의 등을 가격했다. 이는 격산타우(隔山打牛)라는, 금설옥의 친 것은 모용현의 몸이되 그 타격은 고스란히 적기단원에게로 전해지는 고도의 내가수법이었다.

"커헉!"

등을 가격당한 적기단원은 비명을 지르며 앞으로 나뒹굴었고, 금설옥의 옆구리를 향하던 두 검은 각기 허공을 갈랐다. 금설옥의 신형은 어느새 두 사람마저 지나쳐 있었던 것이다.

샤악!

날카로운 소리를 내며 금설옥의 검이 빛을 발하고 두 사람의 적기단원은 그 자리에서 쓰러졌다.

"저, 저……."

한편 날아온 동료의 시신을 받은 채 금설옥의 무위를 지켜본 적기단원들은 말을 잇지도 못할 만큼 큰 충격을 받은 듯했다. 격이 다른 무위에 이미 전의를 상실한 것 같았지만, 어설프게 살려 보냈다가는 동료들을 불러들일 공산이 크다. 금설옥은 마음을 독하게 먹고 뒷걸음치는 두 사람을 베었다. 좁은 골목은 곧 일곱 구의 시체가 흘린 혈향으로 가득했다.

"후우."

금설옥은 검을 든 채 소매를 들어 흐르는 땀을 닦았다. 일곱 명의 적기단원들을 쓰러뜨린 과정은 얼핏 손쉬워 보였으나 금설옥 본인이 받는 부담은 그 이상이었다. 쫓기는 입장이라는 조급함과 들쳐 업은 모용현에게로 분산된 신경을 감안하면, 지금 금설옥이 보여준 무위를 따를 수 있는 자가 당금 무림에 열 사람이나 있을지 의심스러울 정도였다.

금설옥은 모용현을 업고 골목의 모퉁이를 돌았다. 낙양의 뒷골목은 오랜 역사를 지닌 만큼 그 길의 복잡함이 다른 도시와 비할 바가 아니었다. 일 장을 가볍게 상회하는 담장은 좌우로만이 아니라 앞뒤로 길게 뻗어 증축을 거듭하며 기존의 길이 허물어지고 또 덧붙여지기를 반복한 결과, 지금은 가히 미로라 해도 틀린 말이 아닐 정도가 되어 있었다.

휘이잉.

골목 어귀로부터 차가운 바람이 강하게 불어왔다. 시월의 바람은 차고, 낮은 짧다. 그 짧은 해조차 받지 못했던 골목 안의 공기는 이상하리만치 차가웠다.

금설옥은 적당한 자리를 골라 모용현을 내려놓았다. 담벼락에 등을 기대고 앉혀 보니 아직까지 정신을 차리지 못한 듯 말이 없었다. 금설옥은 손을 뻗어 얼굴을 덮은 앞머리를 쓸어 넘겼다.

모용현의 머리칼은 잔뜩 헝클어져 있어 금설옥의 손길이 원활하지 않았다. 금설옥은 모용현이 깰까 조심스레 힘을 주어 그의 긴 앞머리를 넘겼다. 그러자 상처 위에 덧대어진 딱지들과 흙먼지로 더러워진, 그러나 어렸을 때의 모습 그대로를 간직한 아름다운 얼굴이 드러났다.

긴 속눈썹과 날카로운 콧날, 길지도 짧지도 않은 인중에 맞닿아 있는 붉은 입술은 완벽한 조화를 이루고 있다. 그러나 모용현의 얼굴에는 완벽한 아름다움보다 이제 갓 스물을 넘어 아직 소년과 청년의 경계에서 헤매고 있는 위태로움이 더욱 두드러져 보였다.

"……."

금설옥은 다시 조심스럽게 손을 움직여 모용현의 얼굴에 들러붙은 흙을 털어냈다.

"으음……."

모용현이 신음 소리를 내며 몸을 뒤척였다. 금설옥은 황급히 손을 떼고 모용현을 내려다봤다.

"……."

그러나 모용현은 한 번 고개를 반대 방향으로 돌린 채 여전히 정신을 차리지 못했다. 금설옥은 손을 늘어뜨리고 한숨을 쉬며 중얼거렸다.

"찾아 헤맬 때는 보이지 않고, 쫓을 때는 잡히지 않더니……."

사실 퇴불까지 동원해 가며 무림맹 본영에 쳐들어간 것은 왕민보와 남종들을 구하기 위함이었다. 그런데 그곳에 모용현도 함께 있을 줄이야. 꿈에도 생각지 못한 일이다. 너를 구하러 왔다는 것은 허세를 좀 부려본 것에 지나지 않았다. 물론 그 순간에는 그것이 진실이었던 것처럼 느껴졌다.

시월의 짧은 해가 저물어 가는 시간이 아니라도 이토록 깊숙한 골목에는 지나다니는 이가 없다. 그러나 금설옥은 누구라도 들을까, 평소 그녀답지 않게 작은 목소리로 중얼거렸다.

"그래, 그렇잖아도 해줄 말이 있었어."

금설옥은 그렇게 말하며 모용현의 얼굴을 바라보았다. 지금의 모용현은 금설옥보다 키도 크고 무공도 높다. 이제는 금설옥이 힘없는 소녀가 아닌 것처럼 모용현 역시 더 이상 소년일 수 없었다. 소년은 이제 청년이 되었고, 무림에 손꼽힐 고수가 되었다. 하지만……

"…그럼 지금 하시오."

"깜짝이야!"

아직 깨어나지 않은 줄 알았던 모용현이 한쪽 눈을 가늘게 뜨고 말했다. 그 목소리는 매우 미약했지만 무방비 상태로 모용현의 얼굴을 보며 중얼거리던 금설옥에게는 천둥소리처럼 크게 들렸다. 금설옥은 크게 놀라 소리치고는 이내 화를 냈다.

"언제부터 깨어 있었어? 깼으면 깼다고 얘길 해야지!"

모용현은 힘겹게 팔을 들어 목 뒤를 주무르며 대답했다.

"격산타우의 수법은 훌륭했는데, 내력이 통과한다고 몸과 곰이 부딪치는 타격까지 없을 줄 알았소?"

모용현은 금설옥이 그를 매개로 적기단원을 처리할 때 깨어났던 것이다. 금설옥이 더욱 화를 내며 말했다.

"그러면 바로 깨어났다고 얘길 했어야지! 널 업고 뛰느라 얼마나 힘들었는지 알아?"

"…그 충격으로 잠깐 정신이 들었던 것뿐이오."

"음……. 어쨌든!"

금설옥은 얼굴을 붉히며 더욱 화를 냈다. 그러나 이미 그 모습은 화를 가장하여 당황한 모습을 감추려는 기색이 역력했다. 저 당당하다 못해 뻔뻔한—그야말로 퇴불의 전인다운—금설옥이 당황하다니? 슬며시 웃음이 나왔다.

"후…… 크윽!"

아픔은 웃음 뒤에 숨어 있었나 보다. 옆구리에서 시작해 전신으로 퍼지는 통증에 모용현은 웃음을 그치고 신음 소리를 냈다. 모용현이 오른손으로 왼쪽 옆구리를 더듬자 갈빗대가 몇 대 나간 것이 극심한 통증과 함께 손끝으로 느껴졌다.

"괜찮아?"

모용현이 신음하자 금설옥이 이내 정색을 하며 물었다. 모용현은 손을 내밀어 흔들며 말했다.

"내가 누구에게 맞았는지 보았소?"

금설옥이 고개를 흔들었다.

"아니, 그보다 어째서 멋대로 뛰쳐나갔던 거야?"

사실 물어볼 것도 없었다. 모용강과 함께 있던 이라면 남영혜와 사왕, 그리고 북사 풍경립 세 사람이고 그중 이렇게 위력적인 장법을 구사하는 이는 풍경립뿐이다. 이것이 그 이름 높은 호아굉격장의 위력인가? 모용현은 새삼 그를 실감하며 금설옥에게 물었다.

"여기는 안전한 곳이오?"

금설옥이 대답했다.

"곧 추격자들이 다시 올지도 몰라. 장담할 수 없어."

"잠깐만 호법을 서주시오."

모용현은 금설옥의 대답을 기다리지 않고 눈을 감았다. 풍경립의 일장은 과연 대단해 지금 당장 내상을 다스리지 않으면 큰 화를 면치 못할 것이 분명했다.

"야……"

금설옥의 목소리가 멀어지고 모용현의 자아는 자기 안으로 침잠해 들어갔다. 바닥 없는 늪으로 빠져드는 것처럼, 아니, 세상이 뒤집혀 하늘을 향해 추락하는 것처럼 끝없는 어둠 속으로.

'……'

그러나 어둠 속에서 기다리고 있던 것은 망아(忘我)의 공간이 아니다. 모용현의 바람과 달리 그곳은 사념(私念)이 층층이 쌓여 있는, 모용현 자신만이 존재하는 곳이었다.

5

[오랜만인걸?]

내상을 다스리려던 모용현에게 익숙한 목소리가 들려왔다. 모용현은 이제 그 목소리가 누구의 것인지 알고 있었다. 한없이 약하고, 또 어리석은 자신을 질책하는 또 하나의 나. 외면하고 싶었던 진실로부터 결코 눈을 돌리지 못하게 만드는 나 자신의 목소리였다.

[…….]

모용현은 대답하지 않았다. 아니, 스스로에게 무슨 대답을 한단 말인가? 모두 알고 있는 사실을 굳이 문답하는 것은 자기기만에 불과하다. 그러자 목소리가 다시 들려왔다.

[물론 네 생각이 맞아. 하지만 이게 과연 단순한 요식행위에 불과할까? 하나 물어보지. 그때 왜 '무진'을 쓰지 않았지?]

[…어머니까지 말려들게 할까 봐 그랬을 뿐이야.]

연기 속에서의 기습이 만약 무진이었다면, 모용현은 풍경립에게 방해받지 않고 모용강을 죽일 수 있었을지도 모른다. 하나 절초 무진의 위력은 실로 강대하고 모용강의 지척에는 남영혜가 있었다.

[후후. 잘도 말하는군.]

[뭐가 우습지?]

가소롭다는 투로 말하는 목소리에 모용현은 그것조차 자기 자신임을 알면서도 발끈 화를 냈다. 그러자 목소리가 대답했다.

[네 생각대로, 나나 너나 다 알고 있으면서 되도 않는 이야기를 하니 우스울 수밖에. 그렇지 않나? 그럼 다른 것을 물어볼까? 그때 너는 누구에게 미안하다 말한 거지?]

[……]

[네가 왜 무진을 쓰지 않았는지 내가 말해볼까? 그건 네가 그 순간 살기를 원했기 때문이야. 끝까지 그처럼, 죽음을 스스로 마다하지 않고자 했던 결심 따윈 까맣게 잊어버렸던 거지. 아니, 일부러 눈을 돌렸던 거야.]

[……]

맞다. 그것이 한 치의 거짓도 없는 진실이다. 그것이야말로 추하고, 또 추한 모용현이라는 자다. 그러나 나도 그러고 싶었던 것은 아니야. 나는 진심으로 그처럼 죽음을 향하고자 했어. 마지막의 마지막까지, 바로 내가 배신했던 그처럼 죽음을 향하고자 했어. 모용강을 죽이지는 못했지만, 내게 복수의 자격이 없는 이상 굳이 그에 집착할 필요는 없다고 생각했어. 그렇게 순순히 죽음을 받아들이고자 했는데…….

[그래. 그녀가 나타난 순간, 아니, 그녀를 다시 본 순간 살고자 하는 마음이 일었던 건 어쩔 수 없는 일이라 치자. 나―너라는 놈은 원래 그러니. 하지만 그렇다면 왜 그녀의 손을 잡지 않았지? 살고 싶다는, 살아서 그녀와 함께 있고 싶다는 너의 진심을 왜 거부한 거지?]

[…….]

[너는 너의 죄를 똑바로 본다지만, 내가 보기엔 영 글러먹었어. 대체 뭐야? 그처럼 죽음을 향하여 속죄하자는 길을 포기했다면, 스스로 원하는 길을 택해야 할 것 아냐? 그것이 설령 죽은 그를 다시 한 번 배신하는 길이라도, 이미 죄인인 자가 무엇을 두려워하는 거야?]

[그건…….]

[죽기도 싫고, 네 안의 그에게 다시금 죄인으로 서기도 싫다면 그건 그를 능멸하는 것밖에 안 돼.]

[그만, 그만 해.]

[이래서야 네가 이제껏 흘린 피가 무엇이 되는지 모르잖아. 네가 그렇게 사람들을 죽이고 다녔던 것은 단순히 속죄하고 있다고 스스로를 만족시키기 위함이었던 건가?]

목소리는 모르는 사이 무겁게 가라앉아 있었다. 그것은, 모용강의 그것과 같았다.

[결국 너는 마지막의 마지막까지 형편없는 놈이로구나.]

모용현은 더 이상 참지 못하고 어둠을 베어버렸다. 그러자 이제까지 들려왔던 목소리들이 어둠이 잘려 나간 틈새로 빠져나와 모용현을 향해 무너져 내렸다. 머리 위로 내리는 거대한 목소리들이 눈을 가득 메웠지만 모용현은 움직일 수 없었다. 어둠은 어느새 그의 두 발목을 단단히 잡고 있었다. 모용현은 무너지는 목소리의 모서리에 가슴을 강하게 맞고 피를 토했다.

"커헉!"

토해낸 피의 온기가 생생하다. 내상을 다스리기는커녕 심마(心魔)에

사로잡혀 더욱 악화시키다니? 어쩌면 이리도 어리석을 수 있단 말인가! 하나뿐인 눈을 뜨기도 전에 모용현은 스스로를 책망하며 소매를 들어 입가에 남아 흐르는 피를 닦았다.

"괜찮아?"

금설옥의 목소리가 다급했다. 뒤이어 날카로운 쇳소리가 모용현의 귀를 때렸다.

카앙! 캉!

모용현은 눈을 떴다 눈부심을 참지 못하고 바로 감아야 했다. 운기조식을 하려던 때는 저녁이었는데 지금은 사방이 밝았다. 설마 시간이 아침까지 흘렀단 말인가?

아니, 그럴 리는 없다. 모용현이 다시 눈을 뜨고 주위를 둘러보니 좁은 골목길 양쪽이 붉은 옷을 입은 사내들로 가로막혀 있었다. 그들 중 몇몇이 든 횃불이 금방 눈을 뜬 모용현에게는 강렬하게 느껴졌던 것이다.

"이제 깨어났어? 괜찮아진 거야? 또 피를 토했잖아!"

모용현의 눈에 뒤돌아보는 금설옥의 모습이 들어왔다. 금설옥의 가슴에는 검은 핏자국이 가득했다. 모용현은 자기도 모르게 급히 말했다.

"그 피……!"

그러자 금설옥이 대수롭지 않다는 듯 말했다.

"아, 이거? 그때 네가 나가떨어졌을 때 토해낸 피야. 이 옷, 어차피 버릴 거니까 신경 안 써도 돼."

저녁에는 보이지 않았던 것이, 두 사람을 포위한 사내들이 든 횃불 덕에 밤에야 비로소 보였던 것이다. 모용현은 너무나 태연히 웃는 금설옥의 얼굴을 보며 행여 그녀의 피인가 경솔히 생각했던 자신을 책망했다.

"…조심하시오."

모용현의 말과 동시에 금설옥이 몸을 돌리며 허리를 젖혔다. 꺾인 그녀의 몸을 가운데 두고 두 자루의 검이 허공을 갈랐다.

"하앗!"

금설옥의 검이 그녀를 따라 돌며 붉은 옷의 사내들—적기단원들—의 검을 휘감았다. 두 자루의 검이 금설옥의 검을 따라 돌고, 붉은 옷의 사내들도 그를 따라 돌았다. 그리고 두 자루의 검과 두 사람을 데리고 돌던 금설옥의 검에 아스라이 붉은 기가 맺혔다.

카앙!

비명 소리와 함께 금설옥의 검에 얽혀 돌던 두 자루의 검신이 산산조각으로 부서졌다. 동시에 두 적기단원들은 피를 토하며 나가떨어졌다.

"크허억!"

모용현이 다시 보니 금설옥의 앞에는 대여섯 명이 이미 쓰러져 있었다. 모용현이 생각해 보니 적기단원 중 백기단을 새로 구성하기 위해 차출된 자를 제외하면 삼십여 명이었으니 금설옥이 그중 절반을 홀로 쓰러뜨린 셈이다. 과연 골목 좌우를 막고 모용현과 금설옥을 포위한 적기단원들은 열다섯, 여섯 명 정도였다.

"내가 깨어나길 기다렸소?"

모용현이 말하자 금설옥이 대답했다.

"뭘 묻는 거야? 네가 호법을 서달라 했잖아."

금설옥이 대답하면서도 검을 든 손과 두 눈은 좌우의 적기단원들을 향해 있었다. 이미 금설옥의 무위를 수차례 확인한 듯, 적기단원들은 제자리를 지킨 채 섣불리 접근하지 못하고 있었다.

모용현은 이해할 수 없었다. 금설옥의 실력이라면 이 정도 포위망은 쉽게 뚫고, 아니, 그전에 포위당할 상황을 만들지 않았을 것이다.

"왜 나에게… 이렇게까지 할 의리가 있소?"

카앙!

다시 한 번 불꽃이 인다. 동료의 죽음에 흥분한 적기단원의 검을 받으며 금설옥이 돌아보지 않고 대답했다.

"의리? 그런 건… 나도 몰라!"

이를 악물며 금설옥은 검을 높이 쳐들었다. 그 반동을 이기지 못하고 정면의 적기단원이 검을 놓쳤다. 금설옥의 검은 그의 열린 가슴을 가차없이 갈랐다.

생각해 보면 모용현이 의문을 품는 것도 당연하다. 두 사람은 서로에 대해 잘 알지 못하고, 개인적으로 친분을 쌓은 것도 아니다. 실질적으로 만나 대화를 나눈 것도 손에 꼽을 정도로 적다.

하지만 금설옥은 도저히 모용현을 내버려 둘 수 없었다. 훌쩍 키가 컸고, 무공은 천하에 손꼽힐 고수가 되었지만 금설옥의 눈에는 아직도 칠 년 전과 다름없어 보이는 것이다. 바로 그날, 아버지라 알아왔던 자에게 자신의 치부를 낱낱이 파헤쳐진 그날처럼.

어째서일까. 자신을 배신한 소년을 맡겼던 그의 마음이 칠 년이 지난 지금까지도 그날 송림을 뒤덮었던 눈처럼 금설옥의 안에 녹지 않고 남아 있는 것일까? 아니, 그렇다면 모용현의 안위를 확인한 시점에서 그 마음은 녹았어야 했다. 적어도 그래야만 했다고 금설옥은 생각했다.

쓰러지는 적기단원을 바라보며 금설옥이 말했다.

"그럼 너는 무슨 의리로 나를 구했지?"

"……."

모용현은 대답하지 않았다. 금설옥은 접근하지 못하는 적기단원에게서 시선을 떼지 않은 채 모용현을 다그쳤다.

"쌍검자들과 싸운 후 혼절한 나를 구했었잖아! 그건 무슨 의리였던 거냐구! 단순히 내가 안면이 있는 사람이었기 때문이야? 아니면 내 스승님과 사자들의 죽음에 책임을 느끼고 있었기 때문이야? 그 빚을 갚은 거야?"

단정 사태와 사자들의 죽음은 일차적으로 추신의 책임이타 할 수 있지만, 진실을 은폐하고 그를 방조한 것은 어린 모용현이었다. 지금 그를 알고 있는 이는 모용강과 금설옥뿐이고, 당연히 그녀는 모용현을 미워할 수밖에 없다.

"……."

그를 알고 있는 모용현은 대답하지 못했다. 그것이 바로 그가 금설옥에게 다가갈 수 없는 이유 중 하나였으니까. 하지만 금설옥은 묘한 울림이 있는 음성으로 대답했다.

"그건 이제 신경 쓰지 않아도 돼. 난 더 이상 널 미워하지 않으니까. 하지만 지금 네가 한 말 말이야. 그거 정말 화난다."

6

　화가 난다니? 모용현은 자신이 한 말을 곱씹어봤지만 무엇이 금설옥을 화나게 했는지 알 수 없었다. 그러나 지금 금설옥은 분명 화가 나 있었다.

　"속은 어때?"

　금설옥이 화가 풀리지 않은 목소리로 물었다. 모용현은 자리에서 일어나며 말했다.

　"많이 좋아졌소. 덕분에."

　이는 물론 허세에 불과했다. 내상은 오히려 깊어져 담벼락에 의지해서야 겨우 두 다리로 설 수 있었다. 목소리에도 자연 힘이 들어 있지 않으니 금설옥도 바로 눈치 채고 쏘아붙였다.

　"피를 토하며 깨어난 사람이 퍽이나 좋아졌겠다. 너만 깨어나면 도망치려 했는데 이게 뭐야."

　"먼저 가……."

　샤악.

　금설옥의 검이 모용현의 말을 끊었다. 금설옥의 검은 정확히 모용현의 턱 끝에서 불과 한 치를 사이에 두고 멈춰 있었다. 그러나 여전히 금설옥은 뒤를 돌아보지 않았다.

　"정도껏 해라? 나 그렇게 인내심 많은 편 아니야."

　말은 그렇게 했으나 금설옥은 이미 화가 머리끝까지 올라 있었다. 하지만 모용현은 그를 무시하고 힘겹게 검을 뽑아 들며 말했다.

　"말을 바꾸면 좋겠소? 내가 퇴로를 확보하겠소."

　그러자 금설옥이 모용현의 턱 끝을 겨누었던 검을 거두고 고개를 돌렸다. 모용현은 금설옥이 더욱 화가 났으리라 생각했지만, 예상과 달리 돌아본 금설옥은 활짝 웃고 있었다.

"그렇게 안 봤는데 고집이 참 세구나."

모용현은 힘을 내어 검을 들었다. 금설옥은 그 모습을 보고 웃는 얼굴로 말을 이었다.

"그렇다면 어쩔 수 없지. 내가 생각을 바꾸는 수밖에."

퍽!

말이 끝나기 무섭게 금설옥의 정권이 모용현의 복부에 강하게 꽂혔다. 모용현의 손에 들고 있던 검이 바닥에 떨어지고, 모용현의 무릎이 굽혀졌다. 금설옥은 정신을 잃고 쓰러지는 모용현을 잡으며 중얼거렸다. 그 얼굴은 여전히 환하게 웃고 있었다.

" '같이' 가 아니라 데리고 가면 되지!"

금설옥도 모용현이 순순히 따라올 거라 생각지는 않았다. 여의치 않을 경우 혈도를 짚어서라도 짊어지고 가려 했는데, 화가 난 나머지 한 방에 실신시켜 버린 것이다. 평소라면 가까운 거리였다 해도 금설옥이 모용현에게 한 방 먹이기란 쉽지 않았으리라.

뜻밖의 전개에 접근하지 못하고 지켜보던 적기단원들이 응성거리기 시작했다. 그 틈을 뚫고 한 청년이 앞으로 나서며 외쳤다. 바로 적기단주, 송경로였다.

"다 잡아놓고 뭘 꾸물대고 있는 거냐!"

항상 강압적으로 단원들을 다루던 송경로였지만 지금은 이런 호통에도 힘이 실려 있지 않았다. 처음 모용현과 금설옥을 발견하고 남은 단원들을 집결시켜 포위했을 때 느꼈던, 남들에 앞서 움직였던 공을 세웠다는 우월감도 사라진 지 오래였다. 그 역시 금설옥의 두위에 질려 수하들을 독려해 봤자 소용없음을 느꼈던 것이다.

"젠장!"

뻔히 눈앞에 대어를 놓고도 어찌할 수 없으니 이보다 답답한 상황이 있을까? 좀 더 공간이 있으면 몰라도 좁은 골목에서 한번에 덤벼들 인원은 세 사람이 한계다. 새로이 구성된 백기단에 차출된 인원을 제하고 삼십여 단원 중 이미 금설옥의 검에 절반을 잃었으니, 더 이상 뚜렷한 대책 없이 덤벼들 수는 없었다. 금설옥을 죽이거나 제압하려면 사십 명이었던 원래의 적기단이 넓은 곳에서 한번에 달려들어야 겨우 가능할까? 지금의 열댓 명으로는 어림도 없을 것 같았다. 다른 도망자들을 쫓느라 전력이 분산된 지금, 사령 급 이상의 고수가 나서지 않는 한 금설옥을 잡기란 불가능할 것 같았다.

금설옥은 무릎을 굽혀 모용현을 왼 어깨에 걸치고 일어섰다. 제대로 업히지도 못하는 모용현을 목에 감은 두 팔만으로 고정한 채 움직였던 아까와는 비교할 수 없을 만큼 편했다. 스스로 생각해도 미련했는지, 금설옥이 스스로 머리를 살짝 쥐어박으며 중얼거렸다.

"그래, 진작 이럴걸. 으이구."

금설옥은 왼팔로 어깨에 걸친 모용현의 허리를 감아 고정시킨 후 머뭇거리는 송경로를 돌아봤다. 그 기세가 압도적이라 송경로가 감히 눈을 마주치지 못하고 고개를 돌렸다.

"흥."

순순히 길을 내주지야 않겠지만 전의를 상실한 자들을 상대로 더 이상 칼부림을 할 마음은 없었다.

'그라도 그랬겠지.'

금설옥은 추신을 생각했다. 하지만 금설옥이 본 추신의 모습이란, 적의를 가지고 달려든 이들에게 가차없이 검을 뿌리는 모습뿐이었으니 이는 억측(臆測)까지는 못 되더라도 충분히 곡해(曲解)라 할 수 있다.

그러나 그것으로 산 자가 힘을 얻을 수 있다면야 망자로서는 더 바랄
것이 없으리라.

휙.

모용현을 어깨에 짊어진 채 금설옥이 도약했다. 장정 한 사람의 무
게를 더했음에도 그 날램과 동작의 우아함은 여느 때와 마찬가지였다.
금설옥은 한 번 담벼락 중간 부분을 차고, 그 반동을 이용해 반대편 담
벼락 위로 가볍게 올라섰다.

"경치 좋다!"

금설옥은 자유로운 오른손을 눈썹 위에 대고 멀리 내다보는 시늉을
하며 말했다.

하늘에는 구름이 잔뜩 끼어 동쪽 하늘에 슬며시 뜬 달도 잘 보이지
않았다. 그렇게 어두운 밤에, 그것도 오래된 만큼 인간의 때가 오라지
게 묻어 있는 도시의 뒷골목 겨우 일 장 높이에 불과한 담벼락 위에 올
라 무슨 경치가 좋을까?

하지만 그러한 생각과 달리 금설옥의 눈에 비친 광경은 꽤나 볼 만
한 것이었다. 골목을 빙빙 돌 때에는 막연히 미로 같다 생각만 했으나
이렇게 위에 올라와 보니 정말 시야에 들어오는 낙양의 오래된 거리들
은 모두 미로 같았다. 게다가 밤이라 시야의 저편에서는 이 넓은 미로
가 탈출구도 없이 어둠에 녹아 있어 그 감상이 각별했다.

"오오!"

한편 그를 지켜본 적기단원들은 누구랄 것도 없이 탄성을 질렀다.
단순히 담벼락 위에 올라서는 것이라면 어려운 일이 아니지단, 장정을
어깨에 짊어진다는 조건이 붙으면 이야기가 달라진다.

"뭘 감탄하고 있는 거야! 썩 올라가서 잡아!"

송경로가 크게 소리쳤다.

"단주님, 하지만……!"

"저 꼴을 하고도 제대로 무공을 펼칠 수 있을 것 같나?"

송경로가 일축하자 남은 적기단원들이 체념하고 담벼락 위로 속속 올라섰다. 이래 죽으나 저래 죽으나 마찬가지라는 생각이 절반이고, 나머지 절반은 송경로의 말대로 아까보다는 어느 정도 승산이 있다는 생각이었다. 담벼락들도 모두 제멋대로라 기와가 얹혀 있는 벽이 있는가 하면 평평한 돌이 그대로 드러난 벽이 있다. 지금 금설옥이 서 있는 담벼락 위에는 기와가 얹혀 있지 않았지만, 한쪽 어깨에 장정을 짊어지고 서 있기에 유리한 것은 결코 아니었다. 하물며 그 상태에서 검을 휘두르기까지 해야 한다면 송경로의 말이 전혀 헛것은 아니라는 계산이 적기단원들의 머릿속을 훑고 지나갔다.

탁탁탁.

금설옥이 벽 위를 뛰기 시작했다. 그 모습이 송경로를 더욱 조급하게 만들었다.

"어서 올라가! 나머지는 아래에서 쫓아라!"

떠밀리듯 몇몇 적기단원들이 담벼락 위로 올라가고, 나머지는 송경로의 지시대로 금설옥이 올라선 담벼락을 따라 그녀의 뒤를 따르기 시작했다.

7

휘익!

금설옥의 몸이 그림자가 되어 달빛 흐린 밤하늘을 날았다. 그를 본 적기단원들은 누구랄 것 없이 그녀가 공중에 뜬 채로 잠시 시간이 멈춰 있다는 느낌을 받았으리라.

타악!

그러나 시간은 한시라도 멈추는 법이 없다. 모용현을 짊어진 금설옥은 두어 장을 날아 반대편 담벼락 위에 내려앉았다. 골목이 꺾어지는 대로 따라가지 않은 것이다.

"이런!"

아래에서 금설옥을 쫓던 적기단원들은 꺾어지는 벽에 부딪쳐 자연히 진로를 잃고 말았다. 금설옥과 마찬가지로 담벼락 위를 달리던 단원들은 차례로 금설옥을 따라 뛰었다.

"……!"

그런데 건너편 담벼락 위에 안착한 금설옥이 다시 달려나가지 않고 몸을 돌리는 것이 아닌가? 먼저 뛰어넘은 두 적기단원이 그 모습을 보고 당황했지만 이미 공중에 떠 있는 상태라 어찌할 도리가 없었다.

캉! 카캉!

금설옥의 검이 번뜩이고 쇠 불꽃이 나더니 두 사람이 담벼락 밑으로 떨어졌다. 검으로 막아 목숨은 건졌으되, 사람이 새가 아닌 이상에야 떨어질 수밖에 없는 것이다.

금설옥은 따라오는 두 사람을 떨치고 다시 몸을 돌려 또 한 번 건너편 담벼락으로 훌쩍 뛰었다. 어두운 밤, 제한된 시야에도 아랑곳하지 않고 좁은 담벼락 위에서 위로 이동하는 금설옥의 몸놀림은 얕은 개울가의 징검다리를 건너는 것처럼 여유로웠다.

"더는 못 간다!"

어떻게 따라왔는지 금설옥이 착지한 담벼락 앞뒤로 적기단원들이 서 있었다. 하나 내용과 달리 목소리에는 일말의 패기도 엿볼 수 없었으니 어둠에 묻혀 보이지 않아도 저들의 얼굴이 눈에 선했다. 단장의 독촉에 못 이겨 따라온 이들에게 전의가 있을 리 없었다.

"너희들도 참 고생이다."

금설옥이 나직이 중얼거리고 앞으로 뛰어갔다.

"오, 온다!"

두려움이 가득한 목소리가 금설옥의 앞에서 튀어나왔다.

'내가 무슨 귀신인가?'

금설옥은 눈살을 찌푸리며 검을 쳐올렸다. 얼결에 그를 막은 적기단원의 검이 쇳소리를 내며 하늘 높이 올라갔다. 검을 쥐고 있던 두 손도 따라서 만세를 부르듯 하늘로 치솟아 적기단원의 가슴이 금설옥의 앞에 훤히 드러났다.

"히익!"

죽음을 직감한 적기단원은 자신도 모르게 눈을 질끈 감으며 비명을 질렀다. 그러나 곧 뒤따르리라 믿었던 검격 대신 둔중한 통증이 적기단원의 옆구리를 통타했다.

쿵!

주인 모를 집의 안마당에 떨어진 적기단원의 눈에 모용현을 어깨에 짊어진 채 담벼락 위를 달리는 금설옥의 모습이 들어왔다.

'어찌 된 일이지?'

살았다는 안도감보다 왜 죽지 않았는지 의문이 더 크게 느껴질 때가 언제 또 있었을까? 자신의 생존을 의아해하는 적기단원의 눈에서 금설옥의 모습은 곧 사라졌다. 그리고 그의 시야에 금설옥을 쫓아 담벼락 위를 달리는 동료들의 모습이 따라 들어왔다.

"아… 크윽!"

일어서려던 적기단원은 곧 옆구리를 부여잡고 쓰러졌다. 내상을 입지는 않은 것 같은데 아픔은 뱃속 깊이 스며들어 있었다. 그 아픔을 인지하고 나서야 그는 쓸데없는 의문으로부터 벗어날 수 있었다.

"으악!"

"커헉!"

높고 낮은 두 목소리가 겹치며 담벼락 위에서 두 사람이 각기 다른 쪽으로 떨어졌다. 그를 보며 금설옥은 잠시 걸음을 멈추고 숨을 몰아쉬었다.

"후우."

벌써 몇 사람의 추격자를 물리친 것일까? 일일이 세지 않았어도 열 명은 족히 될 것 같았다. 모용현을 한쪽에 메고 담벼락 위를 한참 뛰어다니는 것도 모자라 열 명 가까이 되는 적기단원을 상대했으니 제아무리 금설옥이라도 지치는 것이 당연하다.

"어디… 이제 끝인가?"

금설옥은 주위를 둘러보며 중얼거렸다. 더 이상 뒤쫓는 기척이 느껴지지 않자 금설옥은 땅으로 내려갔다. 담벼락 위로 달리다 어느새 미로같이 복잡한 뒷골목을 빠져나와 도시를 가로지르는 큰길이었다.

금설옥은 밤이 깊어 인적 드문 길가에 모용현을 내려놓았다. 모용현은 아직도 기절한 채 깨어나질 못하고 있었다.

'어차피 성문이 열려야 나갈 수 있으니 좀 쉬자.'

그렇게 생각하고 금설옥도 모용현의 옆에 주저앉았다. 그러자 억누르고 있었던 피로가 한꺼번에 밀려왔다. 오늘 하루 몇이나 되는 사람을 베었던가? 금설옥은 입을 꾹 다물고 오른손으로 모용현을 메고 왔던 왼쪽 어깨를 주물렀다.

"아, 아흐으. 단단히 뭉쳤네, 이거."

얼굴을 찡그리며 투덜거렸지만 어깨를 주무르는 손은 멈추지 않았다. 금설옥은 오른손을 계속 움직이며 고개를 돌려 모용현을 보았다. 그러자 아까 모용현의 입에서 나온, 얄밉기 그지없는 한마디가 다시금 떠올랐다.

'왜 나에게… 이렇게까지 할 의리가 있소?'

엄밀히 따져 봤을 때 모용현의 이러한 의문은 오히려 당연한 것이었다. 어째서 그렇게까지 했는지는 금설옥 자신도 모르는 일이었으니까. 하나 확실한 한 가지는, 그 상황에서 무엇보다 모용현을 구하는 것을 금설옥 스스로가 가장 원했다는 점이리라. 그것만큼은 부정할 수 없는 사실이었다.

그리고 그 속을 짐작하지 못한 모용현의 말이 금설옥을 화나게 했음은 당연한 일이다.

"으휴, 몸만 성했으면 한 방 먹여줬을 텐데! 운 좋은 줄 알아!"

금설옥은 모용현을 향해 주먹을 들이대며 듣지도 못할 말을 중얼거렸다. 그리고는 금세 자신의 말을 정정했다.

"아니, 뭐 벌써 한 대 때리긴 했지."

몸도 성치 않은 모용현을 때려서 기절시킨 것이 바로 자신이 아니던가. 그러나 저 퇴불의 유일한 전인답게 금설옥은 말 바꾸기를 서슴지 않았다.

"몸이 성치 않아 한 대로 끝난 거니 다행으로 알라구."

사실 모용현의 몸이 성했더라면 어디 한 대나 제대로 맞출 수 있었을까. 그를 알면서도 금설옥은 스스로 한 말에 고개를 끄덕이며 동의를 표했다.

깊은 가을의 찬바람이 거리를 헤매는 지도 일각이나 흘렀을까. 문득 금설옥은 검을 뽑아 들고 자리에서 일어났다. 어둠의 저편으로부터 노골적인 살기가 뻗쳐 오고 있었다.

금설옥은 기절한 채 앉아 있는 모용현의 앞에 서며 검을 들었다. 어둠 탓인지 눈앞에 펼쳐진 큰길이 막막하게 느껴졌다. 미로 같던 뒷골목에서 성급히 나온 것이 아닐까. 이런 곳에서 다수의 적에게 포위당한다면 뒷골목에서처럼 쉽게 빠져나가지 못하리라는 생각이 금설옥의 어깨를 무겁게 눌렀다.

이윽고 흐린 달빛을 받은 하나의 그림자가 길 저편에 모습을 드러냈다.

"……!"

예상과 달리 금설옥의 앞에 나타난 그림자는 한 사람의 것이었다. 하나 이 조우가 우연이 아니라면 그림자는 홀로 금설옥의 앞에 설 수 있을 정도의 고수이지 않겠는가? 금설옥은 하룻밤 새에 무림맹이 자랑하는 무력 집단의 오기 중 하나인 적기단을 홀로 궤멸시켰으니 응당 그에 걸맞은 상대가 쫓아왔으리라. 그에 생각이 미치자 다수의 적을 상대해야 할 때보다 더욱 긴장이 고조되었다.

한 걸음 한 걸음, 그림자는 달빛이 닿지 않는 거리를 넘어 금설옥에게로 다가왔다. 이윽고 두 사람 사이가 얼굴을 식별할 수 있을 만큼 가까워지자 금설옥이 놀라며 말했다.

“너는… 음, 뭐더라?”

말을 잇지 못한 것은 추격자의 얼굴은 알되 이름은 알지 못했음이다. 모습을 드러낸 추격자는 날카로운 눈매에 매부리코를 가진 청년이었다. 분노로 이글거리는 길게 찢어진 눈을 보며 금설옥은 대체할 말을 찾아냈다.

“…적기단주?”

8

금설옥의 말처럼 홀로 그녀를 쫓아온 이는 적기단주 송경로였다. 비록 금설옥 자신의 손으로 대부분의 단원을 베어 그 위용을 무너뜨렸다고는 하나 단주라는 직위마저 없앨 수는 없었으니 아직은 단주라 불러주는 것이 옳다.

하지만 그를 듣는 송경로의 마음은 천근만근 무겁기만 했다. 금설옥 한 사람을 잡기 위해 하룻밤 새 거의 모든 단원을 잃었으니, 설령 금설옥을 잡아들인다 해도 그 죄를 면할 수는 없으리라.

송경로는 오기의 다른 단주들과 달리 정통 무가 출신이 아니다. 백염교는 주술과 환술에 빠져 무가라기보다는 오히려 사교에 가까운 성격의 집단이었는데, 비록 모용강의 편에 서 무림맹의 천하에 득세하였다 해도 그를 바라보는 눈길이 과히 달라지지는 않았다. 인간사 어디가 그렇지 않겠느냐만, 강호 역시 보수적인 사고가 지배하는 곳이라 지금의 무림맹이 기존 권세를 무너뜨리고 새로이 들어섰다 해도 이름과 사람이 바뀌었을 뿐이다. 힘을 가진 자들의 머릿속은 시대를 막론하고 크게 다르지 않음을 어느 순진한 이가 모를까.

송경로는 그런 백염교에서도 서자라는 이유로 대를 잇지 못했다. 대신 그는 백염교를 떨쳐 버리고 무림맹 본영에 투신해 젊은 세대들 중에서도 특출난 인재만이 선정되는 오기의 단주가 되었다. 이를 필설로 하자니 간단하지만, 적기단주라는 자리에 오르기까지 그가 쥐어야 했던 고초를 풀어내자면 삼 일 밤낮으로도 모자를 터.

하나 이제 날이 밝으면 갖은 고초를 이겨내고 획득한 적기단주라는 직위와 앞으로도 무궁히 열려 있는 가능성을 박탈당하게 될 것이다. 마치 지금까지의 일들이 하룻밤 꿈이었던 양.

아니, 오늘 밤에 벌어진 일이야말로 꿈이 아니었을까? 그들 하나하나가 강호의 일류 고수로 손색이 없는 삼십여 명의 적기단이 이제 갓 이십대에 들어섰을 여인 하나를 당하지 못하고 전멸한다는 것이야말로 꿈에 어울리는 일이다.

그래, 저 계집의 검이 나의 꿈을 산산이 부숴 버렸어.

송경로의 눈매는 더욱 날카롭게 벼려져 있었다. 금설옥 역시 그 기세를 읽었으니, 송경로의 무위가 자신과 비교할 것이 되지 못함을 알면서도 감히 경시할 수 없었다.

"흐아아앗!"

기합 소리가 인적 없는 거리로 퍼지고 송경로의 신형이 금설옥을 향해 날아갔다.

카앙!

송경로의 검은 본래의 위력보다 무겁게 금설옥을 짓눌렀다. 열십자[十]로 얽힌 두 자루의 검은 주인을 대신하여 일순간 경력을 겨루었다가 격렬히 떨어졌다.

캉! 카앙!

금설옥의 검이 여유를 두지 않고 멀어지려는 송경로를 압박했다. 금설옥의 검은 송경로의 천령개를 노리다가 어느 순간은 가슴을 찔러 들어왔다. 그 검로가 함부로 예측할 수 없으면서도 하나하나에 실린 힘이 남달랐다.

송경로 역시 적기단주라는 명성이 헛되지 않았음을 증명하고 있었다. 비록 수세에 몰렸으나 송경로는 침착하게 금설옥의 공세를 받아냈다. 같은 오기의 단주였던 남궁선주의 검이 화려하고 날카로웠다면, 송경로의 검은 실리 위주의 단단함을 중요시하니 금설옥이 상대하기에 좀 더 까다로운 면이 있었다.

그러나 그것은 성향의 차이일 뿐이지 절대적인 실력 차에 영향을 줄 수는 없었다. 아무리 큰 잔이라도 따르는 술을 멈추지 않으면 결국 넘치듯이, 송경로가 언제까지나 금설옥의 검을 막아낼 수는 없는 노릇이다. 두 사람 모두 그 사실을 알고 있었다.

그렇기 때문에 금설옥은 이십여 합이 넘어가자 알 수 없는 의문에 휩싸였다. 결말이 뻔히 보이는 싸움을 한다기엔 송경로의 검은 조금의 흔들림도 없었다. 그 의문은 탁한 색으로 금설옥의 마음을 물들였고, 금설옥은 그를 떨쳐 내기라도 하듯 강하게 검을 휘둘렀다.

카앙!

금속성의 소리와 함께 송경로의 신형이 몇 장을 뒤로 날아갔다.

쿠웅!

둔탁한 소리가 인적 없는 새벽길에 울려 퍼졌다. 담벼락에 부딪치고 서야 겨우 멈춘 송경로는 다시금 어둠에 묻혀 버린 몸을 길게 펴고 자리에서 일어났다.

"크윽!"

검을 정확히 막아내었는 데도 그 여력을 이기지 못해 이렇게까지 날아가다니, 정말 터무니없는 일이었다. 그러나 송경로는 예상이라도 했다는 듯 대수롭지 않게 찢어진 이마에서 흘러내리는 피를 닦으며 어둠 너머 금설옥을 바라봤다.

금설옥은 재차 공격할 생각을 않고 다만 그 자리에 서 있었다. 일검을 막고 날아간 송경로가 심신을 추슬러 일어서기까지 죽일 틈이 얼마든지 있었음에도 금설옥은 그러지 않았던 것이다. 아니, 못했던 것인가? 송경로는 자신으로부터 금설옥에 이르기까지 보이지 않는 직선을 긋고, 그를 금설옥의 뒤로 늘렸다. 금설옥을 넘은 직선의 끝에는 맹주를 죽이려다 실패하고 처형당할 예정이던 자객이 있었다.

송경로는 소매를 들어 눈 위로 흘러내리는 피를 닦아내며 말했다.

"역시 검으로는 당하지 못하겠군."

음성은 크지 않았으나 사방이 워낙 조용해 그 말은 금설옥도 똑똑히 들을 수 있었다. 금설옥이 그를 듣고 뭐라 대꾸해야 하는 건지 망설이는데, 송경로가 검을 버리는 것이었다.

차앙!

검을 버렸다기보다는 검을 쥔 손을 폈다는 편이 더 옳은 표현이리라. 송경로는 쫙 편 양손을 가슴 앞까지 들어올려 한 뼘 정도를 사이에 두고 손바닥끼리 마주 보게 하고 서서히 각 손가락의 첫째 마디를 구부렸다. 그렇게 되니 사람 머리통만 한 보이지 않는 물체를 두 손으로 감싸 쥔 형상이 되었다.

"……."

그 모습은 기이했으나 바라보는 금설옥에게는 무시할 수 없는 존재
감으로 가득했다. 본능은 위험을 가리키고 어서 송경로를 베어버리라
했지만 금설옥은 움직일 수 없었다. 그녀의 뒤에는 모용현이 있었다.

"……!"

금설옥이 그렇게 서서 송경로를 보고 있는데, 갑자기 그의 몸이 절
로 갈라지는 것이 아닌가! 백회혈(百會穴)에서 회음혈(會陰穴)까지 쪼
개놓은 사과처럼 송경로의 몸이 정확히 반으로 갈라지더니 양옆으로
쓰러졌다. 그리고 절단면으로부터 붉은 피가 진흙처럼 한 덩이로 뭉쳐
솟구치더니 맹렬한 기세로 금설옥을 향해 날아왔다.

'뭐야, 이건!'

금설옥이 속으로 부르짖으며 검을 휘둘렀으나 금설옥의 검은 핏덩
이를 통과해 버렸다.

"큭!"

금설옥은 놀랄 틈도 없이 핏덩이에 가슴팍을 강하게 얻어맞았다. 핏
덩이는 금설옥의 가슴에 부딪쳤다가 바로 그녀의 간격에서 멀찌감치
벗어났다.

금설옥은 놀라면서도 이러한 일은 있을 수 없다고 생각했다. 하지만
지금 그녀의 두 눈에는 분명 송경로에게서 나온 핏덩이가 보였고, 그에
게 맞은 통증도 느껴졌다. 가슴팍도 검붉게 물들어 있었다. 헛것으로
치부하기에는 너무나 생생했다.

"대체 이게 무슨 일이래?"

다시금 자신을 향하는 핏덩이를 향해 중얼거리며 금설옥은 검을 휘

둘렀다. 그러나 이번에도 금설옥의 검은 허공을 가르듯 핏덩이를 통과
했다.

"크으!"

검을 지나친 핏덩이는 금설옥의 어깨를 강하게 치고, 다시 놀리듯
금설옥의 검이 닿는 거리를 벗어나 유유히 그녀를 맴돌았다.

금설옥은 고통을 참으며 다시 한 번 송경로의 시체가 있던 곳으로
시선을 돌렸다. 그러나 참혹히 둘로 갈라졌던 송경로의 몸뚱이는 감쪽
같이 사라져 있었다.

'속임수구나!'

어떤 경위인지 알 길이 없으나 지금 일어나는 일들이 현실이 아님은
분명했다. 금설옥도 풍문으로 들은 지식이 있어 무림인들 중에도 사람
의 이목을 속이는 환술(幻術)이나 주술(呪術)을 잘 쓰는 이가 있음을
알고 있었다. 뿐만 아니라 어느 문파에서는 실지 무공보다 그러한 사
술(邪術)을 더 중점적으로 가르치고 배운다는 이야기도 들은바 있었
다.

그러나 막상 지금처럼 서로의 목숨을 노리는 적으로 마주 섰을 때
어찌 대처해야 하는지는 배운 적이 없었다.

금설옥을 놀리듯 주위를 맴돌던 핏덩이가 궤도를 틀어 다시 금설옥
을 향해 날아왔다.

'그걸 꼭 배워야 아나?'

금설옥은 속으로 중얼거리고 진기를 끌어올렸다. 그녀의 검에 붉은
기운이 일렁이자 금설옥은 자신을 향해 날아오는 핏덩이로 시선을 돌
렸다. 의지를 가진 것처럼 허공을 나는 핏덩이를 보니 더욱 확실했다.
이는 실지로 일어날 수 없는 일이다! 환각을 일으키는 술법에 빠졌다

면, 정신을 집중하는 것으로 능히 깨어날 수 있으리라.

맹렬히 날아오는 핏덩이를 향해 붉은빛 어린 금설옥의 검이 공기를 갈랐다.

'그래!'

핏덩이와 검이 닿는 순간, 두 번의 헛손질과 달리 분명한 감각이 손끝으로 전해졌다. 그를 믿고 금설옥이 몸을 옆으로 틀며 검을 핏덩이 속으로 강하게 밀어 넣었다.

콰앙!

금설옥의 검이 핏덩이를 반으로 가르자 화약이 터지듯 구체의 핏덩이가 굉음을 내며 사방으로 퍼졌다.

"……!"

그러나 사방으로 퍼지던 핏방울은 무언가에 이끌리듯 하늘로 솟구쳤다. 한 방울도 남김없이 하늘로 올라간 핏방울은 어찌해야 할지 몰라 망설이는 금설옥에게로 비처럼 쏟아졌다. 그리고 그 핏줄기는 하나하나가 커다란 침(針)이 되어 금설옥의 몸에 꽂혔다.

"아아악!"

수백, 아니, 수천 자루의 침에 몸이 꿰인 고통을 무엇에 비할까! 금설옥은 고통에 겨워 날카로운 비명을 질렀다.

9

전신을 꿰뚫는 고통에 먹히기 직전, 금설옥은 눈을 부릅떴다. 이만

한 고통을 견뎌낸다는 것은 단순히 의지만으로 가능한 일이 아니다. 금설옥은 지난날 천엽비도 당감소의 절기, 천엽만공화에 당해 정신을 잃은 경험이 있었다.

천엽만공화는 당감소의 비도 중에서도 곤충의 날개처럼 얇은 날을 가진 수백 자루의 예도(銳刀)가 일순간 폭발하듯 상대의 전신어 쏟아지는 절기 중의 절기였다. 지금 금설옥의 몸을 꿰뚫은 수많은 핏줄기와 상통하는 면이 많았으니, 몸 구석구석 빽빽이 새겨진 천엽만공화의 흔적이 금설옥으로 하여금 정신의 끈을 놓치지 않도록 하고 있었다.

그러나 아픔이 익숙해질 리 없다. 금설옥은 형용할 수 없는 고통 속에서 이를 악물고 팔을 움직였다. 하지만 아무리 애를 써도 팔이 움직여지지 않았다. 아니, 팔만이 아니라 사지, 온몸이 움직여지질 않는 것이었다. 심지어는 눈조차 마음대로 깜박일 수 없었다.

"……"

마비된 몸을 인식함과 동시에 금설옥의 전신을 꿰뚫은 가는 핏줄기들이 흔적도 없이 사라졌다. 녹아내렸거나 빠져 버린 것이 아니라, 말 그대로 눈앞에서 사라진 것이다. 뿐만 아니라 금설옥의 팔다리에 응당 있어야 할 상처조차 보이지 않았다.

영문을 알 수 없이 멈춰 선 금설옥을 앞에 두고 어둠 속에서 한 사내가 빠져나왔다. 바로 금설옥이 보는 앞에서 절반으로 나뉘어 쓰러진 송경로였다.

"……!"

송경로는 마지막으로 보았던 것과 달리 온전한 모습으로 금설옥의 앞에 나타났다. 금설옥은 이것이 이목을 속이는 술법이고, 송경로의 죽음 또한 거짓임을 알고 있었지만 반으로 갈라지던 모습이 너무나 생생한 탓에 놀라움을 금치 못했다.

송경로는 고개를 좌우로 흔들어 보이고, 어깨를 스스로 주무르며 금설옥에게 다가갔다. 금설옥은 점점 가까워 오는 송경로를 보고 필사적으로 몸을 움직이려 했지만 사지로 보낸 의지는 어디로 사라졌는지 도통 움직일 생각을 하지 않는 것이었다.

마침내 송경로가 금설옥의 지척에까지 도달했다. 송경로의 얼굴은 검으로 겨룰 때에 비해 매우 초췌해져 있었다. 양 눈은 붉게 충혈되어 있었고 거친 숨은 진정될 줄 몰랐다.

"쿨럭! 쿡, 쿨럭!"

송경로가 얼굴을 돌리고 기침을 했다. 한번 시작되자 그칠 줄 모르고 기침을 하는 모습이 꼭 병자와 같았다. 물론 금설옥은 그를 보면서도 몸을 움직이려 안간힘을 썼다.

"크흠!"

기침을 멈춘 송경로는 다시 금설옥과 시선을 마주했다. 금설옥의 두 눈에 비친 송경로의 얼굴에는 만족과 회의, 경멸과 체념이라는 감정들이 두서없이 뒤섞여 실로 복잡한 표정이 떠올라 있었다.

"봤느냐? 이것이 바로 너희 무림인들이 경시하는 술법의 힘이다. 비록 내 무위가 네년보다 떨어진다 해도 나는 너희들이 잡기라 무시하는 술법으로 네년을 잡았단 말이다!"

송경로의 눈은 금설옥을 향했으되, 그의 말은 그녀를 향한 것이 아니었다.

"너희 무림인이라니, 자기는 아닌 것처럼 얘기하네."

금설옥이 중얼거리자 송경로가 화들짝 놀라며 뒤로 물러났다. 금설옥은 무슨 일인지 의아해하다가 자신이 속으로 생각한 것이 아니라 입으로 말했음을 깨달았다. 입이 움직인 것이다.

"…으으음!"

마비에서 풀린 것은 입뿐이었는지 내공을 아무리 순환시켜도 몸이 움직여지지 않았다. 송경로는 멀찌감치 물러나서 그를 바라보다 금설옥이 아직 움직일 수 없음을 확인한 후에야 다시 다가와 말했다.

"정말 놀랍군. 그 상태에서 입을 놀릴 수 있다니."

호흡이 안정되고 송경로의 얼굴에 여유가 돌아와 있었다. 금설옥은 그런 송경로를 잡아먹을 듯이 쏘아보았고, 송경로는 힘겹게 웃으며 말을 이었다.

"내력을 아무리 운용해 봐도 소용없다. 내가 쓴 수법은 혈도를 누르는 것과는 전혀 다른 방법이니까. 내 결혼박신술(結魂縛身術)은 점혈 수법과는 차원이 달라."

"이런 좋은 수법이 있었으면서 아까는 왜 쓰지 않았지?"

금설옥이 아무 생각 없이 물었는데, 뜻밖에 송경로의 대답이 돌아왔다.

"좋은 수법이라… 그래, 좋은 수법이지. 하지만 이를 시전하기 위해 필요한 우주의 이치가 얼마나 심오한 것인지 너희 무림인들이 알 리 없지 않느냐! 너희는 그저 치고 박는 것을 최고로 치는 것들이니!"

송경로의 대답은 전혀 다른 소리였다. 그를 듣자 금설옥은 괜한 짜증이 밀려와 소리쳤다.

"그러니까 왜 아까 쓰지 않았냐고 물었잖아!"

"……무림맹 오기의 단주인 내가 부하들 앞에서 술법을 쓴다면 어찌 위엄이 서겠느냐?"

"뭐, 위엄?"

금설옥은 어느새 극심한 고통도 잊은 듯 송경로에게 말했다.

"그 위엄 때문에 부하들을 죽음으로 내몰았단 말이야? 그 알량한 위엄 때문에?"

송경로에게 내몰린 적기단원들을 죽인 것이 다른 누구도 아닌 금설옥 자신이면서도 금설옥은 개의치 않고 화를 냈다. 그 스승에 그 제자라, 실로 광승 퇴불의 유일한 전인다운 모습이었다. 그러나 송경로는 스스로 한 말을 부정했다는 실수를 저지른 데에 정신이 팔렸는지 금설옥의 그런 모습을 지적하지 않았다.

"젠장, 내가 왜 네년과 논쟁을 벌여야 하지? 그래, 네 말대로 내가 내 단원들을 죽음으로 내몰았다! 하지만 그놈들이 죽어버린 바람에 나는 그동안 일구어놓은 모든 것을 잃어버렸어! 네년의 수급을 들고 간다 한들, 단원을 전멸시키고 단주 홀로 살아 돌아온 죄가 어디 감하여질 것 같으냐!"

금설옥이 한마디를 던지면 송경로는 그 몇 배를 말했다. 금설옥은 그를 파악하고 어떻게든 대화가 끊기지 않도록 노력했다.

송경로의 말을 미루어 짐작해 보건대 지금 자신을 마비시킨 결혼박신술이라는 술법은 점혈 수법과 달리 신체에 직접적으로 작용하지 않는 것 같았다. 그렇다면 어떻게 해야 풀 수 있을까? 입이 움직였다면 다른 부분도 풀릴 가능성이 있다는 이야기다. 어떻게든 시간을 벌어 몸을 움직여야 했다. 그도 아니라면 모용현이 깨어나기를 기대하든가.

'아니, 살살 때렸구만 아직도 정신을 못 차리네. 뭐 저렇게 허약한 놈이 다 있어?

모용현이 깨어나 그 속마음을 들었다면 '멧돼지도 잡을 만한 일격이었소' 라 대꾸했을 것이다. 그러나 모용현은 아직도 혼수상태를 유지하고 있었다.

"어차피 벌을 받을 거면 나를 풀어주는 게 어때? 공덕 한 번 쌓는 셈 치고 말이야. 아니, 나라면 도망치겠다. 뻔히 벌 받을 걸 알면서 가는 법이 어디 있어?"

"강호가 무림맹의 것인데 어디로 도망치라는 말이냐? 그리고 내가 그렇게 도망치면 백염교와 그곳에 있는 내 어머니께 불똥이 튈 텐데 말이 되는 소리를 해라!"

'백염교 출신이었군.'

금설옥도 백염교에 대해서는 얼추 들은 바가 있었다. 무림의 이류 문파였던 백염교가 모용강의 편에 서서 무림맹의 천하에 한 축을 세웠음은 이제 유명한 이야기다. 금설옥이 재빨리 말했다.

"이봐, 급하게 생각할 것 없어. 설령 네가 도망친다 해서 무림맹이 백염교를 내칠 리는 없지 않겠어? 끽해야 교 내에서……."

'희생양을 찾아 서로의 체면을 살리는 선에서 멈추겠지' 라는 말까지 하지 않은 것으로 보아 금설옥이 퇴불의 경지에 오르기 위해서는 아직 많은 시간이 필요함을 알 수 있었다. 하지만 송경로처럼 정상적인 사고를 할 줄 아는 이가 그 차이를 느낄 수 있을까?

"시끄럽다. 더 이상의 말은 필요없어."

한층 험악해진 표정으로 보아 송경로는 그 차이를 느낄 수 없을 뿐 아니라 그 희생양으로 적합한 것이 자신의 모친이라는 결론까지 내버린 듯했다.

"아니, 저기!"

금설옥은 도움이 되는 면에 비해 안 되는 면이 너무 많은 사부를 원망하며 대화를 이으려 했지만 이미 송경로의 의지가 확고했다. 송경로는 금설옥의 손에서 추신―검을 빼들었다. 그러자 금설옥이 격렬히 소리쳤다.

"야! 그거 놓지 못해! 죽고 싶지 않으면 그 검 빨리 제자리로 돌려 놔라! 그건 너 같은 놈 손을 탈 검이 아니야! 어서 좋은 말로 할 때 돌려 놔라! 앙? 야!"

불행히도 금설옥의 말은 사태를 가속시켰고, 송경로는 두 손으로 쥔 검을 머리 높이 치켜들었다.

쉐엑!

공기를 가르는 소리는 머리 위로 치켜든 채 송경로가 멈춰 버린 뒤에야 따라왔다.

"커, 커억!"

힘을 잃은 두 손을 빠져나온 금설옥의 검―추신은 땅으로 떨어지고 송경로는 말이 아닌 소리를 내며 무릎을 꿇었다. 금설옥의 눈에, 송경로의 목덜미에 꽂힌 두 자루 비도와 그로부터 흘러내리는 핏줄기가 어둠 속에서도 선명히 비춰졌다.

그리고 금설옥은 이제 몸을 움직일 수 있다는 자각도 없이 비도가 날아온 방향으로 고개를 돌렸다. 그곳에는 금설옥이 생각한 바로 그 사람이 서 있었다.

당정견이었다.

10

비도를 던지고 금설옥에게 뛰어온 당정견은 얼굴뿐 아니라 입고 있는 옷까지 모두 땀에 절어 있었다. 당정견은 금설옥의 앞에 서 숨을 헐떡이며 말했다.

"금 형, 괘, 괜찮소? 다친 데는 없소?"

이런 때에 무슨 말을 해야 하는 걸까? 흙빛이 된 얼굴로 온통 땀에 절어 있는 당정견에게, 아무리 금설옥이라도 마땅히 할 말이 떠오르지 않았다. 금설옥은 하는 수 없이 어색하게 웃으며 대답했다.

"괜찮지 않을 뻔했는데, 당 형이 제때 와준 덕에 건강하네요."

그러나 당정견은 검붉게 물든 금설옥의 앞섶을 보고 놀라 외쳤다.

"이건 피 아니오! 다친 게 아니란 말이오?"

"아, 이건……."

가슴팍을 온통 적신 피는 모용현의 것이었다. 오늘 하루만 두 번이나 금설옥의 품 안에서 피를 토했으니, 그 양이 만만치 않아 당정견의 눈에는 금설옥이 큰 부상을 입기라도 한 듯이 보였다.

"내 피가 아니니 걱정하지 마세요."

'그 핏덩이도 환각이었을 텐데, 내가 이걸 보고 더 진짜같이 믿어버렸잖아? 이런 젠장!'

"그렇다면 다행이오."

당정견의 짧은 말이 다른 생각 중이던 금설옥의 가슴을 때렸다. 지난번에 이어 또 한 번 당정견은 자신의 입장을 무시하고 금설옥을 구한 것이다. 더구나 이번에는 같은 무림맹 동료를 죽이면서까지 금설옥의 목숨을 구했으니, 이는 보통 사람이 할 수 없는 일이다. 그런 당정견의 말에는 금설옥을 생각하는 진심이 담겨 있었으니, 금설옥의 마음이 어찌 움직이지 않을 것인가?

금설옥의 마음을 아는지 모르는지, 당정견은 송경로의 시체에서 자신의 비도를 뽑으며 자신의 흔적을 지우고 있었다. 그런 당정견이 입고 있는 옷은 검은 천에 운룡과 현무가 수놓아져 있었다. 흰 실로 수놓인 운룡과 현무는 밤의 어둠 속에서 더욱 두드러졌다.

금설옥이 말했다.

"하지만 왜 날 구해준 거죠? 당 형은 무림맹의 흑기단주이고, 나는 무림맹에 반항하는 척결 대상인데?"

하지만 금설옥은 곧 자신이 내뱉은 말을 후회해야 했다. 그 말을 듣고 일어나 고개를 돌린 당정견의 얼굴이 형언할 수 없이 일그러져 있었기 때문이다.

"왜냐고… 물은 것이오, 지금?"

금설옥은 입술을 깨물고 재차 말했다.

"그래요. 무슨 의리로……."

금설옥은 입을 다물었다. 지금 자신이 하려는 말은 바로 아까 모용현에게서 들은 말임을 깨달았다. 모용현에게서 들었던 말을 그대로 당정견에게 되돌려 주는 것은 대체 무슨 의도인 건가? 하지만 이제 스물둘 처녀의 마음을 뉘라서 알 것인가? 그것은 금설옥 자신도 알 수 없는 것이다.

"의리, 의리라고……."

자신이 한 말을 되풀이하는 당정견의 모습이 너무나 서글퍼 금설옥은 차마 그를 똑바로 볼 수 없었다. 하지만 당정견을 피해 시선을 돌린 곳에는 모용현이 있었다.

당정견 또한 금설옥의 시선을 따라 모용현을 보았다. 당정견은 아무 말 없이 성큼성큼 모용현에게로 걸어갔다.

“정신을 잃었는데, 상세가 심하오? 겉으로 난 상처가 없는 걸 보니 내상을 입었나 본데…….”

당정견은 잠시 모용현을 살펴보고 말했다. 그러나 당정견의 얼굴에 서린 슬픔은 가시지 않았고, 당정견도 굳이 그를 숨기려 하지 않았다. 금설옥은 그를 보고 다시 눈을 피하며 대답했다.

“뭐, 내상을 입기도 했고… 조금 있으면 깨어날 거예요.”

“그렇다면 큰일이군요. 이미 동서남북 네 성문에 무림맹의 일류 고수들이 진을 치고 있으니 아무리 금 형이라 해도 병자를 데리고 낙양성을 벗어나기는 어려울 것이오.”

얼굴 가득 수심을 안고 있었지만 당정견의 말은 막힘이 없었다. 금설옥은 일부러 단호한 어조로 말했다.

“그렇게까지 신경 써줄 필요 없어요. 다 내가 알아서 해야 할 일이니까!”

“……”

“……”

침묵의 시간은 짧았으나 금설옥에게는 몇 시진이라도 되는 것처럼 길게만 느껴졌다. 무슨 말이라도 해서 이 무거운 공기를 깨뜨리고 싶었지만 쉽사리 입이 떨어지지 않았다. 본래 금설옥은 퇴불의 제자가 되기 전부터 심성이 곧고 남의 눈치를 보지 않아 하고자 하는 말을 아낀 적이 없었는데, 지금 무수히 많은 말들을 놓고도 입을 열 수 없으니 답답해 미칠 지경이었다.

그런 금설옥의 마음을 읽었는지, 아니면 그도 침묵을 견딜 수 없었는지 당정견의 입이 먼저 열렸다.

“내가 그렇게 싫소?”

"……."

"내가 입고 있는 옷이, 무림맹원이라는 거죽이 그리 싫다면 나는 얼마든지 버릴 수 있소."

그러면서 당정견은 웃옷을 벗어 던졌다. 무림맹주 모용강을 상징하는 운룡과 흑기단주를 상징하는 현무가 잔뜩 구겨져 형체를 잃고 바닥에 누웠다. 뜻밖의 행동에 금설옥이 고개를 돌리며 말했다.

"뭐 하는 거예요?"

당황해하는 금설옥에게 소매 없는 흰 내의를 걸친 당정견이 말했다.

"내가 무림맹의 사람이라서, 흑기단주라서 금 형을 돕는 데 이유가 필요하다면 기꺼이 무림맹을 버리겠소. 아니, 이미 내가 적기단주를 죽였는데 어찌 더 이상 맹원의 흉내를 내겠소? 내가 금 형을 위하는 데에는 어떠한 의리도, 이유도 필요하지 않소."

그의 말대로 당정견은 이미 송경로를 죽여 돌아갈 수 없는 강을 건넜다. 그것은 당정견, 한 사람의 운명만이 아니라 가혹하게도 그의 가족 등 가까운 이 모두의 운명을 뒤바꾸어 놓을 만한 일이다. 결국 당정견은 아버지의 원한과 가족의 안위를 금설옥, 한 사람의 목숨과 바꾼 셈이었다.

금설옥도 그 속을 모를 리 없었다. 하지만 금설옥은 그렇게까지 자신에게 집착하는 당정견을 이해할 수 없었다. 금설옥은 천천히 고개를 돌려 가만히 당정견을 바라보다 말했다.

"…그 말, 진심인가요?"

"진심이오."

"누가 죽였는지 모르겠지만, 당 형의 아버지는 우리와 싸우던 중 죽었어요. 나는 그를 죽이지 않았지만 기회가 내게 있었다면 마땅히 그를 죽였을 거예요. 원수에게 복수하고자 하는 마음은 아직도 변함이 없어요. 그런 나를 위하는 데에 이유가 필요없다구요?"

당정견은 한숨을 쉬고 말했다.

"아버지는 아버지고, 나는 나요."

"나는 그렇게 생각할 수 없어요!"

금설옥이 당정견의 눈을 직시하며 말했다. 당정견은 금설옥의 시선을 피하지 않고 대답했다.

"그래요. 익히 알고 있는 일이오. 금 형에게 그렇게 생각해 달라 원하는 것이 아니에요. 다만… 나 홀로 그리 생각하는 것까지 막을 수는 없다는 뜻이었소. 마음만큼은 누구도 어찌할 수 없는 것이니까 말이오. 금 형이 아니라 나 자신이라도 이건 어쩔 수 없는 것이오."

"……."

금설옥이 아는 당정견은 항상 웃는 얼굴이었고, 말 한마디 한마디마다 재기가 넘쳐흘렀다. 그랬던 당정견이 지금 이렇게 이야기하니 금설옥도 더 이상 뭐라 할 수 없었다. 금설옥을 바라보는 당정견의 눈은 애달프게 흔들리고 있어 그를 보는 금설옥의 마음은 너무나 아팠다. 결국 금설옥은 그를 더 보지 못하고 시선을 돌렸다.

"자, 그만 자리를 옮깁시다. 새벽에 문이 열리면 어떻게 나갈지 생각도 해봐야 하니 말이오."

금설옥이 자신에게서 눈을 돌리자 당정견은 그리 말하고 모용현을 업었다. 금설옥은 모용현을 업고 걸어가는 당정견의 뒤를 따르며 자신의 속을 이리저리 들여다봤다. 하지만 아무리 생각해 봐도 자신의 모든 것을 버리면서까지 금설옥을 위하는 당정견을 왜 받아들일 수 없는지 알 수 없었다. 그리고 아버지를 죽인 원수일지도 모르는—혹은 그들과 한패일—금설옥을 위해 자신의 모두를 기꺼이 버리는 당정견의 마음을 이해할 수 없었다.

다만, 금설옥은 모용현에게서 무슨 의리로 자신을 도우냐는 말을 들었을 때 화가 났던 것이 아니라 실은 당정견과 같이 슬펐던 것이었을 지도 모른다는 생각이 들었다.

11

미명이 조금씩, 아주 조금씩 허공을 메워갔다. 새벽 언저리에 맺힌 물방울들은 어둠을 어제라는 과거로 끌어내리고, 그 자리를 오늘로 채운다. 그것은 누구에게도 들키고 싶지 않은 은밀함이며, 또한 모두의 앞에 펼쳐지기를 갈망하는 모순된 손길이다.

하지만 이 상반된 욕망의 전이가 이루어지는 계기는 앞선 세심함을 무색케 할 만큼 요란스러웠다.

꼬끼오—

최초의 울음이 하늘 높이 솟아오르자 그에 호응하듯 도시 곳곳이 시끄러워졌다. 어슴푸레 해는 모습을 드러내지 않았으나 이제 하루가 시작되었음은 분명했다.

밤을 새워 경계에 열중했던 낙양성의 병사들도 미명과 함께 닥쳐오는 피로를 느끼며 교대 시간이 가까워 오고 있음을 깨달았다. 특히 사방(四方)으로 난 성문을 지키는 병사들은 어느 때보다 곱절로 힘든 밤을 보냈는데, 바로 어제 무림맹 본영에서 일어난 일 때문이었다.

병졸에 불과한 이들이 무림의 일에 관심이 있겠냐만 무림맹의 무사들이 눈에 불을 켜고 성문 앞에 진을 치고 앉았고, 또 상부로부터 그들에게 최대한 협조하되 직접적인 행동을 취하지 말라는 도통 알아먹을 수 없는 지침이 내려왔으니 평소처럼 적당히 가수면 상태를 유지하며 경계를 설 상황이 아니었던 것이다.

동문(東門)에서 밤을 꼬박 샌 주삼관(周三冠)은 장교의 신분이나 병졸들과 마찬가지로 평소보다 힘든 시간을 보내고 있었다. 사실 황제의 덕이 천하를 뒤덮은 태평성대에, 그것도 대도시 낙양의 성문을 지키는 군인에게 힘든 일이 무어 있겠는가? 굳이 꼽아보자면 사, 오 일에 한 번씩 돌아오는 철야 경계가 고작이다. 그마저도 병졸들이 가수면을 취한다면, 주삼관과 같은 담당 장교들은 대놓고 자는 경우가 허다했다. 하지만 주삼관은 조상에 맹세컨대 오늘 밤 단 한 번도 졸지 않았는데, 그게 다 저 아래 늘어선 기분 나쁜 무림인들 탓이었다.

무림인이라 해도 군인의 신분에 비하자면 일반 백성이니, 그 앞에서 자칫 흐트러진 모습을 보일 수 없다는 것이 주삼관이 받은 지침이었다. 더구나 저들은 주삼관 자신보다 더 군인다운 모습을 하고 시종일관 절도를 잃지 않은 채 날을 꼬박 새운 것이다.

성문 위에서 굽어보는 주삼관의 눈에 한 치 흐트러짐 없이 일렬로 성문 옆에 늘어서 있는 검은 옷의 무림인들과 성문이 열리기를 기다리는 이들이 함께 들어왔다.

이른 아침, 그것도 성문이 열리기를 기다리면서까지 서둘러 성을 나가고자 하는 사람은 보통 많아야 하루에 서너 명임을 알고 있다면 오늘은 이례적인 날이다. 하필 가는 날이 장날이라고, 사고가 터져 분위기가 좋지 않은 날에 일찍부터 나가려는 이들이 열 명 가까이 나와 있었다.

물론 저들은 각각 성문 근처에 나타났을 때마다 검은 옷을 입은 무림인들에게 검문을 받은 자들이었다. 사실 무림인들이 성문을 드나드는 사람들을 검문하는 것은 국권(國權)을 침해하는, 악의가 있다면 대역죄로도 엮을 수 있는 짓이다. 물론 저들이 거리낌없이 사람을 검문하는 것도, 병사들이 그를 내버려 두는 것도 쌍방의 윗선끼리 협의가 되어 있기 때문이겠지만, 아무래도 일선에 있는 주삼관 같은 이에게는 곱게 보일 리 없었다.

개도 자기 밥그릇은 뺏기지 않는 법이다!

둥! 두웅!

아직 가라앉지 않은 닭들의 목청을 누르고 커다란 북소리가 들려왔다. 그를 듣자 주삼관은 크게 하품을 하며 옆에 서 있는 병졸에게 말했다.

"흐아암~ 이제야 묘시(卯時)로군!"

"그렇습니다."

"성문 위에서 수백 번의 밤을 새워봤지만 오늘처럼 피곤한 적은 처음이야. 하아."

'만날 잠이나 쳐 잤으니 얼마나 힘들었겠어.'

눈 밑이 검게 뜬 병사는 속으로 욕을 하며 고개를 끄덕였다. 주삼관은 침을 뱉으며 말했다.

"카악, 퉤! 저놈들은 그래, 언제까지 저렇게 서 있을 건지 모르겠군."

'낸들 아나. 얼른 교대나 했으면 좋겠네.'

묘시를 알리는 북소리의 여운도 가시기 전에 교대하기로 했던 다음

조가 도착했다. 주삼관은 그들의 인사를 받고, 두 사람의 병졸을 데리고 뻐근한 목덜미를 주무르며 성문 아래로 내려왔다.

사람 키의 두 배는 족히 될 높이의 거대한 성문은 다시 그 입을 벌릴 준비를 하고 있었다. 낮 동안에는 위의 망루뿐 아니라 열린 성문에도 병사가 서 있어야 하기 때문에 아래에는 이미 네 사람의 병사가 졸린 눈으로 그들을 기다리고 있었다. 교대해 들어가는 주삼관의 마지막 일이 바로 함께 밤을 새운 병사와 이제부터 경계를 서는 병사들을 지휘하여 성문을 여는 것이다.

"수고하셨습니다."

기다리던 이들 중 한 사람이 인사를 하자 주삼관이 잔뜩 피곤한 목소리로 대답했다.

"저놈들 때문에 밤새 한숨도 못 잤네. 이제 저놈들이 성문을 드나드는 백성들을 스스로 검문하겠다는데, 내 천자의 군인으로 그 꼴을 어찌 볼까 두렵구만."

얘기를 들은 병사가 쓰게 웃으며 말했다.

"저희도 이미 지시를 받아 알고 있습니다."

"자자, 얼른 문이나 열게."

주삼관이 재촉하자 여섯 사람의 병사 중 가장 나이가 많은 이가 빗장을 풀었다. 그리고 한 편에 세 사람씩 달라붙어 힘을 쓰자 비로소 동문이 열리고, 그를 통해 성 밖으로 뻗어 있는 관도가 보이기 시작했다.

문이 열리자 밤새 그를 기다렸던 이들이 하나둘 통과하기 시작했다. 주삼관이 그를 확인하고 긴장을 풀며 돌아서는데, 그의 앞에 한 청년이 서 있었다. 밤새 성문을 지키고 서 있었던 무림인들의 수장이라는 자였다.

"수고하셨습니다. 이제 들어가시는 겁니까?"

청년은 밤을 새웠으면서도 피곤한 기색을 내비치지 않았다. 오히려 서글서글하게 웃는 모습이 보기 좋아 주삼관도 일순간 가지고 있던 적대감을 잊고 말았다.

"그렇소."

"저희가 주제넘은 짓을 해서 대인에게 누를 끼치는 것이 아닌지 걱정입니다. 사해가 천자의 자제이거늘, 엄연히 권세를 위임받은 대인의 앞에서 같은 백성끼리 서로가 서로를 검문한다는 것은 소인도 썩 내키지 않는 일입니다만."

똑같은 입에 발린 소리라 하여도 열 사람이 말하면 열 사람이 다른 법이다. 주삼관은 자신도 모르게 그의 편이 되어버렸다.

"소형제 역시 조직에 몸을 담고 있으니 명령을 따라야 함을 내가 어찌 모르겠소? 낮 동안 동문을 맡을 이에게도 내 잘 말해두겠으니 너무 심려치 마오."

그러자 청년은 포권의 예를 취하며 감격에 겨운 목소리로 말했다.

"대인의 넓은 아량에 이 당 모, 탄복을 금치 못하겠습니다!"

청년의 말에 주삼관은 한껏 기분이 들떠 호탕하게 웃어 보였다. 청년도 그와 함께 빙그레 웃으니 과연 무림인 중에서도 그와 같이 예를 아는 이가 있구나 싶어 주삼관은 밤새 쌓인 짜증이 싹 사라져 버린 듯했다. 물론 당정견은 전혀 따라 웃을 기분이 아니었지만.

그렇게 웃는 두 사람을 미리 기다리던 이들이 하나둘 지나쳐 갔다. 개중에는 먼 길을 가는 마차도 있었고, 성 밖의 집으로 돌아가는 노인이 모는 소달구지도 있었다.

"잠깐!"

　주삼관이 수고하라는 말을 남기고 갈 길을 가고, 거적때기를 씌운 소달구지가 막 당정견을 지나치는 순간 그를 제지하는 외침이 들려왔다. 당정견은 가슴이 철렁 내려앉으면서도 태연한 낯으로 돌아보니 한 단원이 달려오는 것이었다. 소의 걸음을 멈추게 하고 어쩔 줄 몰라 하는 노인의 앞에 서서 당정견이 달려온 단원에게 말했다.

　"무슨 일인가?"

　"뒤에 실은 것이 무엇인지 제대로 확인하지 않았던 것 같아 다시 보겠습니다. 죄송합니다!"

　단원은 자신의 실수로 그를 그냥 보내 버릴 뻔한 일에 대하여 질책을 각오한 표정이었다. 그러나 당정견은 최대한 너그러운 표정으로 대답했다.

　"짐의 확인은 내가 할 테니 자리를 지키도록."

　그러자 단원은 자신을 질책하지 않는 당정견이 오히려 이상하다는 눈치였다. 당정견은 그를 원래 배치했던 곳으로 돌려보내고 그가 지적했던 소달구지로 다가갔다. 그리고 최대한 자연스럽게 단원들의 눈에 띄지 않는 각도로 뒤에 씌워진 거적때기를 들춰보았다. 그 안에는 금설옥과 아직도 정신을 차리지 못하고 있는 모용현이 있었다. 작은 거적때기 한 장에 몸을 숨기려다 보니 두 사람은 잔뜩 웅크린 채로 몸을 가까이하고 있었다. 당정견은 그럴 것이라 짐작하고 있었으나 막상 두 눈으로 보니 속에서 불길이 치솟는 듯했다.

　당정견이 거적때기를 들추고 잠깐 멈춰 있자 금설옥이 무슨 일이 생겼느냐는 눈빛으로 물어보았다. 당정견은 금설옥의 의중을 헤아리고 이내 표정을 바꾸며 거적때기를 다시 내렸다. 그리고 앞에서 소를 모는 노인에게 웃으며 말했다.

"조심해서 가십시오."

노인 역시 약조한 바가 있는지라 말없이 고개를 끄덕이고 다시 소를 재촉하며 걸음을 옮겼다. 사람으로 따지자면 모는 노인보다 더 늙었을지도 모를 황소는 비쩍 말라 한 발을 내딛는 것도 힘들어 보였다. 낡은 수레바퀴가 덜컹, 하고 돌 때마다 달구지는 삐걱, 하는 소리를 냈는데 당정견은 그 소리가 마치 소가 내는 헐떡임 같았다. 금방이라도 부서질 것 같은 달구지는, 그러나 착실하게 수레바퀴를 돌려가며 노인과 소의 뒤를 따랐다.

당정견은 가만히 서서 성문을 나가려는 소달구지의 뒷모습을 바라봤다. 낡은 수레와 그 위로 반쯤 보이는 소의 궁둥이를 보니 내심 쓴웃음을 감출 수 없었다.

'사랑하는 이의 마지막일지도 모를 모습이 이런 꼴이라니!'

마침 그런 당정견의 마음을 헤아렸는지 멀리 햇빛이 비춰 성문 안으로 들어오기 시작했다. 깊은 가을의 해는 게을러 아직 얼굴을 비추지 않았지만, 어슴푸레한 하늘에 한가닥 빛줄기가 솟아오른 것이다. 그 빛 속으로 걸어가는 소달구지의 뒷모습이 아까보다는 흐릿하여 당정견의 울적함을 조금은 덜어주는 듯했다.

제2부 10장

해빙

1

모용현과 금설옥은 당정견의 도움을 받아 낙양을 무사히 빠져나왔다. 금설옥은 낙양이 보이지 않게 되자 달구지에서 내려 모용현을 업고 경공을 펼쳤다. 그때 이미 모용현은 깨어 있었는데, 금설옥은 굳이 언제 깨어났냐고 묻지 않았고 모용현 역시 아무 말도 하지 않았다.

그렇게 낙양의 동쪽으로 난 관도를 따라 달린 두 사람은 정주에 도착했다. 모용현은 한 번 금설옥의 성질을 맛보았기 때문에 정주에 다다를 때까지 가만히 그녀의 등에 업혀 있었는데, 금설옥의 심후한 내력과 현묘한 경공 수법에 속으로 감탄을 금치 못하였다.

사실 모용현이 알고 있는 무공이란 기본적인 점혈 수법을 제외하면 간월십삼검이 고작이었다. 그에 반해 금설옥은 아미라는 명문 정종의 제자였고, 퇴불이라는 절정고수를 탄생시킨 이름 없는 사문의 맥을 이었으니 기실 그 넓이나 깊이에서 모용현이 따를 바가 아니었다. 다만 모용현이 그에 앞서는 것이라면 염합의 결정이 가져다준 막대한 내공과 간월십삼검이라는 무학의 요체를 담은 비급을 익혔다는 것이었다. 모용현이 쓰는 경공이란 간월십삼검을 익히는 과정에서 얻은 무리의 이해를 응용한 것에 불과했으니, 그의 몸이 성하였더라도 금설옥의 등에 업혀 온 것보다 빠르지는 못했으리라.

정주에 도착한 금설옥은 갈아입을 옷과 말 두 필을 구하고는 바로 도시를 나와 조금 떨어진 마을을 찾았다. 기실 무림맹 본영의 위세가 낙양뿐 아니라 하남성 전체를 덮었으니, 정주 또한 성문을 봉쇄하고 사람을 푼다면 금설옥과 모용현 두 사람쯤 찾지 못할 바가 아니었기 때문이다.

외진 마을을 찾아 객잔에 들어가니 이미 날이 저물어 버린 뒤였다. 마음 같아서는 한시라도 빨리 말을 달려 하남성이라도 일단 벗어나고 싶었으나 모용현의 상세가 중하여 안정이 필요했다.

"방 두 개, 한 사람분의 식사는 방으로 갖다주세요. 말들에게도 여물을 잘 주시구요."

얼굴에 주름이 자글자글하고 등이 굽은 객잔의 주인은 곤란한 얼굴로 대답했다.

"손님, 죄송한 말씀인데 지금 남은 방이라곤 하나밖에 없습니다."

"뭐라구요?"

식당에서 밥을 먹는 손님이 유난히 많았지만 이런 외진 곳의 객잔에 방이 없을 줄은 예상치 못했는지 금설옥이 눈을 동그랗게 뜨고 되물었다. 객잔의 주인은 상이라도 당한 것처럼 불쌍한 표정을 지으며 대답했다.

"손님, 정말 죄송합니다. 저도 여기서 장사를 이십 년 넘게 해왔지만 오늘 같은 날은 또 처음입니다그려. 다음에 오시면 특별히 잘 대해드릴 테니 오늘은 방 하나로 쓰시는 게 어떻습니까? 말들도 손질까지 다 해놓겠습니다."

금설옥의 웃옷은 온통 모용현의 피로 검게 물들어 정주에서 새로 산 옷으로 갈아입은 터였다. 그러면서 금설옥은 머리를 말아 넣고 남장을 하였으니, 객잔의 주인이 모용현과 한 방을 쓰라 권유한 것도 실례라 할 수 없었다.

하지만 금설옥의 얼굴이 붉어졌고, 그를 본 모용현이 하루 만에 입을 열었다.

"나는 괜찮으니 다른 곳을 찾아봅시다."

"사방 백 리 안에는 다른 객잔을 찾기 힘들 겁니다. 정주는 벌써 성문을 닫았을 테니 들어가지 못할 게구요."

"그럼 백 리를 넘어가면 되겠군. 갑시다."

모용현이 말은 그리 했으나 얼굴은 백짓장처럼 하얗게 질려 있었다. 그 창백한 안색이 밤을 밝힌 등불을 받아 더욱더 초췌해 보였으니 금설옥은 마음을 굳히고 주인에게 말했다.

"어쩔 수 없군요. 그럼 방은 하나로 하고, 식사는 방으로 갖다주세요."

"예, 알겠습니다."

두 사람은 점소이의 안내를 받아 방 안으로 들어갔다. 모용현의 상세는 여전히 좋지 않아 계단을 오르는 일도 홀로 하지 못해 금설옥의 부축을 받아야 했다.

"아니, 이래 놓고 다른 곳을 찾아보자 했어? 나참."

금설옥은 모용현을 부축해 계단을 오르며 핀잔을 주었다. 모용현은

'남녀가 유별한데 어찌 한 방을 쓸 수 있단 말이오?' 라고 말하려 했으
나 바로 앞에서 방을 안내하는 점소이의 귀가 두려워 감히 입을 열지
못했다.

"편히 쉬십쇼. 식사는 금방 갖다드리겠습니다!"

점소이가 방을 나갔지만 모용현과 금설옥은 한동안 자리에 서 있어
야 했다. 금설옥은 당연히 침상이 따로 떨어져 있는 방이라 생각했는
데, 막상 들어가 보니 두 사람이 누울 수 있는 큰 침상 하나뿐이었던
것이다. 금설옥은 잠깐 망설이다가 모용현을 침상 위에 앉히고는 짐짓
아무렇지도 않은 듯 큰소리를 쳤다.

"하하, 방 괜찮네!"

그러자 모용현이 몸을 제대로 가누지 못해 휘청거리면서도 침상에
서 일어났다.

"안 되겠소. 당장 나갑시다."

금설옥은 기겁을 하며 모용현의 두 어깨를 잡아 침상에 도로 앉히고
말했다.

"나가긴 어딜 나가자 그래? 지금 나가겠다고 하면 더 이상하게 볼
것 아니야. 그리고 제대로 걷지도 못하면서 어딜 가겠다 그래?"

"그러면 내가 바닥에서 잘 테니……."

모용현이 지지 않고 다시 일어나려 하니 금설옥이 다시 주먹을 쥐어
보이며 말했다.

"나참, 진짜 말로 하면 들어먹질 않는군! 얌전히 앉아 있어. 아니면
내가 또 얌전하게 해줄 테니까!"

모용현이 그를 듣고 잠시 금설옥을 보다 침상에 앉았다. 금설옥은
모용현이 자신의 말을 잘 들으니 어쩐지 기분이 좋아졌다. 물론 모용

현이 지금 도로 앉은 것은 금설옥의 주먹이 무서워서라기보다는 이런 상황에서 폭력에 호소하는 행태가 워낙 어이없었기 때문이다.

'제자만 봐도 그 스승을 알겠구나!'

모용현이 속으로 탄식했으나 기실 금설옥이 행동이 너무나 자연스러워 그 기질이 퇴불을 닮은 것인지, 아니면 원래 내재된 것인지 구별하기가 어려웠다. 물론 그런 속내를 알았더라면 금설옥은 크게 억울해했을 것이다.

금설옥은 조용해진 모용현을 보고 흡족해하며 여장을 풀었다. 곧 점소이가 올라왔고, 금설옥과 모용현은 마주 보며 식사를 하기 시작했다. 두 사람 다 하루하고도 반나절 만에 때우는 끼니였다.

"뭐야, 이 산채는! 이거 언제 뜯었는데 이렇게 다 죽어 있어? 에게, 이걸 지금 생선이라고 내놓은 거니?"

금설옥이 비록 유복한 집에서 자랐으나 청빈(淸貧)을 주요 덕목으로 꼽는 아미파에서 소녀 시절을 보냈고, 그 뒤로 퇴불과 함께 강호를 떠돌았으니 음식을 가릴 리야 없었다. 하지만 모용현이 묵묵히 밥만 먹고 있으니, 처음에는 자신의 말을 따른다 흡족했지만 갈수록 마음 한구석이 불안해져 무슨 말이라도 하지 않으면 견디지 못할 지경이었다.

그러나 모용현은 앞에서 금설옥이 떠들든 말든 입을 꾹 다물고 있었다. 이게 무언의 저항이라는 걸까? 금설옥은 문득 달래고자 하는 마음이 들어 부드러운 어조로 말했다.

"생각해 보니 우리가 이렇게 마주 보고 식사하는 것도 처음이네."

"…식사할 때에는 쓸데없는 말을 삼가는 법이오."

하지만 돌아오는 대답이 이러니 금설옥도 성질이 오를 수밖에 없었다. 금설옥은 밥을 크게 퍼 한입에 넣고는 몇 번 씹지도 않고 삼켜 버린 뒤 말했다.

"너, 어제 내가 해줄 말이 있다고 한 거 들었지? 기억나나?"

그러자 비로소 모용현이 반응을 보였다.

"기억하고 있소. 식사가 끝난 뒤 듣겠소."

금설옥이 기다렸다는 듯 말했다.

"흥, 누가 해줄 줄 알아? 너 하는 게 너무 마음에 안 들어서 안 할 테니 그리 알아. 앞으로 너 하는 태도를 봐서 말해주든가 말든가 결정해보지!"

'후후, 한참 답답할 것이다!'

금설옥이 속으로 쾌재를 부르짖었으나 이어진 모용현의 대답이 그녀의 속을 다시 한 번 뒤집어놓았다.

"그렇다면 됐소. 필요한 이야기라면 언젠가 해줄 것이고, 그렇지 않다면 굳이 들을 필요가 없을 것이오."

"맘대로 해!"

결국 금설옥은 젓가락을 놓고 자리에서 일어났다. 그러자 모용현 역시 젓가락을 놓고 차를 마셨다. 그를 보고 금설옥은 한마디 던지려다 결국 본전도 못 찾게 되리라 생각하여 입을 다물고 애꿎은 가슴만 쳤다.

모용현은 금설옥이 자신의 앞에서 평정을 잃고, 정확히 말해 그의 기억 속에 남아 있는 성품대로 행동하지 않자 묘한 기분이 들었다. 모용현이 기억하는 금설옥은 그보다 몇 배나 큰 사람이었다. 물론 당시에는 금설옥의 키가 모용현보다 크기도 했지만 그보다는 사람의 그릇이 달랐던 것이다.

소녀의 정의를 숭상하고, 잘못을 스스로 인정하고 바로잡을 수 있는 용기는 눈부시도록 아름다웠다. 처음에는 스승인 단정 사태처럼 마냥 억지를 부리다가도 종내 장사까지 쫓아와 결국 진실을 겸허히 받아들이는 모습은 그럴 수 없는 소년의 가슴을 갈기갈기 찢어놓았었다. 소년은 결코 그처럼 될 수 없었고, 그것은 지금도 마찬가지였다.

"……."

깊은 생각에 빠지자 아랫배가 울렁거렸다. 모용현은 새삼 내상을 입었음을 자각하고 조심스레 일어나 침상으로 가 앉았다. 모용현 역시 자기 몫의 삼분의 일도 채 먹지 않아 이 인분의 식사는 점소이가 치우러 왔을 때에도 원형을 거의 유지하고 있었다.

모용현은 가부좌를 틀고 앉아 운기조식을 했다. 그러나 한 번 심마에 빠진 마음은 좀처럼 잡히지 않았고, 내상은 다스려지지 않았다.

사실 모용현은 전날 밤 내상을 입은 뒤 자신의 추함을 새삼 깨닫고는 깊은 절망에 빠져 있었다. 결국 자신은 모용강의 말대로 하품(下品) 중의 하품을 벗어날 수 없었고, 그토록 바라왔던 속죄조차 할 수 없었던 것이다. 그것은 모용현이 이제껏 목숨을 부지해 왔던 명분을 뿌리째 뽑아버리는 것과 같았으니, 자연 지금 그에게 생을 영위할 어떤 집착이 있을 수 없었다.

하나 인간의 마음은 간사하여 금설옥과 겨우 하루 반나절을 함께했을 뿐인 데도 그때의 절망은 흔적도 없이 사라졌다. 이제까지 품어왔던 동경과 전혀 다른, 또는 미처 알지 못했던 금설옥의 모습이 오히려 모용현의 마음을 더없이 편안하게 만들었다.

조금만 더 이대로 그녀와 함께 있을 수 있다면 무엇이든 할 수 있을 텐데…….

　문득 그러한 생각이 들자 모용현은 소스라치게 놀라며 뱀처럼 고개를 쳐든 마음을 억눌렀다. 그러나 칠 년의 시간이 지나도록 잊을 수 없었던 금설옥이 아닌가! 그리움은 이제 실체가 되어 모용현의 곁에 있다. 하나 그럼에도 불구하고, 아니, 그렇기에 더 더욱 모용현은 자신의 마음을 금설옥이 선 반대 방향으로 보내야 했다.

　나와 같은 죄인에게, 그와 같은 하품에게는 행여나 꿈꿀 수 있는 자격조차 없음을 알고 있으니까. 꿈을 꾸는 순간, 나는 그를 모욕하고 그녀를 더럽히게 되니까.

　금설옥의 속도 불편하기는 매한가지였다.
　항주에서 그렇게 헤어진 뒤 오의 기유붕에게 앞뒤 이야기를 들었던 금설옥은, 그녀가 알고 있는 이야기를 반드시 들려주리라 마음먹었다. 그렇지 않으면 모용현이 감당해야 할 슬픔이 얼마나 클 것인가? 모용현의 과거를 알고 있는 금설옥에게 있어 이는 의무와도 같았다. 하여 비록 당시에는 정파연합에 매여 움직일 수 없는 몸이었지만, 남종이 더 이상 자신을 필요로 하지 않게 된다면 그때에는 반드시 모용현을 찾으리라 생각해 왔던 것이다.
　애초에 금설옥이 모용현의 생존을 믿고 퇴불과 함께 찾아 헤맸던 것이 추신의 의지였다면, 항주에서 헤어진 후 모용현을 찾고자 결심한 것은 그녀 스스로의 의지였다.
　하지만 지금 모용현을 만났음에도 그토록 들려주고 싶었던 말은 쉽사리 나오지 않았다. 오히려 자기 성질만 돋우었으니, 이제는 모용현이 말해달라 청하기 전에는 절대 입을 열지 않으리라는 마음이 들었다. 이는 금설옥 자신이 생각해도 참으로 유치하고 우스운 꼴이었으나, 그렇게까지 생각해 주고 목숨까지 구해준 사람을 대하는 모용현의 태도가 워낙에 아니꼬운 탓이 컸다.

사실 그것만 아니었어도 남종이나 당정견을 대하듯 모용현을 대하였을 것이다.

두 남녀가 그렇게 의식적으로 서로를 피하였으나 어차피 좁은 방 안에 있기는 마찬가지라 공기는 무거워져 가고 두 사람의 마음은 멀어져만 갔다.

2

날이 밝았지만 모용현과 금설옥은 깊이 잠들지 못했던 듯 얼굴에 피곤한 기색이 역력했다. 하지만 절정고수인 그들이 하루 이틀 밤을 새웠다고 피곤할 리 없었다. 그보다는 한방에서 밤을 보내며 서로를 지나치게 의식하느라 정신적으로 피로가 쌓인 탓이다.

아침도 점소이를 시켜 방으로 가져오게 했으나 모용현은 역시 대부분 손을 대지 않았다. 하지만 금설옥이 배가 고팠는지 모용현의 몫까지 먹어버리는 바람에 어제처럼 남는 사태는 벌어지지 않았다.

식사를 마치고 금설옥이 여장을 꾸리며 말했다.

"속은 좀 괜찮아졌나?"

　모용현은 대답 대신 고개를 끄덕였다. 하지만 얼굴에는 여전히 핏기가 없어 금설옥의 눈에는 괜한 고집을 부리는 것처럼 보였다. 자신에게 도움을 청하면 될 텐데! 모용현에 비할 바 아니었으나 금설옥의 내공도 나이에 걸맞지 않게 심후했으니 그녀가 운기를 도운다면 내상의 회복도 훨씬 빠를 것이었다. 하지만 지금도 말이 아니라 고개를 끄덕이는 모용현이 뭐가 예뻐 청하지도 않았는데 먼저 나설 것인가?

　‘자기가 괜찮다면 괜찮은 거겠지.’

　두 사람은 객잔을 나와 말을 타고 달리기 시작했다. 확실히 모용현의 상세는 어제보다 많이 나아져 말을 모는 것이 가능했다.

　관도를 따라 나란히 말을 몰면서도 모용현의 입은 꽉 다물어 열리지 않았다. 금설옥도 먼저 말을 걸고 싶은 마음이 추호도 들지 않았으니, 두 사람은 입을 다문 채로 한 시진이 넘게 말을 달렸다.

　그러나 한 시진이 넘어가니 원래 좋지 않았던 모용현의 안색이 더욱 나빠졌다. 핏기 없이 창백한 얼굴이 이제는 흙빛이 되었으니, 말을 모는 것이 힘에 부치고 있음을 한눈에 알 수 있었다. 하지만 굳게 입을 다물고 있는 모용현을 보니 이대로는 당장이라도 쓰러질 것 같았다. 결국 금설옥이 먼저 말을 멈췄다.

　“잠시 쉬었다 가지.”

　금설옥은 모용현의 대답을 기다리지 않고 천천히 말머리를 돌렸다. 모용현은 말없이 그 뒤를 따랐고, 두 사람은 적당한 곳을 찾아 말에서 내렸다.

　풀들은 색이 바래고 물기 없이 딱딱해 건드리면 휘지 않고 부러질 것 같았다. 이제 차가운 바람이 그들의 계절을 데려가고 겨울을 불러들일 것이다. 그 징후는 이미 여기저기에서 나타나고 있었다.

금설옥은 나무 밑에 앉아 객잔에서 준비해 준 수통 뚜껑을 열었다. 금설옥은 물을 한 모금 마시고 고개를 들어 하늘을 봤다. 겨울은 이미 왔다고 말하고 싶은 듯 앙상한 가지 사이로 하늘이 보였다. 눈이 시리도록 파란 하늘이었다.

금설옥은 말없이 하늘을 보며 수통을 건넸다. 모용현도 말없이 수통을 받아 물을 마시고 내상을 다스리기 위한 운기조식에 들어갔다.

모용현의 내상은 스스로 생각한 것보다 깊었다. 풍경립의 호아굉격장에 당하기만 했다면 모르겠는데, 그를 치유하기 위한 운기 도중 어리석게도 심마에 사로잡혔지 않은가. 일종의 주화입마에 빠졌으니 차라리 이만하길 다행으로 여겨야 할 것이다.

그 어리석음을 알면서도 모용현의 안에 한번 자리 잡은 심마는 나갈 줄을 몰랐다. 눈을 감고 운기조식을 하는 지금도 모용현의 안에서는 끊임없는 속삭임이 들려오고 있었다. 그것은 비난하고, 조롱하고 또 때로는 구슬리며 모용현의 약한 마음을 거세게 흔들었다. 모용현은 가랑잎으로 만든 배처럼 그에 따라 흔들릴 수밖에 없었다.

이전의 모용현은 타고난 여린 성정을 억누를 수 있었다. 추신에게 저지른 죄를 생각하고, 추신을 생각하는 한 모용현은 어떤 갈등도 무시할 수 있었다. 아니, 흔들린다 하여도 반드시 원래의 자리로 돌려놓을 수 있었다. 하지만 지금은 흔들리는 마음을 단단히 붙들어놓는 일이 너무도 어려웠다.

“하아.”

모용현은 깊은 숨을 내쉬고 눈을 떴다. 눈을 뜨면 심마의 목소리는 더 이상 들리지 않게 되지만, 대신 금설옥이 보이고 만다. 그것도 수없이 그려 온 환영이 아니라 실체가 되어 손을 뻗으면 닿을 곳에 있으니!

모용현은 자기도 모르게 고개를 돌려 금설옥을 찾았다. 금설옥은 묶은 머리를 풀어헤치고 손으로 쓸어 올리기를 반복하고 있었다. 계속 묶고 있던 머리가 답답했던 것일까.

쏴아아—

마침 바람이 들판을 훑고 두 사람 사이를 지나갔다. 금설옥의 풀어헤친 머리가 바람의 방향으로 날렸다. 모용현의 긴 머리도 역시 같은 방향으로 날렸다.

"엉킬라."

모용현에게 하는 말인지, 아니면 혼잣말인지 금설옥이 중얼거리며 왼손으로 날리는 머리를 뒤로 넘겼다. 금설옥의 유려한 얼굴선 위로 군데군데 날리는 머리칼이 덮어가는 모습은 그림과도 같아 고금제일의 화공(畵工)이라도 감히 흉내 낼 엄두조차 내지 못할 것 같았다. 모용현은 멍하니 그 모습을 바라보다 금설옥과 눈이 마주쳤다. 금설옥은 가볍게 웃으며 말했다.

"왜, 뭐 묻었나?"

한 시진이나 말을 몰았으면 흙먼지가 묻는 것이 정상이다. 금설옥은 모용현이 운기조식을 하는 동안 얼굴을 대충 문질렀으나 물도 없이 천만으로는 닦는 데 한계가 있음을 알고 있었다. 금설옥은 손으로 얼굴을 두드리며 말했다.

"똑같이 말을 탔는데 네 얼굴은 왜 그렇게 깨끗하지? 이거참, 불공평하네."

더 이상은 외면할 수 없었다. 모용현은 대답했다.

"뭐 안 묻었으니 그만 하시오. 손독 오르겠소."

“그래?”

그러자 금설옥은 계면쩍어 하며 손을 내렸다. 그러나 그도 잠시, 금설옥은 얼굴을 일그러뜨리며 말했다.

“야, 누가 내 걱정해 달래? 왜 갑자기 위하는 척이야?”

“별로 위하진 않았소만.”

“됐어! 속 좀 다스렸으면 그만 가자.”

그렇게 말하고 금설옥이 일어나자 모용현도 함께 일어났다. 금설옥은 풀어헤친 머리를 다시 묶으며 말에게로 다가갔다. 모용현은 일어난 채로 금설옥의 동작 하나하나에 눈을 떼지 못하고 있었다.

“뭐 해?”

금설옥이 보니 자신이 말 위에 오를 때까지 모용현이 움직일 생각을 하지 않고 있었다. 금설옥이 이상하게 생각하며 말을 걸자 모용현은 퍼뜩 정신을 차렸다.

“아무것도.”

모용현은 금설옥에게서 다시 눈길을 거두고 말 위에 올랐다. 금설옥은 모용현을 잠시 쏘아보고는 말머리를 돌려 달려나갔다. 모용현도 말을 몰아 그의 뒤를 따랐다. 그렇게 한참을 달리다 문득 모용현이 소리쳤다.

“이보시오!”

그러나 앞서가는 금설옥은 들리지 않는 듯 계속 말을 몰아 앞으로 나아가고 있었다. 모용현이 다시 더 크게 소리쳤다.

“이것 보시오!”

그러나 금설옥은 미동도 하지 않고 말을 몰고 있었다. 말발굽 소리가 크다 하여 듣지 못할 금설옥이 아니었으니 이는 대놓고 모용현을 무시하는 처사였다. 모용현은 말을 재촉해 금설옥의 앞으로 치고 나가 길을 막아섰다.

이히히힝!

갑자기 튀어나온 탓에 금설옥이 탄 말이 놀라 앞발을 들고 입을 털었다. 그 바람에 금설옥은 몸이 거의 누울 정도로 뒤로 젖혀졌고, 간신히 말을 달래 자세를 바로 했다.

"뭐 하는 거야!"

금설옥이 화를 내며 크게 소리치자 모용현이 말했다.

"미안하오. 대답을 하지 않으니 어쩔 수 없었소."

모용현이 순순히 사과하자 금설옥도 더 다그칠 수 없었다. 사실 금설옥은 겉으로 보이는 만큼 크게 화가 난 것도 아니었고, 모용현이 먼저 말을 걸어오자 자기 뜻대로 되었다는 만족감에 화가 절로 수그러들었다.

"그래, 용건이 뭔데?"

금설옥이 속을 감추고 여전히 화가 난 표정으로 말했다.

"지금 어디로 가고 있는 거요?"

"뭐?"

"어디로 가고 있느냐 말이오. 목적지가 있을 것 아니오?"

"……."

금설옥은 얼른 대답하지 못했다. 사실 모용현의 의문은 금설옥의 고민이기도 했다. 갈 곳이 없는 것은 아니었지만 지금 당장 그곳으로 향한다 해서 될 일도 아니었다.

퇴불과 함께 왕민보들을 구하러 무림맹 본영에 난입했던 것도 깊이 생각한 일이 아니었다. 당정견의 도움으로 정파연합이 붕괴된 상황에서 무사히 빠져나올 수 있었던 금설옥은 소문을 듣고 그녀를 찾아온 퇴불과 만날 수 있었다. 그리고 자초지종을 들은 퇴불은 잡혀간 이들 중 남종이 있다는 이야기를 듣고 그를 구하기로 결심했다. 그 후 이지만 등 금설옥과 함께 살아남은 정파연합의 고수들을 안전한 곳으로 옮기고, 지체할 것 없이 낙양으로 향한 것이다.

퇴불은 제아무리 무림맹 본영이라 해도 자신이 원한다면 언제든 들락거릴 수 있는 곳이라 여기고 별다른 계책을 생각해 두지 않았다. 평범한 연막탄을 화정단처럼 보이게 한 것은 단순한 장난에 지나지 않았다. 그는 금설옥을 데리고 무림맹 본영에 쳐들어가 그저 여섯 사람을 데리고 나오는 것을 크게 걱정하지 않았던 것이다.

애초에 두 사제가 세운 계획은 퇴불이 연막탄으로 좌중의 이목을 흐리게 하면 그 틈을 타 금설옥이 왕민보들을 구한다는, 실로 단순하기 짝이 없는 계획이었다. 하지만 어처구니없을 정도로 무모한 계획은 그 실행자가 바로 퇴불과 금설옥이라는 절정고수이기 때문에 설득력을 얻었다. 실제로도 성공한 것이나 마찬가지였다.

하나 모든 일에는 항상 예기치 못한 요소가 튀어나오게 마련이다. 구해내기로 했던 왕민보들의 옆에 금설옥이 찾으려 했던 모용현 또한 있었던 것이다. 금설옥은 퇴불이 연막탄을 터뜨렸을 때 왕민보들보다 먼저 모용현을 구해냈다. 하지만,

그때 내 손을 잡았더라면.

모용현은 금설옥이 내민 손을 잡지 않았다. 그리고 풍경립의 일장에 심한 내상을 입었으니, 그 난리에 금설옥은 왕민보들을 미처 신경 쓰지

못했던 것이다.

당연하게도 거사(?)의 성공을 믿어 의심치 않았던 두 사제는 이처럼 떨어져 서로의 안위를 모르게 되었을 때를 생각조차 하지 않았다. 물론 금설옥이 걱정하는 것은 퇴불이 아니라 왕민보들의 안위였지만.

'아, 그걸 또 생각하니 화나네! 그때 군말 없이 날 따라왔으면 따로 떨어져 답답해할 필요가 없었잖아.'

금설옥은 속에서 열불이 확 치밀어 오르는 것을 느끼며 모용현에게 빙그레 웃어 보였다. 모용현은 금설옥이 대답은 하지 않고 화를 내다가 갑자기 환하게 웃으니 당혹스럽기만 했다.

"왜, 내가 어디 갈 데도 없이 이러는 줄 알아? 나 그렇게 대책 없는 사람 아니거든? 잔말 말고 따라오기나 해."

금설옥은 웃는 얼굴로 이렇게 쏘아붙이고는 다시 말을 몰았다.

'대책이 없나 보군.'

모용현은 금설옥의 속을 짐작했지만 이미 한 번 쓴맛을 본 후라 그녀가 이처럼 돌연 웃어 보였을 때에는 건드리지 않는 게 상책임을 알고 있었다. 모용현은 금설옥의 기분이 좀 나아지면 그때 다시 이야기하기로 하고, 지금은 조용히 뒤를 따르기로 결심했다. 어차피 모용현도 갈 곳이나 대책이 없기는 마찬가지였다.

3

금설옥과 모용현은 계속 말을 달렸다. 화는 이내 풀렸으나 금설옥은 내색하지 않고 단지 한 시진이 지날 때마다 말을 멈춰 모용현에게 내상을 다스릴 시간을 주었다. 그렇게 말을 타고 쉬기를 반복하니 금세 며칠이 지났다.

금설옥과 모용현은 날이 완전히 저물기 전에 큰 마을로 들어가 객잔을 찾았다. 하지만 꽤 큰 객잔이었음에도 방이 하나밖에 남지 않았다 하니 두 사람은 누가 먼저랄 것도 없이 발걸음을 돌렸다. 지난밤의 신경전을 다시 겪고 싶지는 않았던 것이다.

하지만 이 시기의 해는 어제오늘 떨어지는 시간이 다른 법이다. 다시 말을 몰았지만 마을은 나오지 않았고, 결국 완연한 어둠이 찾아왔다.

"워, 워."

금설옥은 말을 세웠다. 절반의 달빛도 그녀에게는 충분했지만 말들이 문제였다. 금설옥은 무리해서 길을 청하는 대신 노숙을 택했다. 두 사람은 적당한 곳을 찾아 말을 매어두고 앉았다. 금설옥은 모용현을 내버려 두고 땔감을 찾아 나섰다. 땔감을 줍는 정도야 문제될 것이 없었지만 모용현은 금설옥의 말을 들었다.

타닥. 타닥.

장작 타는 소리는 규칙적이고, 운율이 있었다. 그뿐이라면 오히려 금세 잠들 수 있겠건만 금설옥은 잠이 오지 않았다. 바람은 들지 않았어도 우거진 나무들이 시월 밤의 찬 공기까지 막아주지는 못했는지 살갗에 닭살이 돋아났다.

"에취!"

금설옥은 재채기를 하고는 몸을 벌떡 일으키며 신경질을 냈다.

"에잇, 왜 이렇게 추워?"

금설옥은 엉금엉금 장작불 가까이로 기어가 불을 쪼였다. 한참을 쪼이다 보니 건너편 멀찍이 떨어진 곳에 앉아 있는 모용현의 모습이 보였다. 금설옥이 말했다.

"거기서 뭐 해? 춥지 않아?"

"……."

"일로 와. 쬐지 않으려면 불을 왜 피워났어?"

"…춥지 않소."

모용현의 입에서 춥지 않다는 말이 나오자 금설옥은 다시금 화가 치밀었다. 자신은 계속해서 화해의―사실 딱히 싸운 일이 없으니 화해라 할 것도 없었으나―손길을 건네는데, 모용현은 이를 무시하거나 혹은 거부하기만 하니 화가 날 수밖에 없었다.

모용현은 금설옥의 얼굴 근육이 미묘하게 뒤틀리는 것을 보고 또 화가 났음을 알아챘다. 처음에는 종잡을 수 없었던 금설옥의 행동이 어느 정도 눈에 들어오는 것이다. 모용현은 화를 내려는 금설옥에게 손을 내밀고 말했다.

"정말 춥지 않소."

"그럼 내가 뭐 한여름이라 땀이 뻘뻘 나는데 춥다고 억지를 부린다는 거야? 아님 뭐, 네 살가죽은 거북이 등껍질이냐? 이 날씨가 춥지 않으면 대체 언제가 춥다는 거야? 침이 튀면 땅에 떨어질 때 얼음이 될 정도가 아니면 춥지도 않은 거야? 아니, 그런 사람이 여름은 어떻게 넘겼대? 아주 불판 위에 올라 있는 느낌일 거 아냐? 아니면 뭐, 벌써 내공이 몇 갑자가 넘어 한서불침의 체질이라도 되었다는 거야?"

"맞소."

모용현이 대답하자 금설옥은 따따부따 쏘아붙이던 입을 다물고 눈을 크게 떴다.

"…뭐?"

"그 말이 맞다 했소. 한서불침이라는… 그 체질 말이오."

금설옥은 그 말을 듣고 잠깐 눈살을 찌푸렸다가 입을 양옆으로 당겨 우스꽝스러운 목소리로 말했다.

"아항~ 내공이 이미 삼천갑자 동방삭이십니까? 그럼 신선이 아니십니까? 한서불침이 다 뭡니까? 도검불침, 만독불침, 불로장생! 참 좋으시겠어요? 부럽네요!"

모용현은 입을 다물었다. 이럴 때에는 침묵이 최악을 면할 수 있는 유일한 방책이다. 과연 금설옥은 뒤틀린 목소리로 한참을 떠들어대다 돌변하여 크게 화를 냈다.

"야! 장난해? 네가 아무리 고수가 되었다 해도 그게 말이 되냐? 너, 나랑 이야기하는 게 그렇게 싫어? 싫으면 싫다고 하든가. 나도 나 싫다는 사람한테 애써 얘기할 마음 없거든?"

금설옥은 한바탕 말을 쏟아내고도 분이 풀리지 않았는지 씩씩거리며 모용현을 잡아먹을 듯 노려봤다. 모용현은 금설옥이 진정하기를 기다렸다가 입을 열었다.

"내가 언제 싫다 말한 적이 있었소?"

"……?"

금설옥은 뜻밖의 말에 내쉬던 숨을 급히 들이마셨다. 모용현이 말했다.

"나는 그런 말을 한 기억이 없소."

"네 태도가 그렇잖아, 태도가."

“그건…….”

이번에는 모용현의 말문이 막혔다. 금설옥의 말에 제대로 응대하지 않는 것이 그녀에게 향하는 마음을 억누르기 위한 최대한의 노력임을 어찌 말한단 말인가? 그것이 고인을 능멸하는 짓임을 어찌 말할 수 있겠는가. 모용현은 답답한 마음을 달래며 입을 열었다.

“마음대로 남의 속을 재단하지 마시오.”

모용현의 의도는 아니었으나 그 말을 들은 금설옥은 추신을 떠올렸다. 그의 복수를 하고자 했던—본인은 아직 그를 인정하려 들지 않았으나—모용현에게서 그런 말이 나오니 금설옥도 마냥 화만 낼 수는 없었다. 잠잠해진 금설옥에게 모용현이 다시 말했다.

“그리고 나는 거짓을 말한 적도 없소. 나도 짐작만 할 뿐 확실히 아는 것이 없지만… 아마도 나는 한서불침의 몸을 가지게 된 것이 맞을 것이오. 물론 당신이 생각하는 것처럼 내공이 사람의 경지를 뛰어넘어 그렇게 된 것은 아니오. 아니, 오히려 나는 태어날 때부터 단전이 없어 내공을 가질 수 없는 몸이었소. 그 사실을 알고 있었소?”

모용세가의 차기 가주에게 단전이 없다는 사실은 당시 철저히 비밀에 부쳐져 세가 외의 사람들은 누구도 모르는 일이었으니 금설옥 또한 알 리가 없었다. 하지만 그보다 모용현이 이렇게까지 길게 이야기하는 모습을 본 적이 없었으니 금설옥은 그것이 신기하여 아까까지 화를 냈던 사실도 잊은 채 고개를 절레절레 흔들었다.

“원래 나는 단전이 없는 몸이었소. 나는…….”

모용현은 잠시 말을 멈추고 생각에 잠겼다. 나는 무슨 이야기를 하려는 것일까? 그녀에게 무슨 이야기를 하고 싶은 것일까? 내 지난 이야기를 하는 것이 무슨 의미가 있을까?

"뭐야, 왜 말을 하려다 말아?"

망설이는 모용현을 보며 금설옥이 재촉했다. 그런 금설옥과 눈이 마주치는 순간, 모용현의 닫혀 있던 입이 다시 열리고 이야기가 시작됐다.

"노부는 이해할 수 없소!"

콰앙!

노기에 찬 외침과 함께 굉음이 방 안을 흔들었다. 커다란 탁자가 종잇장처럼 부서져 내려앉았고, 그 주변에는 세 사람이 서 있었다. 그중 호통을 친 것으로 보이는 검은 머리의 노인은 탁자를 부수고도 분이 풀리지 않은 듯 다시 소리쳤다.

"도대체 이게 무슨 망신이란 말이오! 그것도 많은 지부의 사람들이 보는 앞에서 고작 퇴불 한 사람을 당하지 못하고 처형해야 할 것들을 도망치도록 놔두다니!"

"상공은 진정하시오."

말한 자는 풍경립이요, 탁자를 부순 자는 사왕 손망후였다. 달래는 풍경립에게 손망후가 더욱 분통을 터뜨리며 말했다.

"북사는 지금 노부에게 진정하라 했소? 지금 상황이 노부가 진정할 상황이란 말이오?"

"……."

풍경립은 입을 다물었다. 그 역시 지금의 사태가 이해되지 않기는 마찬가지였다. 겨우 한 명! 퇴불 한 사람에 의해 무림맹 본영이 손도 쓰지 못하고 일곱이나 되는 중죄인들을 놓칠 수 있단 말인가?

퇴불을 제지할 자가 없었던 것도 아니다. 각 지부에서 모인 고수들은 차치하고라도 담대진홍과 사왕 손망후와 풍경립이 있었고, 무엇보다 맹주 모용강이 그 자리에 있었다. 당금 무림에 광승 퇴불과 어깨를 나란히 할 수 있는 유일한 이가 바로 무림맹주 모용강이 아니던가.

하지만 담대진홍은 평범한 연막탄을 화정단으로 보이게 한 퇴불에게 속아 넘어갔고, 손망후와 풍경립은 바로 그 모용강의 제지에 의해 손을 쓰지 못하고 무림맹이 망신당하는 광경을 지켜만 봐야 했다. 손망후와 풍경립은 모용강이 나서지 않은 것보다 자신들을 저지한 일에 대하여 화가 났다. 맹주가 나서서 맹의 망신을 자초하다니! 이런 경우는 전례를 찾을 수 없는 일이다.

손망후는 분을 참으며 냉정을 유지하려 애쓰는 풍경립을 보다 고개를 돌려 담대진홍을 바라봤다. 담대진홍은 팔짱을 끼고 두 사람에게서 조금 물러나 있었는데, 그 자세가 마치 자신은 두 사람이 느끼는 굴욕감과 거리가 있다는 무언의 시위로 보여 손망후를 더욱 분노케 했다.

"총사령은 강 건너 불구경이라도 하는 거요?"

담대진홍이 대답했다.

"상공께서는 말씀이 과하시오. 누가 그랬단 말이오?"

"지금 총사령께서 남의 일인 양 하고 있질 않았소!"

"허, 참! 이렇게 억울할 데가 있나!"

담대진홍은 몸을 돌리며 탄식했다. 손망후가 그를 보며 재차 말을 하려는데 풍경립이 그를 제지하고 나섰다.

"지금 같은 상황에 두 분이 다투시면 어떻게 하오? 모두 자신의 위치를 망각하신 거요?"

손망후가 말했다.

"흥, 이름뿐인 상공의 자리가 뭐 그리 중요하단 말이오? 북사도 눈이 있으면 똑똑히 보시오. 맹주의 원대한 이상(理想)에 이끌린 우리들이오. 솔직히 이 본 맹이 어디 맹주 한 사람의 힘으로 이루어졌소이까? 맹의 창설에 힘쓴 자들은 다 어디로 갔소? 동령은 정파의 잔당들에 의해 죽고, 남후는 선뜻 동의할 수 없는 이유로 누구도 아닌 맹주의 손에 죽었소!"

"남후는 역심(逆心)을 품고 있었소. 남후가 오기의 단주로 추천한 자가 바로 살수이거늘, 그것이 동의할 수 없는 이유라는 말씀이시오?"

담대진홍이 차갑게 말하니 이번에는 풍경립이 끼어들었다.

"그 살수라는 자가 소란을 틈타 맹주에게 다시 한 번 검을 날린 걸 알고 계시오?"

"몰랐소."

"두 번이나 암살 시도를 당하였음에도 맹주께서는 그때 분명 당신의 입으로 말씀하셨소. 퇴불이 원하는 것을 주겠노라고. 그건 그 살수를 놓아주겠다는 말이나 마찬가지 아니오? 나는 도저히 이해가 되지 않았소. 지금도 마찬가지요. 맹주의 의중을 이해할 수 없는 게 아니라, 이제는 받아들이기조차 힘들 지경이란 말이외다!"

"대체 맹주께서는 왜 이런 시기에 다시 거처로 들어가신 거요? 전지부가 술렁이는 차에 맹주께서 그들을 다잡아야 하는 거 아니오?"

두 노장이 한바탕 불만을 늘어놓고, 담대진홍은 가만히 그를 듣고 있었다. 그들의 말이 끝나자 담대진홍은 팔짱을 풀며 대답했다.

"맹주의 의중은 나도 모르오. 나 역시 여러분처럼 주군의 명을 받들어 시행하는 입장인데, 나라고 다를 것은 없소."

콰직!

부서진 탁자의 잔해가 사왕의 발아래 다시금 형체를 잃었다. 수염이 없는 대신 주름이 자글자글한 손망후의 얼굴에 더욱 주름이 졌다.

"어쨌든 각 지부를 안정시키려면 한시라도 빨리 저들을 잡아들여야 하오. 아니, 잡아 죽여야 하오!"

"이미 각 지부에 공문을 보낸바, 상공께서 조급해하실 필요는 없소."

"각 지부에 공문이라고?"

손망후의 눈에 불꽃이 튀고 이내 성난 목소리가 크게 울려 퍼졌다.

"총사령은 지금 그걸 말이라고 하는 거요! 벌써 본영의 권위가 흔들려 지부들의 신뢰가 낮아진 때에 우리가 할 일을 미루면 어쩌겠다는 거요! 이는 본영의 힘이 모자라 지부에서 해결해 달라는 뜻 아니오!"

풍경립이 그에 맞장구를 쳤다.

"지부에 퇴불을 당해낼 수 있는 고수가 있단 말이오? 그렇지 못한 이들에게 그 공문이 무슨 소용이 있겠소? 지부의 열 명, 스무 명이 달려든들 퇴불이 눈 하나 깜짝할 것 같소?"

가만히 듣고 있던 담대진홍이 다시 말했다.

"그럼 어쩌시겠단 말이오?"

"내가 직접 가겠소!"

손망후는 발밑에 부스러진 탁자의 잔해를 세게 걷어차며 나섰다. 담대진홍이 그를 보고 말했다.

"상공께서 어딜 가겠단 말이오?"

"내 직접 가서 퇴불을 죽이고 그놈들을 모조리 잡아들이겠소."

"퇴불을 상대하시겠단 말이오?"

담대진홍이 묻자 손망후가 눈살을 찌푸리며 대답했다.

"흥! 나는 내 눈으로 직접 본 것이 아니면 아무것도 믿지 않는 성격이오. 그깟 퇴불이 대단하다, 대단하다 하지만 어차피 피라미들을 상대로 얻은 명성 아니오?"

손망후는 담대진홍을 직시하며 말했다. 칠 년 전, 담대진홍이 퇴불에게 일방적으로 패퇴한 것은 유명한 이야기로 손망후가 모를 리 없었다. 그럼에도 불구하고 담대진홍의 면전에서 이런 이야기를 한다는 것은 명백한 도발이었다.

담대진홍의 눈빛이 순간 달라졌다. 담대진홍은 본래 보통 사람보다 머리 하나는 더 컸으니, 보통 사람보다 작은 편인 손망후로서는 저 위에서 날카로운 안광이 내리쬐는 느낌이었다. 그러나 그도 잠시, 담대진홍의 눈빛은 평정을 되찾았다. 하지만 그 음성에는 아직 풀리지 않은 앙금이 깔려 있었다.

"어디, 마음대로 해보시오."

그 말투 또한 몹시 건성이어서 마치 '나도 당해내지 못한 퇴불을 너라고 어찌할 수 있을까 보냐' 라 조롱하는 듯했다. 두 사람의 시선이 허공에서 한바탕 밀고 당기기를 하다 손망후가 큰 소리를 쳤다.

"그래, 총사령의 명대로 하겠소! 내 마음대로 해보리다!"

손망후는 성큼성큼 자신이 부순 탁자의 잔해들을 밟으며 담대진홍과 풍경립의 사이를 지나 회의장을 빠져나갔다. 그의 발에 닿을 때마다 탁자의 잔해들이 소리없이 부스러지니, 그 공력의 심후함이야 말할 필요도 없었다. 그러나 그 정도의 절정고수가 지금과 같은 때에 공력을 갈무리하지 않고 굳이 이런 식으로 내보이는 것은 그만큼 손망후의 분노가 크다는 뜻이었다.

손망후가 나가고, 부서진 탁자의 잔해로 가득한 회의장 안에는 담대진홍과 풍경립 두 사람만이 남아 있었다. 풍경립 또한 모용강의 이해할 수 없는 행동과 지시에 의문을 가지고 있었지만, 손망후가 이처럼 격한 감정을 드러내니 자신마저 그럴 수는 없어 심정적으로 한발 물러난 상태였다. 담대진홍이 말했다.

"그래, 북사는 어쩌실 셈이오?"

밑도 끝도 없는 물음이 풍경립을 긴장시켰다. 아무렇지도 않게 던진 담대진홍의 말에는 뼈가 있어 소홀히 대답할 수가 없었다. 모용강이 다시 거처로 돌아간 이상 총사령은 맹주나 다름 아니거늘, 손망후는 그를 거슬렸으니 아무래도 풍경립은 불길한 예감을 떨칠 수 없었다.

풍경립에게서 무슨 대답이 나올지, 기다리는 담대진홍의 얼굴은 담담하기만 했다.

4

"그래서? 그래서 어떻게 됐는데?"

넘실거리는 모닥불에 금설옥의 얼굴은 붉게 물들어 있었다. 금설옥의 호기심으로 반짝거리는 눈을 보며 모용현이 숨을 고르고 다시 말했다.

"진 선배는 진 부인을 사이에 두고 나에게 현빙신공을 펼쳤소. 현빙신공의 한기는 진 부인의 심장으로 파고드는 홍일사의 독을 저지했고, 뒤이어 나에게 쏟아졌소. 그 끔찍한 한기는 뭐라 해야 할까… 도저히 필설로 다 할 수 없을 정도였소."

그 한기는 아직도 몸 안에 깊숙이 새겨져 세월이 흘러도 마모되지 않고 선명히 남아 있었다. 한서불침의 몸이 된 후에도 가끔 그 한기를 떠올리면 모용현은 절로 몸서리를 쳤었다. 지금 금설옥에게 이야기하면서도 모용현은 현빙신공의 위력에 새삼 감탄을 금치 못하고 있었다.

"그래서, 그래서!"

금설옥이 재촉하자 모용현은 현빙신공에 대한 기억에서 빠져나와 이야기했다.

"온몸에 현빙신공의 한기가 침투한 순간……."

나는 그때야말로 살아야겠다는 생각을 했소. 살아야겠다는, 아니, 살아야만 할 수 있는 일이 생겼기 때문이라고. 지금의 내가 감히 이야기할 수 있을까? 아니, 그럴 수는 없다.

"…깊숙한 곳에서 그에 반발하는 열기가 치솟아올랐소. 아마도 내가 삼켜 버렸던 그 두꺼비의 열기가 아니었을까 싶소. 확실한 것은 아니지만 그 외에는 설명할 방도가 없었소."

금설옥은 모용현의 이야기에 흠뻑 빠져 반쯤 입을 벌리그 있었다. 모용현은 금설옥을 보며 말했다.

"그 열기는 현빙신공의 한기와 충돌하며 더 더욱 강해졌소. 그에 반발하여 현빙신공의 한기도 더해갔고, 급기야는 내 몸이 견딜 수 없을 지경까지 갔소. 그때 진 선배도 더 이상 버티기 힘들었는지 극성의 현빙신공을 운용해 열기의 진원지를 공략하였소. 내 안에서 열기의 근원과 극성의 현빙신공이 만난 순간, 나는 정신을 잃었소."

"죽은 거야?"

"…내가 귀신으로 보이오?"

“암튼!”

“크흠, 정신을 잃었던 것은 꽤 짧은 시간이었던 것 같소. 나는 이내 눈을 떴는데 내 몸을 중심으로 돌풍이라도 분 듯 엉망이 되어 있었소. 진 선배와 진 부인도 바닥에 쓰러져 정신을 잃고 있었고, 그리고 내 안에 지금까지 존재치 않았던 기운이 느껴졌소.”

“진 선배 부부는?”

그리하여 단전이라 여겨지는 것을 얻고 간월심삼검을 익힐 수 있게 되었다, 하려는 모용현의 말을 끊고 금설옥은 진우심 부부의 안위를 물었다. 모용현은 아주 조금 서운함을 느끼며 대답했다.

“무슨 조화였는지 모르겠지만 진 부인의 목숨을 위협하던 홍일사의 독은 거짓말처럼 사라졌소. 몸 위에 선명히 드러났던 검은 선이 보이지 않았으니까. 더 놀라운 것은, 그전까지 반실성한 것이나 마찬가지였던 진 선배가 돌연 정신을 차렸다는 것이오.”

“하아.”

금설옥은 긴 한숨을 쉬었다. 그녀의 얼굴에 모용현의 이야기를 재촉하던 호기심은 이미 사라져 있었고, 어쩐지 쓸쓸한 표정을 짓고 있었다.

“정말 감동적이야. 부인을 위해 그렇게까지 할 수 있는 남자라니! 진 선배같이 진실한 사람에게서 사랑을 받은 부인은 얼마나 행복했을까.”

그 말을 듣자 모용현은 자신이 구구절절이 풀어놓은 이야기가 다 어디로 갔는지 모를 상실감에 몸을 떨었다. 내가 한 이야기를 제대로 듣기나 한 것인가? 모용현은 마음을 가라앉히고 다시 말했다.

“진 부인은 고결한 인격의 소유자셨소. 계속해서 진 선배를 바른길로 가도록 종용하셨고, 무고한 이들의 희생 위에 자신이 삶을 이어가고 있다는 사실을 무척 괴로워하셨소. 두 분의 사랑이 그토록 깊지 않았더라면 진 부인은 그런 식으로 사느니 차라리 자진의 길을 택하셨을 분이오. 끝내 그러지 못한 것은 남겨진 진 선배가 당신을 따라 자진할 것을 염려했기 때문이라고… 나는 그렇게 생각하오."

그러자 금설옥이 혀를 차며 말했다.

"쯧쯧, 몰라도 한참 모르는 소리를 하긴."

"뭘 모른단 말이오?"

"네 말대로 진 부인이 그렇게 괴로워하셨대도, 마음 한구석에서는 그렇게까지 사랑받는다는 사실에 감사했을 거야. 물론 진 선배가 잘했다는 건 아니지만, 사랑하는 사람을 위해서라면 무슨 짓이든 할 수 있다는 그 마음이 얼마나 대단하니!"

"그건 당신이야말로 몰라서 하는 말이오."

"뭐라고?"

"그 마음이 대단하다면, 여색에 홀려 천하를 버린 역대 폭군들의 마음도 대단하다 할 것이오? 진 선배를 황제에 비할 바는 아니지만, 그 역시 절정의 고수로 일반 민초와 다른 힘을 가진 이였소. 힘을 가진 자일수록 정에 휘둘리지 않고 더 큰 것을 보라 하지 않았소?"

모용현의 말은 정론이라 금설옥은 마땅히 반박할 거리가 없었다. 하지만 이대로 수긍한다면 어찌 그가 퇴불의 전인이겠는가?

"그래서 넌 지금 그분들이 순리를 거슬렀으니 죽어 마땅했다고 얘기하는 거야? 그렇게까지 안타까운 결말도 죗값을 치렀다 생각하고 수긍해야 한다는 거야?"

"내가 언제 그렇다 했소?"

금설옥의 억지가 한두 번도 아니었지만, 지금만큼은 모용현도 화를 참을 수 없었다. 진우심 부부의 죄는 실로 크지만 그 근원을 살펴 올라가면 좀 더 큰 죄인이 나오게 마련이다. 더구나 그들의 죄는 자신만이 아니라 세상을 보지도 못한 아이에게까지 이어졌고, 그들의 비참한 최후는 모용현 자신의 탓도 있었으니 사람의 탈을 쓰고 어찌 그를 수긍할 수 있단 말인가?

모용현이 발끈 화를 내자 금설옥이 또 다른 이야기를 했다.

"그도 그렇고, 아니, 그럼 무슨 진 부인은 고결한 인격의 소유자고 나는 뭐 똥통에 빠진 인격이냐?"

"말 돌리지 마시오. 그리고 여인의 입으로… 그런 말을 하다니."

모용현은 금설옥이 아무렇지도 않게 똥통이라는 말을 하는 걸 보고 크게 놀랐다. 물론 그녀의 입이 겉보기와 달리 거칠다는 것은 익히 알고 있었으나 그런 말까지 할 줄은 몰랐던 것이다. 모용현이 그를 질책하려다 차마 자신의 입으로 똥통이라는 말을 할 수 없어 얼버무리니 금설옥이 그를 잡고 늘어졌다.

"왜, 여자는 뭐 똥통이라는 말 쓰면 안 된다고 누가 그러디?"

"남녀를 불문하고 그런 말은 쉬이 입에 올리는 것이 아니오."

"잘나셨어요, 아주. 난 배운 게 없어서 그런 거 몰라."

금설옥이 그렇게 말하고 모용현에게서 등을 돌렸다. 모용현은 자신이 무얼 잘못했는지 몰라 억울하다가도 화를 참지 못한 경솔함을 후회했다. 어차피 금설옥은 모용현이 화를 냈는지도 몰랐지만.

타닥. 타닥.

이야기는 다시 끊기고 모용현과 금설옥 사이에는 장작 타는 소리만 요란했다. 침묵의 시간이 얼마나 이어졌을까, 금설옥이 조용히 몸을 돌리고 모용현은 고개를 들었다. 멀지 않은 곳에서 난 인기척을 두 사람 모두 알아챈 것이다.

금설옥은 모용현과 눈빛을 교환하고는 조심스럽게 검을 잡았다. 무림맹의 추격자들일까? 생각해 보면 자신들을 쫓는 움직임이 전혀 없었다는 것도 이상한 일이었다. 지금처럼 방심한 틈을 기다린 것일까?

작은 소리도 없이 접근하는 능력이 상당한 고수임을 짐작케 했다. 모용현은 금설옥의 무위가 이미 당대에서도 몇 없음을 알고 있었지만 걱정을 금할 수 없었다. 자신이 검도 없거니와, 내상도 아직 깊어 겨우 움직일 수 있을 뿐 전처럼 금설옥이 짐이 될 뿐이었다.

'젠장!'

모용현은 무기력한 스스로에게 화를 냈다. 금설옥을 위험에 빠뜨릴 수 있다는 사실에 화가 난 것이다.

'왜 이러는 거지?'

모용현은 형산의 봉우리에서 홀로 간월검을 익히면서 몇 번의 주화입마를 경험한바 있었다. 내력을 워낙 갑작스레 얻었고, 지도해 줄 이가 없던 탓에 모든 것을 홀로 터득해야 했으니 그 과정에서 일어난 시행착오는 당연한 일이었다. 하지만 그럴 때마다 염합의 결정은 그 기이한 힘을 발휘했다. 보통 사람이었다면 죽거나 폐인이 될 고비를 순전히 염합의 결정이 가진 능력에 의해 넘겨올 수 있었다. 그 회복 속도도 일반적인 것과는 비할 데 없이 빨랐다.

그런데 지금, 풍경립의 일장을 맞아 입은 내상과 그를 치유하는 과정에서 얻은 주화입마는 기이하리만치 더딘 회복을 보이고 있었다. 모용현은 거의 만능이고 영구적이라 생각했던 염합의 결정이 슬슬 그 능력을 잃어가고 있는 게 아닌가 하는 걱정까지 들었다.

그러는 사이 인기척은 더욱 접근해 있었다.

'두 사람인가.'

모용현이 인기척의 수를 파악하고 금설옥을 보니, 금설옥도 이미 간파한 듯 고개를 끄덕였다. 금설옥은 잠깐 기다리다 검을 들고 일어나 몸을 날렸다.

"윽!"

허를 찔린 듯 다가오던 이들이 놀라며 검을 들었다.

챙! 채앵!

몇 번 불꽃이 튀고 금설옥의 검이 두 자루의 검과 동시에 부딪쳤다. 이는 금설옥이 의도한 바로, 금설옥은 두 자루의 검이 자신의 검과 맞물리자 내력을 운용해 그들을 끌어들였다.

자신의 검이 금설옥의 검과 맞닿은 뒤 떨어지지 않자 두 사람은 적잖이 당황한 눈치였다. 금설옥은 몸을 빙글 돌리며 자신의 검을 비틀었고, 금설옥의 검에 달라붙은 두 사람의 검 역시 돌며 주인의 손을 벗어났다.

금설옥은 허공에 뜬 두 자루의 검 중 하나를 쳐 멀리 보낸 후 왼손으로는 다른 한 자루를 잡아챘다. 연이어 두 사람의 턱 밑에 두 자루의 검을 대었으니, 이 모든 것이 하나의 동작처럼 부드럽고 신속히 이루어져 보는 모용현도 감탄을 금치 못했다.

"…가인검!"

구름이 걷히고 움직임이 멈춰 서로를 알아볼 수 있게 되자 누가 먼저랄 것도 없이 두 사람이 소리쳤다. 금설옥도 좌우를 번갈아 보며 놀라 대답했다.

"현재 도장! 위진 도장!"

금설옥의 검끝에 목을 내놓은 두 사람은 종남의 현재와 우진이었다. 놀라는 금설옥에게 위진이 웃으며 대답했다.

"이렇게 다시 만나게 되니 정말 기쁘네요. 그런데 이 검 좀 치우고 얘기할 수 없을까요?"

5

"아니, 왜 그렇게 기척을 숨기고 그래요? 난 또 무림맹에서 우릴 잡으러 온 줄 알았잖아요."

금설옥이 검을 내리며 말하자 위진이 대답했다.

"아니, 우리도 불을 피우고 있는 사람들이 누구일지 알 수 없으니까요. 어쩔 수 없었어요."

위진은 그렇게 말하며 멀리 떨어진 검을 주우러 갔다. 그의 사형인 현재가 금설옥에게 빼앗긴 검을 돌려받으며 말했다.

"그나저나 이렇게 만나게 되니 정말 다행입니다. 가인검도 무사히 낙양을 빠져나왔군요."

위진이 검을 주워 오자 세 사람은 모용현이 앉아 있는 모닥불 주변에 둘러앉았다. 모용현은 무림맹의 추적자가 아님을 다행으로 여기면서도 금설옥과 둘만의 시간이 중단되었음을 아쉬워했다.

"그런데 두 분은 원래 아는 사이였나요?"

원래 궁금한 것을 참지 못하는 위진이 모용현의 옆에 앉자마자 입을 열었다. 현재와 위진, 두 사람은 지난날 남궁세가에서의 싸움에 참가

하지 않아 모용현을 볼 기회가 없었다. 비무대에 손발이 묶인 채 끌려 나온 모습만을 보았던 그들은 모용현을 남후 양정문의 사주를 받은 암살자로만 생각했었다.

"예, 이쪽은……."

금설옥이 그들에게 모용현을 소개하려다 말을 멈췄다. 모용현을 뭐라고 설명해야 할까? 머뭇거리는 금설옥을 대신해 모용현이 입을 열었다.

"소제는 무명소졸이라 두 도장께서는 들어도 모를 것이오."

"아, 예."

모용현이 먼저 못을 박으니 두 사람은 더 이상 물을 수가 없었다. 특히 위진은 모용현을 분명 어디선가 본 일이 있는데 그게 어디인지 기억이 나질 않아 몹시 괴로웠다. 모용현이 위진의 표정을 살피다 다른 말을 걸었다.

"두 분 다 힘이 없어 보이는군요. 끼니는 때우셨습니까?"

그 말을 듣고 위진이 이내 표정을 바꾸자, 현재가 그를 제지하고 금설옥에게 말했다.

"저희는 괜찮습니다. 그보다 더 급한 일이 있는데 재회의 기쁨이 커미처 얘기하지 못했군요."

"급한 일이라니요?"

"가인검께서는 부맹주님의 행방은 모르십니까?"

금설옥은 모용현 한 사람을 데리고 도망치기에도 벅차 다른 이들을 신경 쓸 여유가 없었다. 하지만 그들 한 사람 한 사람이 일류 고수였고, 스승인 퇴불에게 부탁했으니 알아서 잘 빠져나갔겠거니 속 편히 생각하고 있었던 것이다.

그렇게 생각하니 금설옥은 살짝 미안한 마음이 들었다. 금설옥은 최대한 안타까운—그를 본 모용현이 놀랄 만큼—표정으로 말했다.

"저런, 여러분들도 함께 빠져나오지 못했나요? 제 스승님께서 모두 무사히 데리고 나오시겠다고 큰소리를 쳤는데?"

물론 퇴불은 그런 말을 한 적이 없다. 현재가 고개를 절레절레 흔들며 말했다.

"퇴불 선배와는 본영을 빠져나갈 때까지 함께였는데 낙양 시내에서 길이 갈린 뒤 쭉 보지 못했습니다. 아니, 그보다는 급한 일이 있습니다."

"급한 일이라니요?"

"지금 맹주와 대우 스님, 육 형 세 사람이 제갈세가의 손에 잡혀 있습니다! 이러고 있을 때가 아닙니다!"

그 말을 듣고 나서야 금설옥은 두 사형제 몸 곳곳에 난 상처와 핏자국을 볼 수 있었다. 금설옥이 놀라 되물었다.

"아니, 그럼 남 형은 어떻게 됐나요?"

위진이 대답했다.

"그건 저도 궁금해요. 아마도 퇴불 선배와 함께 있는 것이 아닐까요? 부맹주를 제외하고, 맹주와 사형과 대우 스님과 육 형과 저 다섯 명은 낙양을 빠져나와 한동안 함께였어요."

위진의 말을 현재가 이었다.

"갈 곳은 없었지만 일단 하남을 벗어나려 했습니다. 그런데 우리의 경로를 어찌 알았는지 제갈세가에 덜미를 잡혀 우리 두 사형제만 겨우 빠져나올 수 있었어요."

"빠져나왔다?"

모용현은 알 수 없는 위화감에 현재의 마지막 말을 되뇌었다. 제갈세가의 가주 제갈찬은 신산(神算)이라는 별호만큼이나 일에 있어 철두

철미한 자라고 알려져 있었다. 그런 그가 겨우 다섯 사람을 포획하는 데 실패하여 두 사람을 놓쳤다? 쉽게 이해할 수 없는 일이었다. 사고가 거기까지 도달하자 그를 인식하지 못했다면 결코 알아챌 수 없었을 기 척들이 모용현의 감각 안으로 들어왔다. 아니, 포착되었다.

모용현은 금설옥과 눈을 마주쳤다. 금설옥도 무언가 이상한 낌새를 알아챘는지 모용현의 시선을 피하지 않고 뚫어져라 쳐다봤다. 모용현 은 하나뿐인 눈으로 한쪽 방향을 가리키며 금설옥이 자신의 생각을 알 아주기를 빌었다.

"……!"

놀랍게도 모용현의 시선이 간 쪽으로 금설옥의 신형이 움직였다. 그 와 함께 밤의 고요가 깨어지고 검은 옷을 입은 사내들이 어둠 속에서 튀어나왔다.

전혀 눈치 채지 못하고 있다 놀라는 현재와 위진을 뒤로하고 금설옥 의 몸이 그들을 향해 날았다. 모용현이 소리쳤다.

"한 사람도 살려 보내면 안 되오!"

'너무 쉽게 말하는 거 아냐?'

금설옥은 귓가로 들려오는 모용현의 외침에 속으로 투덜거리며 검은 옷의 사내들에게로 몸을 날렸다. 흑의인들은 언뜻 보기에도 모두 고수 로, 모용현의 말처럼 쉽게 상대할 자들은 한 사람도 보이지 않았다.

금설옥은 도망치는 사내들을 순식간에 지나쳐 퇴로를 막고 돌아섰 다. 금설옥에게 퇴로를 막힌 세 흑의인은 각기 품에서 병기를 꺼내 덤 벼들었다.

단도와 시퍼렇게 날이 선 철륜(鐵輪)은 이들이 일반 무림인이 아니 라 전문적 훈련을 받은 살수임을 말하고 있었다. 금설옥은 감히 긴장을 늦추지 못하고 신중히 검을 놀렸다.

챙! 챙! 채앵!

어둔 밤에 피어난 불꽃에게는 사그라질 시간조차 허락받지 못한 듯, 순식간에 그 모습을 감춘다. 금설옥의 검과 세 살수의 병기가 세 번 부딪치고 떨어졌다.

세 사람의 양손에 든 여섯 자루의 각기 다른 병기가 금설옥을 향해 왔다. 세 사람의 병기가 각기 다름에도 이는 한 사람의 손에서 나온 마냥 자연스럽게 금설옥의 요처를 위협했으니, 이는 고도의 훈련을 거쳐 완성된 합벽이 틀림없었다.

"차앗!"

그사이 뒤에서 기합 소리가 들려왔다. 현재와 위진이 검을 뽑아 달려든 것이다. 앞뒤로 협공을 당하게 생겼으나 흑의인들은 당황하지 않고 각기 다른 방향으로 흩어졌다. 그러나 금설옥이 그를 내버려 둘 리 없었다.

"……!"

금설옥의 검이 순간 둘로 늘어나며 두 흑의인의 퇴로를 막았다. 그 기세가 매우 엄격하여 더는 도망칠 수 없음을 예상했는지 두 흑의인이 금설옥에게 바싹 다가섰다. 금설옥의 검은 길고 그네들의 병기는 짧았으니 이른 올바른 판단이었지만, 금설옥은 조금도 당황하지 않고 좌장을 뻗어 지척에 이른 흑의인의 가슴을 강타했다.

콰앙!

굉음과 함께 흑의인의 신형이 뒤로 나가떨어졌다. 다른 흑의인은 예상치 못한 일에 당황해하며 양손에 든 단도와 철륜을 휘둘렀다. 하나 금설옥은 검으로 그의 날카로운 공세를 모두 막아내며 다시금 좌장을 내밀었다. 흑의인은 이미 그녀의 무시무시한 장력을 목격한 터라 재빨리 몸을 피했는데, 놀랍게도 지금의 장법은 방금 전의 것과 판이하게 달랐다. 아까와 같은 용맹한 기운 대신 신속함이 있어 흑의인이 피하고자 하는 방향으로 그의 어깨를 살짝 밀었다.

"……!"

흑의인은 스스로 피하고자 했던 움직임이 자신의 의사와 상관없는 방향으로 돌려짐을 느꼈으나 이미 주체할 수 없었다. 흑의인은 몸을 가누지 못한 채 제자리에서 빙글 돌고 금설옥 앞에 등을 훤히 드러냈다. 금설옥의 검이 그 등을 길게 찢었고, 흑의인은 한가닥 신음도 남기지 않고 쓰러졌다.

금설옥이 검을 거두고 돌아보니 남은 한 사람도 두 사형제의 협공을 당해내지 못하고 막 쓰러졌다. 금설옥과 현재, 위진 세 사람이 흑의인들의 시체를 내려다보며 숨을 고르는데 모용현이 다가와 말했다.

"두 분을 따라온 거요."

현재가 크게 놀라며 되물었다.

"우리를 따라왔단 말입니까?"

모용현은 고개를 끄덕였다.

"신산이 두 분을 일부러 놓아준 것이오. 그… 한 사람이 빠졌다 하지 않았소? 아마도 신산은 여러분이 어딘가에서 합류하기로 약조가 되어 있다 생각했을 것이오. 전부가 아니면 취하지 않겠다는 얘기겠지."

위진이 끼어들어 말했다.

"하지만 우리가 만난 것은 예정된 일이 아니지 않나요?"

"저들도 금… 가인검과 만날 것이라고는 생각지 못했을 것이오."

모용현은 이제껏 금설옥의 이름을 부른 적이 없었다. 지금 모용현이 위진과 말하면서 그녀를 언급해야 했으니, 금설옥은 그의 입에서 자신의 이름이 나올까 기대했다. 하지만 모용현이 금설옥의 이름을 말하려다 아마도 지금 막 들어봤을 가인검이라는 되도 않는 별호로 바꾸는 것을 듣고 실망을 금할 수 없었다. 하지만 지금은 그런 문제로 속을 앓을 때가 아니다.

"제갈세가에게 습격당한 곳은 여기서 먼가요?"

금설옥이 묻자 위진이 대답했다.

"아니, 그리 멀지 않아요. 저희 사형제의 경공으로 두 시진쯤 걸리니까요."

"그네들은 규모가 얼마나 되던가요?"

"정확히는 모르나 백 사람은 족히 되어 보였습니다."

"겨우 예닐곱 명을 잡으려고 그렇게 많이 끌고 왔대요? 거참!"

신산 제갈찬은 머리가 좋고 심계가 깊기로 유명했으나 그 무공에 있어서는 절정의 경지에 도달하지 못한 것으로 알려졌다. 더구나 금설옥이 말한 예닐곱 중 한 사람이 퇴불이라 생각해 보면 백 명도 모자란 감이 있었다.

현재가 말했다.

"어쨌든 맹주님들을 구해야 합니다."

금설옥이 현재를 진정시키며 말했다.

"그 정도 규모의 사람이 함께 있다면 찾기 쉽겠지요. 그들도 일단 미행을 붙였으니 돌아오기 전에는 섣불리 움직이지 않을 거예요. 지금은 두 분이 쉬셔야 할 때인 것 같네요."

금설옥은 그렇게 두 사람을 진정시킨 후 널브러진 시체들에게 다가갔다. 그녀의 곁에는 어느새 모용현이 와 있었다. 금설옥은 돌아보지 않고도 그가 곁에 있음을 아는 듯 시체를 보며 말했다.

"이거, 그때 그놈들이지? 뭐랬더라? 암······."

"···암천대."

"그래, 암천대. 그런데 이놈들이 왜 제갈세가를 위해 일하고 있지?"

"금방 두 분이 하신 말씀 못 들으셨소?"

"무슨 말?"

"제갈세가에 덜미를 잡혔다는 것 말이오."

"아!"

금설옥은 낮은 탄성을 질렀다. 제갈세가는 왕민보들의 경로를 알았던 듯이 아니라 실제로 알고 있었을 확률이 높다. 아마도 왕민보들이 낙양을 빠져나올 때부터 이 암천대가 뒤를 따랐을 것이다. 그들은 왕민보들의 경로를 파악한 뒤 그를 제갈세가에 알렸으리라. 금설옥은 눈살을 찌푸리며 말했다.

"그런데 왜 굳이 제갈세가에 알렸지? 무림맹 본영의 병력을 움직이기 싫었던 걸까?"

"글쎄, 그 속을 누가 짐작하겠소?"

굳이 누구라 칭하지 않았지만 금설옥은 모용현이 말한 그가 누구인지 바로 알아들을 수 있었다. 금설옥은 불현듯 눈 내리는 송림에서 마주 선 부자(父子) 아닌 부자의 모습을 떠올렸다. 살아도 산 것이 아닌 듯, 망자의 얼굴이 되었던 앳된 소년이 선명했다.

"이리 와."

금설옥은 대뜸 모용현의 손을 잡고 현재와 위진이 앉아 있는 모닥불로 끌고 갔다. 모용현은 뜻밖의 행동에 놀라며 금설옥이 끄는 대로 걸음을 옮겼다.

“자, 앉아.”

금설옥은 모용현을 모닥불 가까이 앉히고는 현재와 위진에게 말했다.

“두 분, 죄송하지만 호법을 부탁드릴게요.”

금설옥은 밑도 끝도 없이 말하고 모용현의 등에 두 손을 붙였다. 모용현은 밀착된 금설옥의 장심(掌心)으로부터 밀려 들어오는 내력을 느끼며 아연실색했다.

“……!”

그러나 지금 입을 열어버리면 무슨 일이 일어날지 몰랐다. 모용현은 입을 다물었다.

6

한참의 시간이 지난 후, 금설옥이 깊은 숨을 내쉬며 두 손을 모용현의 등에서 뗐다. 모용현 역시 눈을 뜨고 몸을 돌렸다. 모용현의 하나뿐인 눈에 금설옥의 붉게 상기된 얼굴이 들어왔다.

“어쩌자고 이런 일을 했소!”

모용현이 드물게 큰 소리로 금설옥을 질책했다. 그러나 금설옥은 대응하지 않고 다른 이야기를 했다.

“어때, 많이 좋아졌나?”

“…….”

확실히 그러했다. 모용현은 상세가 훨씬 나아진 것을 느꼈다. 금설옥은 자신의 내력으로 모용현의 내상을 돌본 것이다. 물론 모용현의 깊은 내상을 완전히 치유할 수는 없었으나, 요사이 내상이 회복될 기미가 보이지 않았던 것과는 비할 수 없었다.

하지만 모용현은 마냥 기뻐할 수 없었다. 이 정도의 내력을 썼다면 많든 적든 진기의 소모가 있었을 것이다. 금설옥은 모용현의 생각을 알아챘는지 그를 보며 말했다.

"그때 너도 나의 내상을 치료해 줬었지. 이건, 그래. 그러한 의리야."

쌍검자들과의 일전에서 입었던 내상은 금설옥이 정신을 차리자 말끔히 나아 있었다. 그리고 금설옥은 의리라는 말을 언급하여 모용현이 화낼 길을 아예 막아버린 것이다. 그를 듣고 모용현이 말했다.

"나는 진기를 소모해도 금방 보충이 되오. 이 내력은 내 것이면서도 내 것이 아니니까. 하지만 당신은… 더군다나 날이 밝으면 신산을 칠 것이면서 진기를 소모하다니! 대체 무슨 생각이오?"

그렇게 말하면서도 모용현은 자신 안의 염합의 결정이 서서히 살아나고 있음을 느꼈다. 비록 치유를 위해 받아들인 금설옥의 내력이 많은 양은 아니지만 염합의 결정에 어떤 자극을 주기에는 충분했던 것이다.

그러자 금설옥이 소매를 걷고 팔에 힘을 주어 보이며 말했다.

"왜 이래, 이거? 내가 고작 그 정도 진기를 썼다고 빌빌거릴 줄 알아?"

금설옥의 말도 틀린 것은 아니었다. 어려웠던 것은 내력을 자신이 아닌 모용현의 몸 안에서, 그것도 뒤틀려 엉망이 된 기혈을 파악해 운용함이었지 소모한 양은 본신 내력 중 극히 일부에 불과했던 것이다.

"……."

소매를 걷자 드러난 금설옥의 팔은 희고 가늘지만 검을 쓰는 이다운 강인함이 숨어 있었다. 하지만 그보다 눈에 띄는 것은 흰 피부에 가득한 상처들이었다.

모용현은 그 모습을 보고, 어쩐지 아무런 말도 할 수 없어 입을 다물었다. 그를 본 금설옥은 의기양양하여 말했다.

"너야말로 이제 싸우러 가는데 뒤에서 구경만 하고 있으려 했어? 검을 들 힘은 있어야 할 거 아냐."

날이 밝자 네 사람은 두 사람씩 말을 나눠 타고 현재와 위진이 도망쳐 온 길을 거슬러 갔다. 현재들이 정확히 파악한 것은 아니었지만 백 명이라 여길 만큼 다수의 무사를 끌고 왔다면 그들이 묵을 곳은 극히 한정될 것이다. 웬만큼 큰 규모가 아니라면 객잔에 그 많은 인원을 수용하는 것도 여의치 않을뿐더러, 그 정도의 객잔이 있는 곳이라면 무림맹의 지부 또한 설치되어 있는 것이 대부분이다.

근처에서 가장 큰 무림맹 지부라면 여남(汝南)에 있었다. 금설옥들은 여남으로 향해 수소문하니 과연 제갈세가의 사람들이 와 있음을 알 수 있었다. 금설옥은 주저하는 일행을 끌고 대담하게 여남의 객잔에 방을 잡았다.

"자, 이제 어떻게 하죠?"

간단히 식사를 마친 네 사람은 방으로 돌아가 의논을 시작했다. 그러나 금설옥이 재촉해 오긴 했어도 마땅히 구해낼 방도가 없었다. 백여 명에 달하는 제갈세가의 병력은 차치하더라도, 여남의 무림맹 지부가 원래 가지고 있던 전력을 알 길이 없었던 것이다.

"여남지부장은 손표(孫票)라는 자로, 과거 팔관수(八貫手)라 불리었

던 고수요. 그 밑으로 서른 명 정도의 맹원이 있으니 지금 여남지부에
는 최소한 백삼십 명이 있다고 생각해야 할 것이오.”

그 외중에 모용현이 입을 열어 세 사람을 놀라게 했다. 금설옥이 귓
속말을 했다.

“너, 그 손표라는 사람도 죽이려고 했었냐?”

“웬만한 곳은 다 알고 있소.”

모용현과 금설옥이 귓속말을 주고받는 것을 보며 위진이 말했다.

“그럼 이제 어떻게 하죠?”

모용현도 그에 대해서는 이렇다 할 방도가 떠오르지 않았다. 무엇보
다 저들은 백삼십 명이고 이쪽은 네 사람에 불과하니, 이 차이는 개인
의 무력으로 메우기 불가능한 정도다. 그나마 자신이 평소의 실력을
가지고 있었다면 몰라도 지금은 일반 맹원 한 사람이나 상대할 수 있
을 정도일까?

그리고 보면 그때 금설옥의 손을 잡았어야 했다. 그랬다면 자신이
내상을 입지도 않았을 것이고, 왕민보들이 제갈찬의 손에 잡힐 일도 없
었을 것이다.

한편 금설옥은 퇴불의 부재를 아쉬워했다. 퇴불만 있었더라도 두 사
람이서 정면으로 들어갔을 터인데! 드물게 퇴불이 없음을 아쉬워하는
순간이었다.

“불을 내서 소란을 피울까요?”

“그랬다가 빠져나가지도 못하고 불에 타 죽으면요?”

“너는 생각을 좀 하고 이야기하거라.”

“그보다는…….”

모용현을 제외한 세 사람은 각자 쉴 새 없이 의견을 내놓았지만 무

엇 하나 신통한 것이 없었다. 한참을 떠들어대다 더 이상 말할 거리가 없어 다들 입을 다무니 모용현이 말을 꺼냈다.

"불을 피우는 게 좋겠소."

"뭐라는 거야, 그건 벌써 아까 나온 얘기잖아."

금설옥이 핀잔을 주자 모용현이 다시 말했다.

"제갈세가가 나서서 당신들을 잡으려 한 이유가 무엇이겠소?"

"……."

"물론 제갈세가가 지금 무림맹 내에서도 손꼽히는 세력이긴 하오. 하지만 과거의 명성과 비교해 보았을 때 지금 무림맹 내에서 받는 대접은 확실히 소홀한 편이오. 아마 무림맹 본영은 크게 화가 나 있는 상태일 것이고, 당신들을 반드시 잡아들이려 하겠지. 그래야만 다른 하위 지부에 체면이 설 것 아니오?"

"뭐, 그렇겠지."

현재와 위진 두 사형제도 고개를 끄덕였다. 모용현이 말을 이었다.

"그들은 반드시 자신들의 힘으로 당신들을 잡으려 할 것이오. 그렇다면 그 사정을 아는 이들은 굳이 자신의 피를 흘려가며 당신들을 잡을 필요가 없소. 그것은 공이되 공이 아니고, 이미 구겨진 무림맹 본영의 체면에 먹칠을 하는 격일 테니."

금설옥과 현재, 위진 세 사람은 모용현의 말에 귀를 기울였다. 모용현의 음성은 작고 낮은 편이었지만 그들의 귓속으로 똑똑히 들어왔다.

"신산이 설마 그를 모르고 움직였을까. 제갈세가는 일부러 다른 이들이 꺼려하는 일을 자처하고 나선 것이오. 속사정까지 알 수는 없지만, 제갈세가는 당신들을 먼저 잡아 아까 말했듯 본영의 구겨진 체면에 먹칠을 하려는 걸 거요."

“그게 불을 피우는 것과 무슨 상관이 있습니까?”

현재가 물었다. 모용현은 그를 돌아보며 대답했다.

“본영의 무능을 비웃으려면 확실한 증거가 필요하오. 아마 내가 신산이라면, 제갈세가에서 성대한 무림대회를 열고 생포한 자들을 처형하는 의식을 치를 것이오. 그래야만 본영을 망신 주고 무림맹 내에서 제갈세가의 영향력을 키울 수 있으니까.”

“그렇군요!”

모용현이 하고자 하는 말이 무엇인지 알아낸 듯 위진이 주먹으로 반대편 손바닥을 치며 말했다.

“불에 타 형체를 알아보기 힘든 시체라면 몇 구를 갖다 놔도 군웅들을 인정시키기 힘들 거라는 얘기로군요? 그러니까, 설령 깊숙한 곳에 감금해 놨다 해도 불이 나면 가장 신속히 대피시킬 것이라는 말씀이 아닌가요?”

모용현이 고개를 끄덕이며 말했다.

“위진 도장의 말씀이 맞습니다. 그렇게 되면 굳이 어디에 가두었는지 찾을 필요도 없이 대피시키는 것을 중간에 가로채면 되지요. 물론 신산의 마음이 저와 같지 않아 이미 포로들을 죽였다면 다 부질없는 일이지만, 어차피 그렇다면 구하러 올 필요도 없지 않습니까?”

“그래도 방화는 조금…….”

모용현의 말을 듣고도 현재는 동의하지 못하는 눈치였다. 이 당시 방화는 큰 죄로, 법제상으로는 살인과 동일한 벌을 받았다. 관과 무림은 오래전부터 서로에게 간섭하지 않기로 암묵적인 협약이 있어왔고, 그중에서도 특히 무림인 간에 일어난 살인은 관에서도 유연하게 대응하는 경우가 많았다. 그러나 방화의 경우에는 민간과 무림을 따지지 않고 반드시 그 죄를 물었으니, 비록 불을 지르려는 곳이 무림맹의 건물일지라도 주저하는 것이 당연했다.

망설이는 현재를 보고 금설옥이 말했다.

"현재 도장께서는 다른 좋은 방법이 있나요? 그렇다면 알려주세요."

금설옥의 말을 듣고 현재는 곤란한 표정을 지었다. 달리 뾰족한 수가 있다면 벌써 냈을 것이다.

"그 외에는 방법이 없을 것 같군요."

결국 현재도 동의를 표하고는 모용현의 의견을 따르기로 했다.

7

무림맹 여남지부의 한 방에는 정갈히 수염을 기르고 문사(文士) 차림을 한 장년의 사내가 앉아 있었다. 밤이 깊도록 잠들지 못한 사내는 무언가 마음에 들지 않는 듯 미간에 잔뜩 주름을 잡고 골똘히 생각에 잠겨 있었다.

"커흠. 들어가도 되겠습니까?"

사내가 있는 방문 밖에서 굵은 목소리가 들려왔다.

"들어오게."

장년의 사내가 대답하자 문이 열리고 그와 비슷한 연배로 보이는 건장한 체격의 사내가 방 안으로 들어왔다.

"아직 주무시지 않으셨습니까?"

건장한 체격의 사내가 의자를 끌어 문사 차림의 사내 앞에 앉으며 말했다. 문사 차림의 사내는 고개를 끄덕이며 대답했다.

"이것저것 신경 쓸 일이 많아 그렇다네. 이 시간에 무슨 일인가?"

"실은 급한 전갈이 있어 왔습니다."

언뜻 학문에 매진한 선비처럼 보이는 사내는 바로 제갈세가의 가주인 신산 제갈찬이고, 방 안에 들어온 건장한 체격의 사내는 여남지부장인 팔관수 손표였다.

팔관수 손표는 본래 감숙성 일대에서 활동한 사파의 고수였는데, 특히 뛰어난 금나수법으로 유명했다. 팔관수라는 별호도 그가 한 번 금나수법을 펼치면 두 개의 손이 여덟 개로 보인다 하여 붙여진 것이었다.

"대체 무슨 전갈이길래 그러나?"

제갈찬이 묻자 손표가 대답했다.

"상공께서 낙양을 떠나 이쪽으로 오고 계시답니다."

"뭐라?"

손표의 말을 듣자 제갈찬이 깜짝 놀라며 반문했다.

"상공이 여기로? 대체 어째서?"

"그건 저도 모르겠습니다. 어쨌든 며칠 전에 출발하셨다고만……."

손표 자신도 전갈을 받았을 뿐이라 더 아는 게 없었다. 하지만 그 말을 전해 들은 제갈찬의 놀라움은 여느 것 이상이었다.

무림맹 본영에서, 그것도 서장 천수참마 조규휘를 제외한 본영의 전 수뇌진이 모여 있는 가운데 퇴불 한 사람의 난입으로 처형했어야 할 구파일방의 잔당과 맹주를 죽이려던 실수를 놓쳤다는 것은 철옹성 같던 무림맹의 권위가 뿌리째 흔들린 것이나 다름없었다. 그러나 무림맹 본영은 스스로 나서 권위를 회복할 생각 없이 그저 각 지부에 공문을 내려 그들을 잡도록 했으니 제갈찬으로서도 그 까닭을 짐작하기 어려웠다.

그러는 와중에 암천대라는 자들이 제갈찬을 찾아왔다. 총사령 담대진홍의 직속 부하라는 그들은 도주한 자들의 경로를 제갈찬에게 보고하며 담대진홍의 뜻을 전했다.

'동령이 죽고, 남궁세가가 멸문당하며 맹 내에서 과거 정파의 힘이 많이 쇠약해졌소. 지금 남은 이들 중 오직 제갈세가만이 믿을 수 있으니, 부디 이들의 정보에 따라 도주한 자들을 생포해 주시오.'

짧은 서한이었지만 제갈찬은 담대진홍이 하고자 하는 말을 명확히 알 수 있었다. 본래 무림맹은 정사일통의 기치 아래 세워져 지금껏 균형을 잡아왔으나 시간이 갈수록 그를 유지하기가 힘들었다. 본래 정파의 근간을 이루던 구파일방이 모두 숙청당하였으니, 본래부터 큰 세력을 가지고 있던 사파들에 비해 과거 정파였던 이들의 힘이 상대적으로 초라한 것이다.

무림맹의 정점인 맹주와 일인지하 만인지상의 자리에 오른 담대진홍이 모두 정파라고는 하나, 상공과 사대사령 중 사파가 아닌 이는 동령 천엽비도 당감소뿐이었다. 그리고 지금은 그 균형이 더욱 기울어 실제로 수뇌진 중에서 정파 출신이라고는 오직 담대진홍 한 사람만 남은 상태였다.

그러한 상황에서 사파 출신의 수뇌진들이 보는 가운데 퇴불에게 빼앗긴 반도들을 제갈찬이 되찾는다면, 손망후들에게로 기울었던 무게추를 다시 돌릴 수 있을지도 모른다. 또한 지금의 무림맹 내에서 쳐져 있는 세가의 위상을 높일 수도 있을 뿐 아니라 장차 다음 대의 맹주를 선출하게 될 때 제갈조운을 다른 후보자들보다 앞줄에 세울 수 있다.

이는 손해 보는 정도가 아니라 세가에 복이 찾아온 격이다.

단 하나 걸리는 것은 퇴불의 존재였다. 하지만 일의 성공이 가져다 줄 것들에 비하자면 그 정도 위험은 능히 감수할 수 있었고, 암천대가 가져온 정보에 의하면 담대진홍이 잡아주길 바라는 자들과 퇴불이 서로 떨어져 있다 하니 제갈찬으로서는 망설일 이유가 없었다.

제갈찬은 과거 십여 명의 추적자를 끌고 추신을 쫓던 중 천수참마 한 사람에게 크게 당한 기억이 있었다. 오십 명이라는 숫자는 분명 과한 것이었으나, 혹시라도 퇴불이 나타나 그날과 같은 사태가 되풀이되지 말라는 법이 없었다.

만반의 준비를 갖추었기 때문인지 남하하는 다섯 명의 경로를 미리 알아 포획하는 일은 생각 외로 수월했다. 그 두 사람을 일부러 놓아줘 남은 탈주자와의 접선을 유도하는 것까지도 순조롭게 진행되었는데, 그 뒤 두 사람을 따라간 암천대로부터 연락이 늦어 조금은 초조해하고 있는 상태였다.

그런데 상공 사왕 손망후가 탈주자들을 잡기 위해 직접 내려온다니 이는 전혀 예상치 못한 일이라 제갈찬이 놀라는 것이 당연했다.

"상공이 내려온다니… 대체 무슨 일인가."

제갈찬은 중얼거리며 머릿속으로 생각을 정리했다. 각 지부에 공문을 내린 것은 본영 내에서도 상공 사왕 손망후나 북사 풍경립 등의 위세를 억제하기 위함이다. 그렇다면 맹주와 총사령이 저 두 사람의 멋대로 나서기를 보고만 있을 리 없는데, 그럼에도 불구하고 송망후가 움직였다는 사실은 시사하는 바가 컸다.

'저 늙은 뱀이 맹주의 통제에서 벗어났거나 아니면 본영의 억제력이 약화되었거나. 아니, 둘 모두일 수도 있겠지.'

그렇지 않아도 놓아준 이들을 따라간 암천대에게서 연락이 없어 섣불리 다음 행동을 취하지 못하는 상황이다. 거기에 손망후가 내려온다니 설상가상(雪上加霜), 엎친 데 덮친 격이라!

제갈찬은 한참을 고심하다 입을 열었다.

"상공께서는 내가 저들을 잡았다는 사실을 알고 오시는 건가?"

손표가 대답했다.

"정주에 들르셨다는 소식을 듣고 여남으로 곧장 오신다 합니다."

"그러게 아랫사람들 입단속을 제대로 했어야지. 끌끌."

제갈찬이 혀를 차자 손표가 억울하다는 듯 말했다.

"이렇게 많은 사람을 움직이시면 감출래야 감출 수가 없습니다. 지부 간에 긴밀한 연락과 협약이 중요시되는 건 어제오늘 일이 아니지 않습니까?"

도리어 병력의 과함을 지적당하자 제갈찬은 낯빛을 붉히며 성을 냈다.

"그럼 지금 상공의 귀에 들어간 것이 내 탓이란 말인가?"

"아닙니다."

제갈찬의 서슬 퍼런 일갈에 손표는 한발 물러났다. 억울한 일이 있다 해도 눈앞의 제갈찬은 제갈세가의 주인이요, 자신은 일개 지부장에 불과하니 시시비비(是是非非)를 가리는 것은 어리석은 짓이다.

"여남에는 언제쯤 도착하실 것 같나?"

"이르면 당장 내일일지도 모릅니다. 늦어도 이, 삼 일 안에는 도착하실 겁니다."

"흐음……."

이렇게 선택을 강요당하는 것은 제갈찬이 가장 싫어하는 일이다. 하지만 피할 수는 없는 법이다.

내일 당장 여남을 뜨거나 혹은 손망후를 기다려 함께하거나. 전자를 선택할 경우, 제갈찬은 손망후와 공을 나누지 않아도 되며 총사령 담대진홍의 뜻에도 부합해 더 큰 신임을 받을 수 있다. 하나 자신을 고의로 피했다는 사실을 알게 되면 손망후로부터 원성을 들을 것이다.

반면 손망후를 기다려 합류할 때에 기대할 수 있는 이점이란 무엇인가? 만일 퇴불이 나타났을 경우 그와 대적할 수 있다는 것 외에는 딱히 떠오르는 것이 없었다.

제갈찬은 오래 고민하지 않았다. 지금 세가가 가진 전력의 팔 할에 가까운 오십여 명의 고수를 데리고 나온 이 일은 향후 백 년을 좌우할 일종의 도박이었다. 이대로 무림맹의 변방으로 만족할 것이냐, 아니면 무림맹의 힘을 제갈세가의 것으로 만들 것이냐? 제갈찬의 눈은 먼 미래를 보고 있었으니, 지금의 선택도 자연히 그 연장 선상에 있어야 했다.

생각을 정리하고 제갈찬은 자리에서 일어났다. 손표도 그를 따라 일어나며 물었다.

"갑자기 왜 일어나십니까?"

제갈찬은 손표에게 어떻게 이야기할지 망설였다. 그도 과거 사파의 인물로, 따져 보자면 엄연히 자신보다 손망후에 가까운 인사이다. 지금은 자신의 앞에서 허리를 굽히지만 손망후에게도 다를 것이 없으리라.

"실은 자네가 오기 전에 한 전갈을 받았네."

"그게 무엇입니까?"

"내가 세 놈을 잡아오지 않았던가? 사실 그게 다가 아닐세. 낙양에서 도주한 놈들은 모두 여섯인데, 우리가 덮쳤을 때에는 다섯뿐이었다네. 어디선가 합류할 작정이었겠지. 그래서 나는 다섯 중 두 놈을 놓아주고 미행을 붙여 다른 한 놈과 접선할 것을 기다렸는데, 마침 그놈들이 합류했다고 연락이 왔어. 한시도 늦출 수 없으니 지금 출발할 것이네."

"예?"

손표가 놀라 반문했지만 제갈찬은 개의치 않고 방을 나섰다. 손표가 황급히 뒤따르며 말했다.

"이 늦은 밤에 말입니까?"

"말했잖은가! 한시라도 늦출 수 없는 일일세."

제갈찬이 그리 말하고 앞으로 나아가니 손표가 다시 따라붙으며 말했다.

"대인, 그럼 저도 함께 가겠습니다."

"그럴 필요 없네. 가뜩이나 맹 전체가 뒤숭숭한 판국에 지부장이 자기 지부를 지키고 있어야지. 그리고 저들의 잔당에게 습격당할 우려가 있으니, 지금 가두어놓은 놈들은 우리가 데리고 가겠네."

제갈찬은 일축하고 수하들이 묵고 있는 숙소로 발걸음을 옮겼다. 그 뒤를 손표가 따르는데 갑자기 큰 소리가 났다.

"불이야! 불이다!"

소리와 함께 건물 안으로 열기와 연기가 차올랐다. 제갈찬과 손표가 놀라 건물 밖으로 뛰쳐나가니 두 사람이 있던 건물 지붕에 커다란 불길이 솟아 있는 게 아닌가? 불길이 어찌나 큰지, 어두운 밤이 낮처럼 밝았다.

"이게 무슨 일이냐!"

제갈찬이 부르짖으며 주위를 둘러보자 무림맹 여남지부가 가지고 있는 몇 채의 건물 지붕에서 차례로 불길이 솟아올랐다. 손표 역시 크게 놀라고, 곧 급한 상황을 알리는 종이 시끄럽게 울리니 깨어 있는 자들이나 자고 있던 자들이나 혼비백산하여 뛰쳐나와 연무장을 겸하는 공터는 사람들로 가득 찼다.

"어서 물을 뿌려라! 물을!"

손표가 목에 핏대를 세우며 외치자 지부원들은 우물에 들러붙어 물을 퍼 올리기 시작했다. 제갈찬이 그를 보다 갑자기 생각이 났는지 크게 외쳤다.

"그놈들은 어디 있느냐!"

혼란의 와중에 누군가 대답했다.

"아직 뇌옥에 있습니다!"

"멍청한 놈! 네 녀석만 살자고 나왔단 말이냐!"

제갈찬이 크게 노하며 돌아보니 뇌옥이 있는 곳의 불길이 가장 컸다. 제갈찬은 그를 보다 자신을 지나쳐 뛰어다니는 맹원들 중 한 사람을 잡아챘다.

촤악!

제갈찬은 그가 들고 있던 물통을 빼앗아 자신의 머리 위에 뿌리고는 불길이 거세어지는 건물 안으로 뛰어들었다. 그를 본 제갈세가의 몇 사람도 몸에 물을 뿌리고 제갈찬의 뒤를 따라 뛰어들었다.

8

제갈찬은 젖은 소매를 찢어 코와 입을 가리고 건물 안으로 돌입했다. 그와 그의 심복 두 사람이 함께 들어갔는데, 왕민보들을 가두어놓은 건물의 일층은 열기와 연기만 가득했다.

'불길이 지붕에서 시작된 건가?'

제갈찬은 의아해하며 심복들의 안내를 받아 감옥으로 향했다. 열쇠로 문을 열자 세 사람이 손발에 족쇄를 찬 채 쓰러져 있었다. 제갈찬이 왕민보를 잡아 일으켜 눈을 까 보니 연기를 잔뜩 마신 듯 동공이 풀려 있었다.

'오히려 잘됐군!'

제갈찬 등은 정신을 잃은 왕민보들을 각각 한 사람씩 업고 감옥을 나왔다. 그 잠깐 사이에 불길이 내려와 곳곳이 타오르고 있었다. 제갈찬은 심복들을 이끌고 연기와 불길을 헤쳐 나왔다.

"후아!"

신선한 공기가 이리도 고마운 줄 언제 알았던가! 제갈찬은 등 뒤의 열기를 느끼며 깊게 심호흡했다. 다른 두 사람도 무사히 빠져나왔는지 각자 옷에 묻은 그을음을 털어내고 있었다. 제갈찬도 수염과 눈썹이 살짝 탔으니 지금 자신의 꼴이 몹시 우스울 거라 생각했다. 하지만 이들을 살려낸 것에 비하면 그깟 털이 대수이겠는가? 제갈찬은 왕민보를 바닥에 내려두고 수하들에게 심호흡을 시키라 지시했다.

그러고 나서 돌아보니 불길은 걷잡을 수 없이 번져 이미 끌 수 있는 수준이 아니었다. 지부원들만이 아니라 제갈찬이 데려온 수하들도 모두 달라붙어 물을 뿌리고 있지만 역부족이었다.

'한시가 급한데 이런 일에 발목을 잡히다니!'

하지만 이 난리가 났는데 매정히 사람을 물릴 수도 없어 제갈찬은
사태의 추이를 지켜보기로 했다. 설마 손망후가 야밤에 도착할 리는
없으려니 생각하며 어떻게든 불길을 잡아보려 애쓰는 손표를 바라봤
다.

순간, 제갈찬은 몸을 날렸다. 무인(武人)의 피가 그의 뇌보다 먼저
위험을 감지하고 몸을 움직인 것이다. 영문도 모르고 몸을 날리자 목
덜미에 서늘한 감촉이 지나가고, 제갈찬은 흙바닥을 몇 번 구른 뒤 일
어났다.

"……!"

방금 제갈찬이 있던 자리에 한 사내가 검을 들고 서 있었다. 하나 복
장은 분명 사내의 것이되, 타오르는 불길을 받아 붉은 얼굴은 여자처럼
매끈하고 아름다웠다. 제갈찬은 그 이질적인 광경에 잠시 넋을 잃고
있다 목 뒤로 흐르는 뜨거움을 느끼고 정신을 차렸다.

"웬 놈이냐!"

그러나 돌아오는 것은 대답이 아니라 검이었다. 일 장의 거리가 갑
자기 사라진 듯, 여자처럼 아름다운 사내의 검이 어느새 제갈찬의 눈앞
에 당도했다.

"…흡!"

제갈찬은 놀라 숨을 들이키며 허리에서 검을 뽑았다.

카앙!

검과 검이 맞부딪친 그 소리가 날카롭게 제갈찬의 귓속을 파고들었
다. 그러나 그보다 검을 통해 전해지는 사내의 무시무시한 공력이 제
갈찬을 놀라게 했다.

'어디서 이런 고수가 튀어나왔단 말인가!'

제갈찬은 양손이 저릿함을 느끼며 황급히 뒤로 물러나 여력을 해소했다. 곧이어 사내의 검이 제갈찬을 덮쳤다.

캉! 카앙!

제갈찬은 사내의 검을 간신히 받아넘기며 연신 뒤로 물러났다.

쉐엑!

사내의 검이 수평으로 제갈찬의 목을 가르고, 제갈찬은 급한 나머지 땅을 굴렀다.

"대인!"

그제야 이 상황을 보았는지 손표의 외침이 들렸다. 제갈찬이 땅에 엎드려 보니 사내는 더 이상 달려들지 않고, 그의 뒤로 세 사람의 그림자가 보였다. 그들은 각각 제갈찬의 심복들을 쓰러뜨리고 왕민보들을 짊어지고 있었다. 그를 본 제갈찬은 재빨리 일어나 흙을 털 틈도 없이 소리쳤다.

"저놈들을 잡아라! 불보다 저놈들이 먼저다!"

'쳇!'

금설옥은 속으로 혀를 차며 다시 제갈찬을 향해 검을 뿌렸다. 혼란을 틈타 기척없이 접근하는 것까진 좋았는데, 완벽하다 생각했던 기습이 막힌 것이다. 이는 제갈찬의 실력도 실력이지만 금설옥의 검이 평소보다 조금 무뎌졌기 때문이다. 모용현을 치유하느라 소모한 진기는 결코 많지 않았으나 분명 영향을 주고 있었다.

'쌍검자들보다 반 수 정도 아래로군!'

하지만 제갈찬의 실력은 과거 오대세가의 한 축이라기엔 부족한 점이 있었다. 진기의 손상이 승패에 영향을 줄 정도는 아니라 판단한 금설옥은 다시금 제갈찬에게 달려들었다.

"가주님을 보호해라!"

그러나 그 잠깐의 틈을 놓치지 않고 제갈찬의 수하들이 금설옥의 앞을 막아섰다. 제갈찬의 앞을 막아선 네 사람의 기세가 만만치 않았는데, 다들 제갈찬에 버금가는 고수들이었다.

금설옥은 아쉬움을 삼키며 뒤로 물러났다. 이미 모용현과 현재, 위진이 왕민보들을 한 사람씩 짊어진 상태였다. 지부 내 대부분의 사람들은 불을 끄느라 여념이 없었고, 또 제갈찬이 그런 혼잡을 피해 한적한 곳으로 왕민보들을 옮겨놨기 때문에 그를 저지하는 자가 없었다.

"방화(防火)가 큰 죄이긴 하나 이러고 보니 이만한 방법이 없군요."

위진이 왕민보를 어깨에 짊어지고 웃으며 말했다. 가장 덩치가 큰 대우를 짊어진 현재가 그 말에 대답했다.

"잡히면 참수형을 당해도 싼 짓이니 입 놀릴 시간이 있으면 발부터 움직여라."

모용현은 육기환을 짊어지고 금설옥을 돌아봤다. 금설옥은 제갈찬을 위시한 다섯 사람을 홀로 막아서고 있었다.

아아, 내 몸이 성했더라면 저 이를 저런 곳에 보내지 않았을 텐데! 모용현은 다시금 자신의 경솔함을 후회하며 미리 약속된 담장으로 뛰었다. 금설옥이 준 진기를 받아들인 염합의 결정은 다시금 활력을 되찾았는지 빠른 속도로 모용현의 내상을 치유하고 있었다. 평소와 비교할 수는 없었지만, 반나절 전까지만 해도 홀로 걷기가 고작이었음을 생각해 보면 놀랄 만한 일이었다.

몇 발 뛰지 않아 담장 앞에 이르자 위진이 짊어지고 있던 왕민보를 재빨리 현재에게 넘기고 담장 위로 뛰어올랐다. 위진이 담장 위에 올라가자 현재가 즉시 왕민보를 던졌다.

“좋아요, 좋아!”

긴박한 상황임에도 위진은 웃음을 잃지 않으며 왕민보를 받아 반대편으로 내렸다. 그곳에는 모용현이 여러 상황을 가정해 왕민보들이 스스로 움직이기 힘든 상태일 때를 대비한 이불들이 깔려 있었다.

위진은 왕민보가 별 탈 없이 이불 위에 안착했음을 확인하고는 현재에게 소리쳤다.

“다음!”

그 소리를 들은 현재는 모용현에게서 육기환을 건네받아 역시 위진에게 던지고, 뒤이어 대우를 던졌다. 대우를 받은 위진은 잠시 아래를 내려다보고 중얼거렸다.

“이런, 대우 스님을 제일 먼저 내렸어야 했는데. 맹주님, 융 형, 미안합니다. 이건 내 탓이 아니라 사형 탓이라우.”

말이 끝나기 무섭게 대우의 커다란 몸이 정신을 잃고 쓰러져 있는 왕민보와 육기환의 위로 떨어졌다.

대우를 던진 위진도 담장 밖으로 뛰어내리자 현재는 모용현을 잡았다. 모용현의 내상이 나아졌으나 아직 경공을 펼칠 수준은 아니었으니, 현재는 주저없이 모용현을 담장 위로 던졌다. 모용현은 현재의 도움으로 담장 위에 올랐다.

“……”

모용현은 바로 뛰어내리지 않고 담장 위에 서서 금설옥을 봤다. 금설옥은 제갈찬 등 다섯 고수를 맞아 방어에 열중하고 있었다. 다섯 명을 상대로 비록 공세를 취하지 못하더라도 조금의 틈도 보이지 않는 모습은 보는 사람으로 하여금 절로 탄성을 자아내게 했다. 하지만 모용현은 그 와중에 반격의 기회가 있음에도 공력의 부족으로 수세를 유지하는 모습이 안타까웠다. 자신에게 소모한 진기의 여파가 아니었다면 저 다섯 사람을 상대로도 결코 밀리지 않았으리라.

아니, 그녀가 아니라 내가 저 자리에 있어야 했다.

그 순간, 금설옥이 다섯 자루의 검을 막아내며 고개를 돌렸다. 모용현들이 무사히 빠져나갔음을 확인하려는 것이었을까? 고개를 돌린 금설옥의 눈은 정확히 담장 위에 서 있는 모용현을 향해 있었다. 두 사람의 시선이 아주 짧게, 스치듯 마주쳤다.
"……!"
"……!"
그 찰나의 순간, 모용현은 벼락이라도 맞은 듯 커다란 충격을 느꼈다. 지금껏 서로를 비껴갔던 모든 말들을 뒤로하고, 지금 이 순간 금설옥은 모용현에게 그녀의 진심을 전했던 것이다. 그리고 모용현은 짧은 눈빛의 교환만으로 그를 알아들을 수 있었다.

내 걱정은 하지 말고 어서 가.

금설옥은 다시 고개를 돌려 자신에게 쏟아지는 검격을 막아냈다. 모용현은 그녀가 하고자 했던 말대로 빨리 뛰어내릴 수 없었다.
"뭘 하십니까. 어서 뛰어내리세요."
모용현을 일깨운 것은 마지막으로 뛰어오른 현재였다. 현재의 말을 들은 모용현은 퍼뜩 정신을 차렸다.
"아, 예."

모용현은 그리 대답하면서 현재를 따라 담장 밑으로 뛰어내렸다.

"으음……."

담장 아래에서는 위진이 급하게나마 왕민보들에게 내력을 주입하고 있었다. 현재가 그에 가세하니 곧 세 사람이 신음 소리를 내며 깨어났다.

"…여기는?"

셋 중 가장 공력이 심후한 왕민보가 먼저 깨어나며 중얼거렸다. 위진은 왕민보의 어깨를 두드리며 소리쳤다.

"여기가 어디고 자시고 할 틈이 없어요! 맹주, 몸은 괜찮아요?"

왕민보들은 낙양을 빠져나오고도 며칠간은 돈이 없어 쭉 노숙을 하며 끼니도 제대로 챙기질 못했다. 제갈세가의 습격을 받았던 때에는 다들 많이 지친 상태여서 제대로 된 반격도 못하고 쉽게 잡혔으니, 일부러 놓아준 줄도 모르고 사지를 힘겹게 빠져나간 현재와 위진 두 사형제를 제외하고는 모두 큰 상처가 없었다.

대우가 곧 깨어나고 육기환이 정신을 차리자 주위가 소란스러웠다. 경공이 부족해 담을 뛰어넘지 못한 무림맹 여남지부원들과 제갈세가의 수하들이 대문을 통해 나온 것이다.

"어서 갑시다!"

현재가 사람들을 독려했다. 아직 연기를 들이마신 탓에 움직임이 부실한 왕민보들을 모용현이 이끌고, 현재와 위진 두 사형제가 뒤에 서서 쫓아오는 이들을 저지했다. 모용현은 아직 미진한 내력을 운용해 걸음을 옮길 때마다 염합의 결정이 더욱 활성화되는 것을 느꼈다. 이, 삼 일만 조용한 곳에서 정양하면 말끔히 내상을 치유할 수 있다. 그러나 그 짧은 시간이 지금은 얼마나 아쉬운가!

모용현이 그리 생각하며 사람들을 이끌고 뛰어가는데, 모퉁이에서 하나의 그림자가 튀어나왔다. 모용현은 본능적으로 검을 뿌렸다.

쉐엑!

그림자는 모용현의 검을 쉽게 피하고 두 손으로 모용현의 오른팔을 잡았다. 모용현은 오른팔을 세게 흔들었지만 그를 잡은 두 손은 쉽게 뿌리쳐지지 않았다.

뻐걱!

둔탁한 소리와 함께 모용현의 오른팔이 평소에는 가능치 않은 방향으로 꺾였다. 어깨를 타고 머릿속까지 신경을 태우듯 올라오는 통증!

"놓아라!"

대우가 일갈하며 그림자에게 좌장을 내밀었다. 불에 탄 연기를 마신 직후라 평소의 위력은 없었지만 나한십팔장은 소림 장법의 원류(原流)였으니, 그 기세를 감히 받아내지 못하고 그림자가 한 발 뒤로 물러났다.

"괜찮으시오?"

쓰러진 모용현에게 왕민보가 거친 목소리로 물었다.

"괜찮소."

모용현은 이를 악물고 대답했다. 마침 달빛이 드러나 그림자를 비추니, 모용현의 팔을 꺾고 대우와 대치한 자는 바로 여남지부장인 팔관수 손표였다.

"불을 지른 게 네놈들이렷다!"

본래 손표는 큰 특색이 없는 얼굴이었으나 이때만큼은 큰 분노로 물들어 몹시 일그러져 있었다. 자신이 맡고 있는 지부가 이들로 인해 불탔으니 그가 무슨 성인(聖人)이라고 화가 나지 않을까?

왕민보가 모용현이 떨어뜨린 검을 집어 손표에게 휘둘렀다. 그 역시 연기를 마신 뒤라 정교한 검로는 보이지 않았으나 예기만큼은 평소와 다를 바 없었다.

“촤르륵!

허공에 몇 송이의 매화가 피어나니 손표가 재차 물러났다. 그 틈을 타 대우의 나한십팔장이 다시 손표를 위협했다. 그러나 손표의 양손이 대우의 가슴팍으로 파고들면서 교차하여 통나무 같은 팔뚝을 잡아챘다.

“헛!”

그 동작이 기민하여 대우가 깜짝 놀라 외쳤다. 손표의 강철같은 손가락이 대우의 팔뚝에 있는 혈을 잡고 막 비틀려는 순간 왕민보의 검이 손표의 목 끝에 닿았다. 그러나 왕민보의 힘이 부족했는지, 아니면 손표의 동작이 기민했는지 검은 가는 상처를 남기는 것에 만족해야 했다.

“이놈들이……!”

위기에서 벗어난 손표는 화가 머리끝까지 오른 듯 보였으나, 도리어 냉정을 되찾았는지 다시금 펼쳐 내는 금나수법이 한층 예리했다. 왕민보와 대우는 두 사람이었으나 아직 연기를 마신 여파가 가시지 않아 정면으로 맞서지 못하고 뒤로 물러났다. 육기환은 두 사람보다 더 정신이 없어 그저 움직이기만 가능했으니, 그가 가세하기를 기대하기는 힘들었다. 왕민보와 대우, 둘 중 한 사람이라도 몸 상태가 정상적이었다면 있을 수 없는 일이었다.

“크윽!”

결국 왕민보는 검을 쥔 오른손을 손표에게 잡히고 고통에 겨운 신음을 질렀다. 대우가 급히 좌장을 뻗었다. 그러나 손표는 그를 예상하기라도 한 듯 왕민보의 손을 잡은 채로 몸을 빙글 돌리니 두 사람의 자리가 순간 바뀌었다.

"크윽!"

어쩔 수 없이 대우가 좌장을 채 뻗지도 못하고 회수하는데, 그 틈을 놓치지 않고 손표의 오른팔이 뱀처럼 대우의 왼팔을 휘감았다.

"검을!"

그때 모용현이 소리쳤고, 왕민보는 손표에게 잡힌 오른손을 펴 검을 떨어뜨렸다. 모용현은 오른팔 대신 왼손으로 떨어지는 검을 잡고는 그대로 손표의 가슴을 향해 올려쳤다.

"커헛!"

손표는 왕민보와 대우, 두 사람의 팔을 한꺼번에 부러뜨릴 기회를 잡았으나 목숨과 바꿀 수는 없었다. 황급히 두 사람을 잡은 양팔을 풀고 몸을 뒤로 빼는데, 가슴에 대각선으로 흰 빛이 지나가고 이어 화끈한 통증이 급습했다.

손표의 얼굴이 경악으로 일그러지고, 몸은 뒤로 넘어갔다.

9

"헉, 헉."

모용현은 왼손에 든 검으로 몸을 지탱하고 가쁜 숨을 몰아쉬었다. 왼손으로 검을 쓰는 연습도 하긴 했으나 실전에서 써본 것은 처음이었다. 손표에게 모용현을 경시하는 마음이 없었더라면 제대로 들어가기 힘든 일격이었다.

"시주, 팔을 보여주시오."

대우가 걱정스레 물어오자 모용현이 대답했다.

"괜찮… 습니다. 그보다 일단 자리를 뜨는 것이 급하니 어서."

모용현이 그리 말하고 일어나며 오른팔을 뒤로 돌리려 했는데 마음 먹은 대로 움직일 수 없었다. 도리어 큰 고통이 엄습했으니, 일어나려 던 무릎이 다시 굽혀졌다.

"시주!"

대우가 깜짝 놀라 모용현을 끌어안다시피 하여 받쳤다. 모용현은 대 우를 만류하고 다시 일어섰는데, 오른팔이 덜렁거려 움직일 때마다 몹 시 고통스러웠다. 게다가 급작스레 내력을 일으켜 검을 휘두른 탓에 조금씩 나아가던 내상이 다시금 악화됐는지 기혈이 역류하그, 비릿한 핏덩이가 목 위로 올라왔다.

"큭!"

모용현은 작은 핏덩이를 뱉어내고, 다시 일어나 앞장섰다. 왕민보와 대우도 그런 모용현에게 감히 다른 말을 하지 못하고 육기환을 부축해 뒤를 따랐다.

모용현의 안내를 따라 일각여를 더 뛰어가자 낡은 사당이 나왔다. 모용현이 세 사람을 데리고 안으로 들어가니 안에는 미리 준비해 놓은 마차와 말들이 있었다. 대우와 왕민보는 아직 힘들어하는 육기환을 마 차 위에 눕힌 후 남은 이들이 도착하면 바로 출발하기 위해 마차와 말 들을 밖으로 끌고 나왔다.

마차와 말들을 끌고 나오는 대우의 눈에 다 무너져 가는 사당의 담벼락에 기댄 모용현이 들어왔다. 대우는 모용현에게 다가가 말했다.

"시주, 오른팔을 줘보시오."

"괜찮습니다."

"괜찮지 않습니다."

대우가 막무가내로 모용현의 오른팔을 잡아 이리저리 만져 봤다. 대우의 솥뚜껑 같은 손이 닿을 때마다 모용현은 신음이 목 끝까지 차오르는 것을 간신히 참아냈다. 그런데 이리저리 만져 보던 대우가 갑자기 손에 힘을 줬다.

"윽!"

결국 모용현이 신음 소리를 냈는데, 그 순간이 지나자 무척 편해진 것이 느껴졌다. 오른팔을 보니 팔의 방향이 아까와 달리 정상적으로 왼팔과 정확히 대칭을 이루고 있었다.

대우가 말했다.

"다행히 부러진 것이 아니라 뼈를 다시 맞추었소."

모용현이 그 말을 듣고 오른팔을 움직이니 다시 통증이 왔다. 모용현이 얼굴을 찌푸리자 대우가 급히 말리며 말했다.

"아직 움직여서는 안 됩니다. 며칠은 이대로 고정시켜 놓아야… 시주!"

모용현은 대우의 말을 무시하고 오른팔을 억지로 몇 번 휘둘렀다. 처음에는 아프던 것이 갈수록 완화되었다. 물론 이는 고통이 줄어든 것이 아니라 몸이 그에 익숙해지는 것이었지만, 모용현에게는 그것만으로도 충분했다.

모용현은 대우와 왕민보에게 말했다.

"현재 도장과 위진 도장이 오시면 바로 출발하십시오. 저와 가인검은 걱정할 필요 없습니다.”

모용현이 말을 다하고 걸음을 옮겼다. 모용현이 말은 강하게 했으나 그 어조에 힘이 없으니 누가 보더라도 정상인 몸이 아니었다. 하지만 대우는 모용현을 막을 수 없었다. 그가 지금 무엇을 위해 어디로 가는지 짐작했기 때문이다. 옆에서 그를 보고 있던 왕민보가 갑자기 생각이 난 듯 어둠 속으로 멀어지는 모용현에게 소리쳤다.

“당신, 당신 혹시 그때 남궁세가에서 창천검을 벤 자가 아니오?”

모용현은 대답하지 않았다. 그의 모습이 왕민보와 대우의 눈에서 사라지자 약속이라도 한듯 현재와 위진이 도착했다. 사형제가 누구랄 것도 없이 피가 홍건해 뒤를 막아온 그들의 싸움이 얼마나 치열했는지를 말해주었다.

도착하자마자 현재가 급히 말했다.

“자, 어서 출발합시다!”

“가인검은 내버려 두고 갈 겁니까?”

왕민보가 묻자 현재가 다시 대답했다.

“이미 약조한 바가 있는 사항입니다. 무사히 빠져나가면 언제 어디에서 다시 만날지 다 정해놓았으니 맹주, 어서 갑시다!”

옷이 온통 너덜너덜해진 위진이 그 사이에 끼어들어 말했다.

“그런데 그… 아, 이름도 별호도 모르니 불편하구나! 그 예쁜 형씨는 어디 갔습니까?”

물론 위진이 누구를 말하는지 모두 알고 있었다. 대우가 대답했다.

“그는 다시 가인검에게 갔습니다.”

그러자 위진이 놀라 말했다.

“뭐라구요? 어찌 그런… 왜 막지 않았습니까?”

대우도 뭐라 말할 길이 없었다. 네 사람이 그렇게 마주 보고 서서 아무 말도 하지 못하는데, 마차 위에 쓰러져 있던 육기환이 신음 소리를 냈다.

"으음……."

왕민보와 대우에 비해 비교적 내공이 낮았던 탓인지 육기환의 상세가 그리 좋지 않아 보였다. 그 상태로 심장이 멈춰라 뛰었으니 바로 안정을 취해야 했다. 네 사람은 별다른 말 없이 각자 마차와 말에 올라탔다.

한편 금설옥은 제갈찬과 그 수하들에 맞서 싸우다 모용현들이 모두 빠져나갔음을 확인하고서야 몸을 빼려 했다. 하지만 홀로 다섯 자루의 검을 상대하던 그녀가 쉽게 도망칠 수는 없었다.

다섯 자루의 검을 계속 막아내던 금설옥은 어느 순간 상대들의 검이 좀 더 난해하고 막기 어려워짐을 느꼈다. 다섯 사람은 마구잡이로 검을 휘두르는 것이 아니라, 일정한 검진을 형성하고 제갈찬의 지시에 따라 움직이고 있었던 것이다.

'얕은 수를 부리다니!'

금설옥은 그 생각을 직접 말로 전해주고 싶었지만 저들의 검을 막아내는 것만으로도 버거워 섣불리 입을 열 수 없었다.

"흥!"

대신하기에 턱없이 부족했지만 금설옥은 콧방귀를 한 번 뀌어주곤 검을 휘둘렀다. 작은 틈을 놓치지 않은 절묘한 공세였으나 제갈찬을 중심으로 탄탄히 구성된 검진은 금설옥의 검을 쉽게 물리쳤다.

카앙!

두 자루의 검이 내려치는 금설옥의 검을 막고, 그 표적이었던 사내가 곧게 검을 뽑았다. 금설옥이 놀라며 물러나려 하는데 금설옥의 검 위로 제갈찬과 또 한 사내의 검이 내려쳐졌다. 금설옥의 검—추신은 제갈찬을 비롯한 네 자루의 검에 물려 빼려야 뺄 수 없었다.

쉐엑!

금설옥은 몸을 띄워 자신의 가슴을 향해 뻗어오는 검을 허공으로 흘린 뒤 다리를 쭉 펴 몸과 검신과 일직선으로 만들었다. 그리고 지면과 수평이 된 몸이 검과 함께 격렬히 회전하니, 단단히 맞물린 네 자루의 검도 결속력을 이어가지 못하고 와해되어 버렸다.

“……!”

그리고 금설옥은 허공을 찌른 검신 위에서 왼발을 한 번 튕긴 다음, 오른발로 검 주인의 얼굴을 후려 찼다.

“크윽!”

검진을 구성하는 다섯 중 한 사람이 나가떨어지니 제갈찬의 얼굴에 당황한 기색이 역력했다. 금설옥은 그 틈을 놓치지 않고 뒤로 물러났다. 다섯 사람을 맞아 쭉 밀렸던 터라 그녀의 뒤에는 무림맹 여남지부의 담벼락이 있었는데, 금설옥은 시선을 제갈찬들에게 고정시킨 채 망설이지도 않고 도약했다.

“어딜!”

제갈찬이 크게 노하며 검을 던졌다. 이는 제갈찬이 결코 남에게 선보이지 않는 비장의 한 수라, 분공투검(分空投劍)이라는 절초였다. 그러나 제갈찬이 던졌을 때 금설옥은 이미 왼손으로 담벼락 위를 짚고 두 다리를 쫙 편 상태로 얼굴에 무릎이 닿을 만큼 올리며, 마치 공중제비를 하듯 몸을 담장 뒤로 넘긴 뒤였다.

콰직!

　제갈찬의 검은 기세와 달리 작은 소리를 내며 담벼락에 꽂혔다. 하지만 자루까지 박힌 검을 중심으로 거미줄처럼 커다란 균열이 일어나 금방이라도 담벼락이 무너질 듯했으니, 과연 제갈세가의 절초라 할 만했다.

　하지만 어떤 절초도 상대에게 닿질 않으면 소용없는 법이다. 제갈찬은 멍하니 서서 담벼락에 박힌 자신의 검을 바라봤다. 그의 수하 중 한 사람이 물었다.

　"쫓겠습니다."

　그러나 제갈찬은 한참 뒤에야 입을 열며 탄식했다.

　"쫓아가서 어쩔 것이냐? 우리가 그토록 연성했던 검진도 소용이 없었거늘!"

　과거 제갈찬은 추신을 잡기 위해 결성한 십여 명의 추적대를 천수참마 조규휘 한 사람에게 잃은 기억이 있었다. 그나마 그것이 모용강이 세운 계획의 일부였기에 망정이지, 조규휘가 진심으로 손을 썼다면 제갈찬을 비롯한 십여 명은 그 자리에서 목숨을 잃었을 것이다.

　그날 이후 제갈찬은 그 역량 차를 어떻게든 극복하려 애써왔는데, 사람의 그릇이라는 게 개인의 노력으로는 바꾸지 못할 한계가 있는 법임을 깨달을 뿐이었다. 지금 금설옥을 상대로 펼친 검진은 그 차이를 메우기 위해 제갈찬이 손수 창안한 것이었다. 세가를 벗어나 검진을 펼친 것은 지금이 처음이었는데, 방금 상대한 젊은이 하나도 어쩌질 못했으니 크게 실망한 것이다.

　"정파연합에 있다는 퇴불의 전인이 바로 저놈이겠군. 가인검, 가인검이라……!"

　타오르는 불길로 붉게 물든 밤하늘을 보며 제갈찬이 탄식했다. 오십이나 되는 세가의 거의 모든 전력을 데리고 나왔던 일이 이제 모두 수 포로 돌아간 것이다. 물론 그에게는 아직 많은 고수들이 온전히 남아 있지만, 이미 마음으로부터 꺾였으니 그를 되돌릴 수 없었다.

제갈찬이 한참 하늘을 올려보다 고개를 숙이고 수하들을 물릴 결심을 하는데 등 뒤에서 칼칼한 목소리가 들려왔다.

"신산! 대체 이게 무슨 일이오?"

제갈찬이 목소리가 난 쪽으로 몸을 돌리니 체구가 작은 한 노인이 서 있었다. 불길을 등지고 있어 얼굴에 그림자가 졌으나 제갈찬은 굳이 얼굴을 확인하지 않아도 그가 누구인지 알 수 있었다.

사왕 손망후였다.

10

금설옥은 마차와 말을 준비해 둔 사당의 정반대편으로 뛰었다. 모용현들은 그곳까지 무사히 갔을까? 확인할 길이 없으니 마음은 답답하기만 하다. 하지만 그녀가 지금 할 수 있는 일이라고는 모용현들을 위해 조금이라도 더 시간을 버는 것뿐이다.

금설옥은 정신없이 뛰며 모용현을 생각했다. 그 짧은, 나와 눈이 마주친 순간 그는 무슨 생각을 했을까? 혹 내가 하고 싶었던 말을 알아들은 게 아닐까? 그럴 리 없으리라 생각하면서도 금설옥은 괜한 기대감을 억누를 수 없었다. 기대는 곧 근거없는 확신으로 바뀐다. 그래, 그는 분명 알아들었을 거야.

금설옥은 잠시 제자리에 멈춰 섰다. 이미 모용현들을 따라간 자들이야 어쩔 수 없고, 남은 자들이라도 반대편으로 유인하기 위해 도망치는 것인데 쫓아오는 이들이 보이지 않는 것이다.

"내가 너무 빨랐나?"

금설옥은 왼손으로 곧게 편 허리를 두들기며 생각했다. 나는 왜 그 녀석이 내 생각을 읽었다고 생각했을까? 그를 뒷받침할 근거는 쥐뿔도 없었다. 아니, 오히려 두 사람은 대화를 나누어도 항상 엇갈려 서로의 마음을 상하게만 했는데 어찌 눈빛으로 마음을 나눌 수 있단 말인가?

그럼에도 불구하고 금설옥은 모용현이 자신의 뜻을 읽었다고 믿고 싶었다. 왜냐하면 그때 금설옥도 모용현의 뜻을 읽었으니까!

모용현의 하나뿐인 눈은 제갈찬들의 검을 막아내는 금설옥의 자리에 자신이 있어야 했다고 말하고 있었다. 그것은 결코 착각이 아니다. 금설옥의 확신이야말로 모용현 역시 금설옥의 뜻을 읽었으리라는 확신의 근거였다.

"그런데 가란다고 정말 가냐? 생각해 보니 화나네, 이거. …큭, 크큭 큭!"

금설옥은 혼잣말을 하다 갑자기 웃음을 터뜨렸다. 지금 한 얘기가 스스로 생각해 봐도 너무 어이없었던 것이다. 금설옥은 한참을 웃다가 문득 스산한 기운을 느끼고 웃음을 그쳤다.

'이러면 사부님이랑 다를 게 없잖아.'

물론 금설옥은 반드시 무공에 국한시키지 않아도 퇴불의 훌륭한 전인이었다. 이 사실에 그녀를 알고 있는 사람들은 모두 동의를 표할 것인데, 오직 금설옥 홀로 그를 인정치 아니하고 있었던 것이다. 한데 지금에 와서야 깨달았으니 되돌리거나 고치기에는 한참 늦은 것이다.

금설옥은 웃음을 딱 그치곤 목을 쭉 빼 자신이 뛰어온 길을 내다봤다. 하지만 그녀를 쫓아와야 할 자들은 여전히 보이지 않았다.

'포기했나?'

그렇다면 도리어 금설옥이 마음을 졸여야 할 일이다. 금설옥은 다시 돌아가서 한 번 더 헤집고 다녀서 시간을 벌어야 할지, 아니면 이미 충분히 시간을 벌었으니 홀로 여남을 빠져나가야 할지 선택해야 했다.

무사히 빠져나간 뒤 다시 만날 날짜와 장소를 현재와 위진에게 말해 두긴 했으나 과연 현재와 위진이 무사할까? 괜한 심술을 부려 모용현에게만 알려주지 않은 것이 후회됐다.

"……!"

한참 생각에 잠겨 있던 금설옥이 돌연 사라졌다. 이, 삼 장을 순식간에 물러나 사라진 것처럼 보인 것이다. 황망히 신법을 펼친 금설옥의 시선은 그녀가 바로 아까까지 서 있던 자리에 가 있었다. 그곳에는 금설옥 대신 체구가 작은 한 노인이 자신의 키보다 긴 지팡이를 짚고 서 있었다.

노인은 수염이 없고 얼굴에 주름이 자글자글했지만 두 눈에서는 기이한 빛을 발하고 있었다. 금설옥은 무림맹 본영에서 그의 얼굴을 본 기억이 있었다. 바로 맹주인 모용강을 제외하고, 유일하게 총사령 담대진홍의 지시를 듣지 않는 자. 이제는 상공이라 불리는 사왕 손망후!

"사내라더니 계집이로구나."

중얼거리는 손망후의 한쪽 손에는 금설옥의 눈에 매우 익은 물건이 들려 있었다. 바로 붉은 끈이었는데, 그를 보고 나서야 금설옥은 머리칼을 말아 올려 담은 주머니가 풀렸음을 알았다. 손망후는 금설

옥의 지척에까지 접근해 고작 머리 주머니를 푸는 여유를 부린 것이
다.

사왕 손망후라면 금설옥이 태어나기도 전부터 악명을 떨치던 대마
두이다. 더구나 그는 오래전 무림의 정점에 서 있었던 십왕(十王) 중 사
왕(蛇王) 좌오린(左悟鱗)의 이름과 진전을 이어받은 직전제자이니, 배
분을 따지자면 당금 무림에 활동하는 이 중 가장 높았다.

손망후는 금설옥의 끈을 쥐고 빙글빙글 돌리며 웃고 있었다. 그
모습이 정녕 그의 별호처럼 뱀과 같아 금설옥은 온몸에 소름이 돋았
다.

"어린 계집을 희롱하다니, 어른답지 못한 행동 아닌가요?"

금설옥은 팔뚝에 돋아난 소름을 문지르며 비아냥거렸다. 손망후가
대답했다.

"못된 계집을 혼내는 것이 어른의 할 일이지."

그렇게 말하는 손망후의 손에 들려 있던 금설옥의 끈이 불에 타듯
사그라졌다. 그리고 곧바로 금설옥을 시험이라도 하려는 듯 손망후로
부터 엄청난 기운이 뻗어 나갔다.

손망후의 기는 뱀의 송곳니처럼 음험하고 날카로워, 해일같이 격렬
했던 당감소와는 성질이 달랐다. 하지만 그 심후함은 당감소를 능가했
으니, 금설옥은 손망후의 기세 앞에서 막막함을 느껴야 했다.

그러나 지금의 금설옥은 당감소에게 속수무책으로 당하던 때와는
또 다른 경지에 올라 있었다. 금설옥은 끊임없이 이어지는 손망후의
기세 속에서도 중심을 잃지 않은 채 진기를 끌어올렸다.

손망후의 기가 수많은 실처럼 나뉘어 금설옥을 노린다면, 금설옥의
기는 몇 겹을 겹친 천과 같았다. 지금 금설옥의 나이에 그와 같은 성취

를 이룬 자가 과연 몇이나 있을 것인가! 이는 고금을 통틀어 보아도 쉽게 찾을 수 없는 일이었다.

"허어!"

손망후는 절로 탄성을 지르고 금설옥에게 뻗었던 무형의 기운을 불러들였다.

"헉, 헉헉!"

손망후의 기에 맞서 싸운 것은 실제로 아주 짧은 시간이었지만 금설옥이 느끼기에는 영겁과도 같았으리라. 당감소의 기를 받을 때에는 대항할 능력이 없어 오직 내재된 기에 의지하였으나, 지금은 손당후의 기를 맞받아쳤으니 가쁜 숨을 몰아쉬는 금설옥의 얼굴에는 식은땀이 잔뜩 흐르고 있었다.

한편 그런 금설옥을 보는 손망후의 표정이 복잡했다.

화가 난 채로 무림맹 본영을 뛰쳐나올 때만 해도 손망후는 퇴불과 싸울 자신이 있었다. 제아무리 광승으로 이름난 퇴불이라도 솔직히 자신에게 비할 바는 아니라 생각했던 것이다. 하지만 지금, 금설옥을 보니 그가 가는 길이 곧 전설이 되었다는 퇴불의 명성이 헛것이 아님을 알 수 있었다. 그가 키워낸 제자, 바로 금설옥이 이 어린 나이에 도달한 경지가 오직 전설적인 고수여야 능히 비교할 수 있지 않은가!

손망후 역시 정사를 떠나 일대의 무학 종사로서 금설옥과 같은 기재의 앞날이 궁금했다. 지금껏 그가 보아온 그 누구도 눈앞의 어린 계집아이를 능가하는 재능이 없었다. 재능을 높이 사 거둔 두 제자도 금설옥에 비하면 둔재에 가까웠다.

하지만 손망후에게는 무학 종사라는 위치 외에 무림맹의 상공이라는 입장이 있었다. 사실 구파일방의 잔당들이 모여 만든 정파연합이란 단체보다 금설옥 한 사람의 힘이 무림맹으로서는 더욱 큰 위협이었다. 지금도 이럴 진데 십 년, 이십 년이 흐른 뒤에는 과연 어떨 것인가? 아니, 당장 오 년 뒤만 생각해도 손망후는 등골이 서늘해졌다. 맹의 안위를 위해, 아니면 손망후 자신을 위해서라도 금설옥은 필히 제거해야 할 대상이었다.

손망후가 생각을 정리하고 다시 진기를 일으켰다. 금설옥은 손망후가 한참 무언가를 생각하고 있어도 감히 도망치지 못하고 있었는데, 막상 그로부터 음험한 기운이 고조되자 기회를 놓쳤다는 생각에 입술을 깨물었다.

'천엽비도에게 당했을 때와는 달라!'

금설옥은 마음을 단단히 먹고 천천히 검을 들었다. 칠 년을 하루처럼 함께해 온 검이 새삼스럽게 느껴졌으니, 지금이야말로 사부와 떨어져 무림에 나온 뒤 가장 큰 위기임을 알 수 있었다.

'선수필승(先手必勝)!'

금설옥은 퇴불에게서 자신으로 이어진 이름 없는 사문의 제일 원칙을 속으로 외치며 몸을 날렸다. 금설옥의 신형은 쏘아진 화살처럼 빠르게 손망후를 향해갔다.

카앙!

손망후의 지팡이가 금설옥의 검을 막았다. 손망후의 지팡이는 남해의 한 고도(孤島)에서 채취한 산호(珊瑚)로 만든 것인데, 헤아릴 수 없이 오랜 세월을 보내 그 경도가 검과 부딪쳐도 멀쩡했다. 아니, 허투루 만든 검이라면 오히려 부러질 정도였다.

손망후가 검을 막은 채 지팡이의 아랫부분으로 금설옥을 후려쳤다.

금설옥은 대경하여 물러났지만 손망후의 지팡이가 워낙 빨라 미처 다 피하지 못한 채 검으로 막을 수밖에 없었다.

"크윽!"

손망후의 지팡이를 받아낸 금설옥은 절로 신음 소리를 냈다. 그 가는 지팡이 끝에 실린 경력이 검을 지나 금설옥의 속까지 파고드는 것이다. 금설옥은 흐트러지는 진기를 억누르고 재차 검을 휘둘렀다. 일단 손망후에게 주도권을 넘기지 말아야 했다.

카앙! 카앙!

금설옥의 검은 이치에 맞는 검로를 그리면서도 어느 순간 변화가 자유로웠다. 이는 사제의 합작품으로, 금설옥의 아미 검법을 퇴불이 사문의 무공에 맞추어 수정한 것이었다. 정순한 아미의 검과 자유로운 퇴불의 무학이 만나 새로운 검법이 되었으니, 경험이 풍부한 손망후라도 그 요체를 한눈에 알아볼 수 없어 그저 지팡이를 들고 막아내기에 급급했다.

'통하고 있다!'

금설옥은 그런 상황을 파악하니 절로 자신감이 생겨났다. 사실 당감 소와의 일전에서는 처음부터 흐름을 빼앗겨 가지고 있던 무공을 모두 펼쳐 낼 수 없었다. 물론 금설옥이 본신 무공을 원없이 펼친다 해서 이길 수 있는 상대도 아니었지만, 아무것도 못하고 상대에 이끌려 가는 것은 억울한 일이었다.

하지만 이십여 합이 지나자 금설옥의 기세가 줄어들고 서서히 손망후의 지팡이가 움직이기 시작했다. 금설옥이 구사하는 검법에 대해 어느 정도 파악이 끝났는지, 지팡이는 미세한 틈을 놓치지 않고 파고들었다.

"흡!"

믿을 수 없는 일이었고, 분명 눈의 착각이겠지만 손망후의 지팡이는 살아 움직이는 것처럼—마치 나무를 타는 뱀처럼—금설옥의 검신을 휘감아들었다. 금설옥은 황급히 검을 내리고 몸을 뒤로 젖혔다.

촤악!

손망후의 지팡이가 금설옥의 허리를 스쳐 지나갔다. 그러나 지팡이의 기세가 보통이 아니라, 금설옥의 옷자락이 그에 말리며 찢겨 나갔다.

"무슨 짓을!"

금설옥이 깜짝 놀라 소리쳤다. 손망후의 지팡이가 지나간 자국처럼 금설옥의 허리 부분이 길게 찢겨 나간 것이다. 두꺼운 옷을 겹쳐 입었기에 망정이지, 허리의 속살이 모두 드러날 뻔했다.

저 사왕 손망후가 자기같이 까마득한 후배를 상대로 파렴치한 짓을 하리라고는 생각도 못한 일이라 금설옥은 불같이 화를 냈다.

"모용강의 밑에 들어가면서 체면까지 버렸소?"

손망후는 화를 내기커녕 비릿하게 웃으며 대답했다.

"크크큭, 그래도 계집이라고 살 냄새가 나는구나! 지금이라도 검을 버리고 내 첩이 되는 게 어떠냐?"

"노망이 나도 단단히 났군!"

"쯧쯧!"

금설옥이 일축하고 노기를 억누르자 손망후는 입맛을 다셨다. 그가 색을 마다하는 것은 아니나 때와 장소를 가리는 분별력은 가지고 있었다. 그가 아무리 사파의 인물로 악명이 자자하다고는 하나 이 정도의 분별력도 없다면 어찌 당대의 거두라 하겠는가? 지금의 발언은 금설옥이 여자라는 사실을 이용한 격장지계(激將之計)였다.

금설옥이 고금에 드문 천재라 당대를 통틀어도 열 손가락 안에 꼽힐지 모른다 해도 지금 당장 손망후와는 비교할 수 없었다. 그럼에도 불구하고 손망후는 조금도 경시하지 않고 오히려 금설옥를 떠봤으니, 그의 심계가 얼마나 깊은지 알 수 있었다.

그런데 금설옥이 화를 내다가도 그에 넘어가지 않고 냉정을 되찾았으니 손망후가 혀를 찬 것이다. 무공뿐 아니라 성정마저 저리 단단하니 반드시 이 자리에서 끝을 보아야 했다.

손망후는 마음을 굳히고 지팡이를 내밀었다. 그러자 지팡이 끝의 한 점(點)이 금설옥의 눈 안에 들어왔다.

11

금설옥의 눈에 들어온 지팡이 끝의 작은 점은 점점 커지더니 결국 세계를 집어삼켰다. 금설옥은 본능적으로 검날을 눕혀 가슴 앞으로 끌어당기고, 왼손으로 검신을 단단히 받쳤다.

콰앙!

손망후의 심후한 공력이 지팡이 끝이라는 한 점으로 집중되었으니, 그를 막아낸 금설옥의 신형이 굉음과 함께 날아갔다.

'크윽!'

뒤로 날아가는 중에도 금설옥은 정신을 잃지 않았다. 극심한 고통 속에서도 정신을 놓치지 않는 법을 몸으로 익힌 것이다. 금설옥은 이를 악물고 신형을 바로잡았다.

"......!"

억지로 멈춰 선 금설옥의 눈앞에 다시 한 번 손망후가 지팡이 끝을 들이밀었다. 금설옥이 이번에는 눈을 부릅뜨고 검날을 눕혀 손망후의 지팡이를 막아냈다. 하지만 그 충격은 오히려 제일격을 능가하여 다시금 금설옥은 뒤쪽으로 날려 버렸다.

쿵!

금설옥의 몸이 일 장을 구르다 한 여염집 담벼락에 부딪쳤다.

"으헉!"

이 수법의 위력이 실로 어마어마하여 분명 막아냈음에도 금설옥은 입에서 피를 토해냈다. 반고가 깨어나기 전의 세계라는 혼돈이 대체 무엇이냐 물으면 바로 지금 뱃속이라 답할 것이다.

진득이 흐르는 피를 닦을 틈도 없이 금설옥은 옆으로 몸을 피했다. 수직으로 흐르던 피가 그를 따라 수평으로 쭉 늘어났다. 그러나 곧 바닥으로 떨어질 핏줄기는 중력이 아닌 다른 충격을 받아 산산이 부서졌다.

콰쾅!

금설옥을 날려 버린 두 번의 공격이 지팡이의 끝 부분, 작은 점에 힘을 집중시켰다면 지금의 일격은 우둘투둘 뭉쳐진 지팡이 머리 부분이었다. 수직으로 내려쳐진 손망후의 지팡이가 지나간 길을 따라 담벼락이 무너져 내리고, 땅이 깊게 파이며 흙먼지가 피어올랐다.

흙먼지와 함께 손망후의 지팡이가 부순 담벼락의 파편이 사방으로 튀더니 개중 하나가 금설옥의 오른뺨을 스치고 지나갔다. 금설옥은 재빨리 몸을 세워 오히려 흙먼지와 섞여 튀어 오르는 파편들 속으로 뛰

어들었다. 아무리 사왕이라 해도 이렇게 패도적인 초식을 전개한 뒤에
는 반드시 틈이 있을 것이다. 금설옥은 기세가 죽지 않고 튀어 오르는
파편 사이로 곧게 검을 뻗었다. 그 끝에, 붉은 기운이 피어오르고 있었
다.

"……!"

그러나 금설옥의 팔은 끝까지 펴지지 않았다. 부서진 담벼락의 파편
이 모두 날아가고 피어올랐던 흙먼지가 모두 가라앉자 손망후의 모습
이 금설옥의 앞에 드러났다. 금설옥의 검은 허공에 멈춰 있었고, 그 끝
은 뱀의 머리 모양을 한 손망후의 오른손에 잡혀 있었다.

"어떻게……."

망연자실, 금설옥이 중얼거리고 파편이 지나간 상처로부터 붉은 피
가 새어 나왔다.

금설옥의 일검은 필생의 공력을 담고 있었다. 물론 이것으로 손망후
를 이길 기대는 없었지만, 적어도 피하게 만들거나 상처를 입히기를 기
대한 것이 사실이었다. 하지만 허무하게도 손망후는 맨손으로 금설옥
의 검을 잡은 것이다.

그 모습은 마치 뱀이 흰 쥐의 머리를 삼킨 것 같았다. 아직 바깥 세
상에 속한 쥐의 사지가 축 늘어진 것처럼 금설옥의 눈에도 짙은 절망
이 드리워졌다.

당감소와의 일전은 사실 싸웠다 하기도 부끄러운 것이었다. 처음부
터 끝까지 내내 압도당했고, 마지막 일격은 어떻게 당했는지도 모르는
채 뻗어버렸으니 절망을 느낄 틈조차 없었다.

반면 손망후는 금설옥이 가진 전부를 쏟아내게 했다. 그리고는 그를
모두 무력화시켰으니, 지금 금설옥이 전의를 상실한 것은 당연한 수순

이었다. 그것이 이제껏 손망후가 승리를 거두어온 방식이었다.

손망후가 가볍게 검을 잡고 있는 손목을 비틀자 금설옥의 몸이 허공에서 빙글 돌아 땅바닥에 떨어졌다.

쿵!

그 와중에도 금설옥은 검을 놓지 않았다. 그를 본 손망후가 슬쩍 감탄사를 내뱉으면서도 더 세게 손목을 흔들었다.

"큭!"

결국 손망후의 손에 추신―검을 남기고 금설옥의 몸이 날아가 손망후의 일격에 무너져 생겨난 공간을 지나 마당에 떨어졌다. 손망후는 손에 쥔 검을 제자리에 떨어뜨리고는 금설옥을 따라 여염집 마당으로 들어갔다.

"……."

마당에는 상처투성이인 금설옥이 간신히 두 발로 서 있었고, 집의 문 틈으로 담벼락이 무너지는 봉변을 당한 집주인이 머리를 내밀어 그를 살피고 있었다. 집주인은 마당으로 들어오는 손망후와 눈이 마주치자 게 눈 감추듯 집 안으로 들어갔다.

금설옥은 손망후를 보자 황급히 몸을 돌렸다. 그러나 몸에 힘이 없어 겨우 눈높이에 있는 담장을 넘을 생각도 못하고 대문을 열어 밖으로 나갔다.

"……!"

그러나 대문을 열어 몇 발짝 가지도 못해 금설옥의 앞을 손망후가 가로막았다. 천령개 위로 떨어지는 지팡이를 보고 있노라니 금설옥은 문득 모용현을 떠올렸다.

가란다고 정말로 가버린 멍청한 놈이 왜 생각나는 거야.

카앙! 캉! 카캉!

날카로운 소리와 함께 금설옥의 머리를 박살 낼 기세였던 손망후의 지팡이가 허공에서 멈췄다. 그와 동시에 억센 사내의 손길이 금설옥을 잡아끌었다. 금설옥은 자신의 의사와 상관없이 움직이는 몸을 알지 못하고, 오직 손망후의 모습이 작아짐을 의아하게 여기다 그의 호통을 듣고 퍼뜩 정신을 차렸다.

"네놈, 미친 것이냐!"

손망후의 일갈이 강하게 금설옥의 귀를 때렸다. 그의 내공이 어찌나 심후한지 온몸이 떨릴 지경이었다. 그러나 그의 분노는 금설옥을 향한 것이 아니었다.

금설옥은 힘을 내 자신을 안은 사내의 얼굴을 올려봤다. 파르라니 짧은 수염이 돋아난 턱은 굳세고, 입술은 얇았다. 금설옥은 사내의 얼굴을 보았음에도 그가 왜 이곳에 있는지 영문을 알 수 없었다.

금설옥을 안고 당정견이 말했다.

"금 형의 목숨만 세 번을 구했군. 이 정도면 염라대왕 눈에도 나쁘게 보이진 않겠지요?"

당정견의 품 안에서 금설옥이 대답했다.

"그게 무슨 소리예요. 그리고 왜 여기에 있는 거죠? 설마 적기단주를 죽인 게 들통 났나요?"

"금 형이 지금 말하는 바람에."

당정견이 쓰게 웃으며 말했다. 금설옥이 그를 듣고 다시 고개를 돌리니 그곳에는 손망후의 모습이 있었다. 손망후는 희미한 두 눈썹을 가운데로 모으며 말했다.

"네놈, 왜 노부의 일을 방해하는 것이냐? 아니, 그보다 왜 단주의 직을 가진 자가 홀로 이런 곳에 와 있으며, 저 계집이 한 소리는 또 무엇이냐? 썩 대답해라!"

외치는 손망후의 기세가 흉험하기 짝이 없었다. 당정견은 자신의 의지와 상관없이 후들거리는 다리를 원망하며 태연한 목소리로 대답했다.

"상공께서는 한번에 너무 많은 것을 바라지 마십시오. 그를 모두 외울 만큼 머리가 좋은 편이 아닙니다."

당정견은 그렇게 말하며 금설옥을 안은 손을 풀었다. 금설옥을 품 안에서 놓아주는 일은 두 번은 하지 못할 일이다.

손망후는 화가 머리끝까지 났지만 그래도 당정견이 무림맹의 요직에 앉은 자라 섣불리 행동할 수 없어 다시 물었다.

"왜 노부의 일을 방해하느냐 물었다!"

당정견이 대답했다.

"소제의 어리석음을 탓하지 않으신 너그러움에 탄복을 금치 못하겠군요. 그럼 대답해 드리지요. 그것은 왜냐하면……!"

당정견이 말을 이으려다 갑자기 손을 뻗었다. 그러자 그의 등 뒤에서 수십여 빛줄기가 튀어나와 손망후에게로 쏟아졌다.

"……!"

부지불식간에 일어난 일이라 손망후도 미처 피할 틈이 없었다. 손망후의 신형이 당정견이 던진 수십 자루의 비도에 덮여 보이지 않았다. 그사이 당정견은 허리에 찬 장검을 풀어 금설옥에게 건네고 말했다.

"뛸 수 있으시오? 내가 막고 있을 테니 어서 가시오."

"당 형, 대체 내게 왜 이러는 거예요?"

금설옥은 당정견이 무엇을 하려는지 알고 있었지만 따를 수 없었다. 스스로 죽고자 하는 자를 어찌 내버려 두고 간단 말인가!

당정견이 우울히 말했다.

"지난번에는 의리라는 말을 하더니, 이번에는 이유를 물어 가슴을 찢는구려."

"……."

물론 금설옥이 당정견의 마음을 몰라 물어보는 것이 결코 아니다. 하지만 받을 수 없는 마음이라면 처음부터 알고 싶지도 않았다. 당정견이 다시 말했다.

"이유는 혼자 생각해 보시오. 아니면 그자와 상의해 보든가 하고, 지금은 어서 빨리 도망치시오. 내 수법으로는 상공의 털끝도 상하게 할 수 없으니!"

그 말이 끝나기 무섭게 손망후를 휘감아 돌던 비수들이 사방으로 흩어졌다. 그리고 옷이 너덜너덜해진 손망후가 당정견을 향해 잡아먹을 듯한 시선을 보내며 외쳤다.

"네가 감히!"

"감히라는 말을 함부로 쓰지 마시오. 나는 이제 흑기단주는커녕 맹원도 아니니까!"

과연 당정견의 옷은 흑기단주의 상징인 검은 옷이 아니라 평범한 청색의 무복이었다. 손망후가 마침내 크게 노하여 소리쳤다.

"율(律)을 따질 필요가 없구나! 네놈의 죄는 노부가 직접 처리하겠다!"

손망후의 기세를 온몸으로 받아내며 당정견이 등 뒤에서 망설이는 금설옥에게 말했다.

"이유가 궁금해서 가지 못하는 것이라면 말해주겠소. 실은 나도 내가 왜 이러는지 모르오. 내가 미쳐도 단단히 미친 모양이오."

"……."

"알았으면 어서 가시오! 빨리!"

당정견이 소리치며 비도를 날렸다. 손망후는 두 사람의 대화를 듣고 크게 외치며 달려들었다.

"어딜 도망치려 드느냐! 모두 여기서 죽어라!"

당정견이 날린 비도는 손망후의 근처에도 가지 못하고 다른 방향으로 궤도를 수정했다. 손망후가 뿜어내는 내력이 비도의 접근조차 허락지 않는 것이다.

쏜살같이 달려드는 손망후를 보며 당정견은 죽음을 강하게 느꼈다. 그러나 이상하게도 아쉬운 마음은 들지 않았다. 사랑하는 사람을 세 번이나 구했으니 무슨 미련이 있을까? 다만 그녀의 마지막 모습이 비루한 소의 궁둥이가 아님을 다행으로 여길 뿐!

금설옥은 그녀의 앞에 굳게 버티고 선 당정견의 넓은 등을 멍하니 바라보다 자신도 모르게 속으로 탄성을 질렀다.

아아!

그것은 오랜 시간 차오른 물이 둑을 넘친 것처럼 이미 그곳에 있었으면서도 나갈 곳을 찾지 못했던 깨달음이었다. 당정견이 지금 금설옥의 앞에 선 것은 바로 금설옥이 모용현을 떠나지 못했던 것과 같은 마음이었다. 금설옥이 당정견에게 물었던 이유란, 다름 아닌 모용현이 금설옥에게 물은 의리였다.

그들은 다만 방향이 달랐을 뿐, 둘이 아니라 하나였던 것이다.

그를 깨닫자 당정견을 향한 연민의 정이 금설옥의 눈으로 차올랐다. 금설옥에게 향했던 당정견의 마음은 두 사람이 아니라 당감소라는 제삼자에 의해 영원히 닿을 수 없는 곳으로 틀어졌던 것이다. 이제 모용현에게로 흐르는 금설옥의 마음이 계속 어긋나는 것은 과연 그의 의지인가? 아니면 망자의 그림자 탓일까?

금설옥은 그의 입장이 되어서야 비로소 당정견의 마음을 가슴 깊이 받아들일 수 있었다.

금설옥이 도망가는 것을 포기하고 당정견에게서 받은 검을 빼내 든 순간, 당정견의 등 뒤로 검은 기로 뒤덮인 손망후의 손이 튀어나왔다.

"당 형!"

금설옥의 놀란 외침을 들었는지 손망후의 손에 꿰뚫린 당정견이 힘겹게 고개를 돌려 금설옥을 봤다.

"뭐야, 왜… 아직도 거기, 이, 이, 이……?"

말을 마치지 못한 당정견의 머리가 중력에 굴복하듯 푹 꺾였다. 손망후가 천천히 손을 빼내자 그곳으로 피를 콸콸 쏟아내며 당정견의 몸이 바닥으로 쓰러졌다.

"으아아아아악!"

금설옥의 비명 소리가 하늘 높이 올랐다. 당정견의 시체에서 흐르는 피가 메마른 가을 땅으로 무섭게 스며들었다.

손망후는 금설옥의 비명이 그치기를 기다렸다. 순간 기이하게 타올랐던 금설옥의 전의가 마찬가지로 순식간에 사라졌으니 이제 순순히 죽음을 받아들일 것이다. 굳이 이런 때에 죽일 것은 없었다.

날카로운 비명 소리는 오래 가지 못했다. 금설옥은 당정견에게서 받은 검을 힘없이 늘어뜨렸다. 이제껏 자신의 손에 스러져 간 이들이 부지기수건만, 당정견 한 사람의 죽음에 이토록 흔들리는 이유는 무엇일까?

금설옥의 눈에 하늘 높이 올라가는 손망후의 지팡이가 들어왔다. 이제 당정견처럼 나 역시 마음이 가 닿지 않은 채, 아니, 전하지도 못한 채 죽는 걸까?

그때 거짓말처럼 손망후의 등 뒤로 펼쳐진 어둠 속에서 하나의 그림자가 빠져나왔다. 금설옥의 시야는 무엇인가가 차올라 잔뜩 흐려져 있었지만 그 그림자가 누구의 것인지 한눈에 알아볼 수 있었다. 그림자는 원래 자신의 것이었어야 할 검을 들고 있었다. 그의 하나뿐인 눈과 눈이 마주치자 금설옥은 자신도 모르게 바닥난 진기를 짜내 검을 휘둘렀다.

금설옥의 천령개를 내려치려던 손망후는 등 뒤의 기운을 느끼고 대경하여 몸을 뒤로 물렸다. 누군가가 자신이 알아채지 못하도록 접근한 것보다 일순간 피어오른 살기가 너무나 예리해 한 번 들어올린 지팡이마저 거두어야 했다.

그러나 물러날 틈도 없이 앞에서 뒤로, 그리고 뒤에서 앞으로 두 줄의 붉은 선이 손망후의 몸 위에 그려졌다.

12

목과 아랫배가 아주 깊이, 반이 조금 안 되게 잘린 손망후의 시체는 자신의 죽음을 믿을 수 없다는 듯 눈을 감지 못하고 있었다. 그를 사이에 두고 모용현이 금설옥에게로 몇 발짝 다가섰다. 금설옥 역시 걸음을 옮겼다. 두 사람의 거리가 가까워지자 모용현이 입을 열었다.

“미안하오.”

무엇이 미안하다는 것인지 모용현은 말하지 않았다. 금설옥은 소매를 들어 눈을 비비고 가는 핏줄이 선 눈으로 대답했다.

“뭐가?”

그러나 소매를 내리기 무섭게 금설옥의 두 눈에서 눈물이 흘렀다. 금설옥은 다시 소매를 들어 눈물을 닦았고, 모용현은 고개를 돌렸다. 가슴에 뚫린 구멍으로 피를 흘리고 있는 당정견의 시체가 눈에 들어왔다.

“내가 조금만 더…….”

빨리 왔더라면. 모용현이 완전한 문장을 만들기 전에 금설옥의 손이 그 입을 막았다. 모용현의 하나뿐인 눈이 크게 떠지고, 금설옥이 말했다.

“그만.”

모용현이 고개를 끄덕이고 나서야 금설옥은 모용현의 입에서 손을 뗐다. 모용현은 조용히 추신을 건네며 말했다.

“오는 길에 주웠소.”

금설옥은 그를 받아 들었다. 손 안의 검은 함께한 지난 시간이 무색하도록 생소했지만 금설옥은 일단 그를 받아들였다. 두 사람은 말없이 당정견의 시신을 수습했다.

금설옥은 당정견의 시신을 수습하고 사람을 구해 북경으로 보냈다. 북경은 당정견의 본가가 있는 곳이다. 그곳은 원래 금설옥의 집이었으니 주소를 몰라 보내지 못할 일은 없었다.

금설옥은 당정견의 가족을 생각했다. 아버지는 이미 죽었고, 두 누이는 출가했다니 오직 어머니 홀로 아들의 처참한 시체를 받아야 할 것이다. 지아비와 아들을 한 해에 잃다니, 금설옥은 한 번도 보지 못한 당정견의 어머니에게 깊은 연민을 느꼈다.

당정견에게는 그를 기다리는 어머니가 있었지만 금설옥에게는 세상에 피붙이가 남아 있지 않았다. 그녀가 죽어봐야 기껏 퇴불이나 남종이 슬퍼해 줄 것인가? 당정견은 자신의 선택이 비할 데 없이 무거운 불효임을 알고 있었을 것이다. 그럼에도 불구하고 금설옥에게 온 까닭은, 아마도 금설옥의 죽음에 슬퍼할 이가 퇴불과 남종 외에 적어도 한 사람 더 있다는 뜻이리라.

금설옥은 당정견의 어머니를 생각하다 자신의 검에 스러져 간 모든 이들의 어머니를 생각했다. 그리고 자신의 어머니를 생각했다.

당정견의 시신을 떠나보내고 금설옥은 다시 걸음을 재촉했다. 여남에서 마차와 말을 준비하고, 당정견의 시신을 부탁할 사람을 구하다 보니 다시금 말을 살 돈이 없었다. 이제 시월도 저물어 가니 시간이 별로 없었다.

모용현은 말없이 금설옥의 뒤를 따랐다. 금설옥의 길이 무엇인지, 목적지가 어디인지 더 이상 궁금하지 않았다. 다만 그녀와 함께 있는 시간이 좋았다.

말없이 금설옥의 뒤를 따르며 모용현은 간혹 손망후를 베었던 검을 생각했다. 그 검로가 무엇이었는지, 검은 어떠했는지 떠올려 보려 했지만 도무지 기억이 나질 않았다. 보통 사람의 몇 배나 되는 기억력도 소용없이, 그를 생각할 때면 모용현은 안개 속에서 길을 잃어버린 어린아이가 되었다.

다만 보이는 것은 모용현의 검과 완벽한 합벽을 이루어 손망후를 베었던 금설옥의 검이었다. 그것은 오직 눈을 통해 마음으로 이루어진 합벽이었으니 십 년을 함께 수련해도 나올 수 없는 일검! 두 자루 검이 하나가 된, 말 그대로의 일검이었다. 그것은 안개 속에서 헤매이는 모용현에게 내밀어진 흰 손이었다.

이제껏 이끌어주던 추신에 대한 결의도 잃어버린 지금, 모용현은 오직 그 손을 의지해 길을 걸었다. 그러나 여전히 모용현은 그 손을 잡을 수 없었다.

두 사람은 호북성을 지나 호남성에 도착했고, 계절은 완연한 겨울이었다. 십일월이 되고도 한참이 지나 모용현은 금설옥을 따르는 길이 자신의 기억 속에 존재함을 깨달았다. 모용현은 금설옥에게 그를 이야기하려다 스스로 고개를 저었다.

이제 자신에게는 그를 이야기할 자격이 없었다.

한편 금설옥은 모용현이 지금 가는 길을 뻔히 알면서도 아무런 말을 하지 않음을 원망했다. 금설옥이 이제 모용현의 마음을 알고, 모용현 또한 금설옥의 마음을 알지만 두 사람 사이에는 아직 건널 수 없는 강이 흐르고 있었다. 그것은 추신의 피가 흐르는 강이었다. 금설옥은 말 없는 길 위에서, 때때로 추신의 혈천(血川)을 넘어 손을 내밀었지만 모용현이 그를 잡는 일은 없었다. 금설옥도 모용현의 손을 억지로 잡으려 하지 않고, 그저 아쉬워하며 거둘 수밖에 없었다.

그리고 두 사람이 장사(長沙)에 도착한 날, 하늘에서는 눈이 내렸다.

칠 년 전처럼 수북이 쌓이진 않았지만 얇은 솔잎 위에 살며시 오른 눈은 여전히 희었다. 금설옥은 눈앞까지 드리운 가지를 흔들어 쌓인 눈을 털어냈다.

"다 왔어."

빽빽이 들어차 하늘마저 가린 송림 안에서 금설옥은 걸음을 멈추고 모용현을 돌아보며 말했다. 반드시 필요했던 몇몇을 빼면 요 며칠간 금설옥은 반드시 필요한 말 외에는 입을 열지 않았으니 모용현은 우선 금설옥의 말에 놀라고, 그 내용에 다시 놀랐다.

"……."

모용현은 뭐라 말해야 할지 모르고 다만 서 있었다. 그런 모용현에게 금설옥이 말했다.

"다 왔다구. 내 말 못 들었어?"

금설옥은 그렇게 말하며 환히 웃고 있었다. 모용현은 그 웃음을 유심히 살펴봤지만 그것이 진실된 웃음인지, 아니면 금설옥 특유의 비틀린 것인지 구분할 수 없었다. 그를 어떻게 받아들여야 할 것인가?

하지만 그녀의 뒤로 펼쳐진 희고 푸른 세계는 모용현의 덜미를 잡고 시간을 거슬러 오르기 시작했다. 모용현의 몸은 점점 작아지고, 송림 위로 눈이 덮이더니 어느새 그의 하나뿐인 눈에 한 사람이 들어왔다.

피로 물든 옷을 입고 창백한 얼굴로 힘겹게 서 있는 그는 아무 말 없이 굳게 입을 다물고 있었다. 죽음에 직면했음에도 한 치 흔들림없이 등을 곧게 펴고 있던 그는 무슨 심정으로 나를 금설옥과 퇴불에게 맡졌던가?

사내는 어쩐지 측은한 눈으로 어린 모용현을 바라보고 있었다. 모용현은 사내의 그 눈길을 차마 받아내지 못하고 고개를 돌렸다. 그에게서 따뜻한 시선을 받을 수 있는 내가 아니지 않은가?

고개를 돌린 모용현의 눈에 다시 금설옥이 들어왔다. 금설옥은 지금 그대로였고, 그를 본 모용현 역시 스무 살의 자신으로 돌아와 있었다. 모용현은 금설옥에게서 감히 눈을 뗄 생각을 못하고 그녀의 입이 열리길 기다렸다.

"여기가 어딘지는 알겠지?"

물론 알고 있다. 철검 방주교와 맹호 강만중을 연이어 제압하고 마침내 소림 신승 두정마저 무릎 꿇린, 여기는 바로 그곳이다. 두정이 숨을 거두고, 그를 따르던 소사미 조원의 육신이 형체를 알아보지 못하게 흩어진 바로 그곳이다. 추신과 금설옥 앞에서 모용강에 의해 모용현 자신조차 똑바로 보지 못하던 치부를 전부 드러낸 바로 그곳이다. 그리고……

모용현이 한참을 대답없이 가만히 있자 금설옥이 다시 말했다.

"그래. 우리가 그분의 모습을 마지막으로 본 바로 그곳이지."

언제나 직설적인 화법을 구사하는 금설옥도 차마 목도하지 못한 그의 죽음을 논하기 어려웠는지 에둘러 말하는 모습이 힘겨워 보였다.

"여기 온… 이유가 무엇이오?"

모용현이 드디어 입을 열었다. 금설옥이 그를 듣고 놀라며 말했다.

"너 오늘이 무슨 날인지 모르는 거야?"

"무슨 날이냐니, 그게 대체……!"

모용현은 반문을 스스로 멈추고 입을 다물었다. 날짜라는 개념을 잊고 지낸 지가 오래라 얼른 헤아리기가 쉽지 않았는데, 막상 오늘이 며칠인지를 알고 나니 쇠망치로 머리를 맞은 듯 강한 충격에 휩싸였던 것이다.

내가 분명 십일월 보름에 장사에서 그를 만나기로 하였는데, 이미 하루가 늦었지 않느냐? 신의를 지킴은 목숨보다 중요한 것인데 내가 이미 그를 잃었으니 어찌 더 늦을 생각을 할 것이냐?

그래서 당신은 신의보다 가벼운 목숨을 잃고도 태연했던 것이오? 모용현은 고개를 돌려 그에게 묻고 싶은 충동이 일었다. 친구를 다시 만나고, 목숨을 잃은 칠 년 전 오늘과 같은 모습으로 서 있는 그에게.
그러나 모용현은 차마 그에게로 고개를 돌릴 수 없었다. 그것이 실체가 아닌 모용현 안에서 나타난 허상임에도 불구하고!
금설옥은 멍하니 서 있는 모용현을 보다가 무언가 깨닫고 한 발짝 옆으로 이동했다. 그러자 금설옥에 가려서 보이지 않았던 작은 비석과 봉분이 드러났다.
비석 위에는 아무것도 새겨져 있지 않아 그것이 봉분 앞에 있어 비로소 비석임을 알 수 있었다. 그러나 그 묘가 누구의 것인지는 묻지 않아도 알 수 있었다.
봉분과 비석을 내려다보며 계속 말을 잃은 모용현에게 금설옥이 말했다.
"어때? 묏자리도 아니고 볼품도 없지만, 그래도 일단 이게 그분의 묘야."

“시신은 어찌… 되돌려 받았소?”

“되돌려 받긴! 스승님이 직접 찾아오신 거지.”

“……”

“오실 때가 됐는데 늦으시네.”

그 말을 듣자 모용현이 떠오르는 바가 있어 물었다.

“묘를 만들고, 매년 왔었소?”

“그럼! 이날만 되면 매년 빠짐없이 왔어.”

모용현은 다시 말을 잃었다. 형산에서 그가 생각했던 것처럼 미친 중과 앙연한 소녀는 그의 누울 자리를 마련했던 것이다. 그에게 금설옥이 말했다.

“원래 네가 했어야 할 일을 대신 해주었으니 고마운 줄 알라구!”

“내가 했어야 할 일이었다고?”

모용현이 중얼거리듯 대꾸했다. 금설옥은 대답했다.

“당연하지! 너는 그의 전인(傳人)이잖아.”

모용현은 무심코 고개를 돌렸다. 그곳에는 여전히 그가 서서 읽을 수 없는 눈빛으로 어린 모용현을 보고 있었다. 모용현은 그를 외면하고, 다시 큰 자신으로 돌아와 고개를 흔들었다.

“아니오. 나는 그의 전인일 수 없소.”

13

“나는 그의 전인일 수 없소.”

모용현이 고개를 흔들자 금설옥이 놀라며 물었다.

"그게 무슨 소리야?"

"…말 그대로요."

금설옥은 예상치 못한 모용현의 말에 어이가 없어 말문이 막혔다. 그렇다면 그의 검은, 신법은 대체 누구의 것이란 말인가? 금설옥이 소리쳤다.

"헛소리하지 마! 나는 너를 다시 봤을 때 그분이 살아난 것인가 싶었어! 네가 그분의 전인이 아니라면 너의 검과 신법은 누구에게서 비롯된 거지? 아니, 나는 분명 그분이 너에게 검법을 전수하는 걸 두 눈으로 똑똑히 보고, 두 귀로 똑똑히 들었어! 이래도 네가 그분의 전인이 아니라 할래?"

금설옥이 화를 내는 것은 당연했다. 모용현은 그것이 당연하다 생각하면서도, 이제 그 안개 속에서 유일하게 자신을 이끌어주었던 흰 손마저 사라졌음을 깨닫고 절망에 빠졌다. 모용현은 손망후를 제압한 합벽에 금설옥과 마음을 나누었다 확신했지만, 그마저도 두 사람이 타고난 성정의 차이를 메울 순 없었던 것이다.

모용현은 그 절망 속에서 조금은 격하게 대답했다.

"당신의 말대로요. 내 검은 그의 검이요, 내 신법은 그의 신법이요. 내가 가진 무공의 구 할은 모두 그로부터 비롯하였으니 단순히 그가 나에게 전하였음을 본다면 내가 그의 전인임을 부정할 수 없겠지! 하지만… 하지만! 당신도 이미 알고 있지 않소? 나는 씻을 수 없는… 용서받을 수 없는 죄인임을!"

"그건 벌써 들은 얘기야."

오히려 금설옥의 음성이 가라앉았다. 모용현은 격해진 음성을 진정시키며 다시 말했다.

"그가 나의 속을 알았더라면, 그 귀중한 검보를 내게 한 글자나마 보여주었을 것 같소? 나는 그를 속이고, 그의 무학마저 훔친 꼴이오. 그런 내가 어찌 그의 전인이란 말이오?"

그러자 이번에는 반대로 금설옥의 언성이 높아졌다. 순간 가라앉은 음성은 이를 위한 잠시의 숨 고르기에 불과했던 것이다.

"그럼 넌 그렇게 훔친 무공을 왜 익혔지? 네가 죄인임을 자각했다면 그를 익히지 않아야 하는 게 당연한 거 아냐?"

"그건……."

모용현이 끼어들자 금설옥이 소리를 빽 질렀다.

"또 그 잘난 소리! 네 그 복잡하고 번지르르한 말에는 이제 질렸어! 속죄? 말은 좋다! 그런데 그게 복수와 대체 뭐가 다른 거야? 응? 난 정말 모르겠어."

"……."

"그사이 과정이야 어쨌든 너는 그분의 무학을 이은 유일한 자야. 그건 그분이 너에게 속았던 것인지 아닌지보다 중요한 것 아냐? 그분은 마지막까지도! 너의 죄를 아셨을 때에도 너를 걱정하고 살리려 하셨어! 기억나지 않는다 하지 마! 너와 나를 들고 뛰셨던 내 스승님과! 너를 업고 뛰었던 내가 기억하고 있어! 너는 몰라도 나는 알고 있어!"

그래, 모든 것은 당신의 말대로야. 당신은 결코 틀리는 법이 없지. 하지만 그래서, 그래서 우리는 서로의 마음을 보았음에도 어울릴 수 없다는 걸 알아? 언제나 강한 당신에게 나처럼 약하고 추한 존재가 가당치도 않다는 걸 알아?

"그래서 어쩌라는 거요?"

"뭐?"

"그래서 날더러 뭘 어떻게 하라는 말이오? 전인인 내가 해야 할 일을 대신 해주었으니 감사의 절이라도 해야겠소?"

"너……."

금설옥은 모용현의 돌변에 놀라 말을 잇지 못했다. 모용현이 말했다.

"나를 지탱해 왔던 것은 그가 나로 인해 흘린 피만큼, 아니, 그보다 열 배, 백 배 많은 피를 스스로 흘리고자 했던 결의였소. 그래, 어쩌면 그거야말로 복수인지도 모르지. 나는 복수를 행하면서도 이게 복수가 아니라 속죄라는 허울 좋은 말로 스스로를 만족시키고자 했소. 인정하오."

모용현의 말은 갈수록 뜨거워졌지만 그의 얼굴은 차가워지고 있었다. 가슴속에 품었던 불길을 뱉어내자 그 빈자리를 차례대로 냉기가 지배하고 있었다. 얼음이 얼 듯 모용현의 얼굴은 말을 하면 할수록 차갑게 굳어갔다.

"하지만 이제 그도 다 끝났소. 나는, 나는! 이제 그마저도 버렸으니까. 그를 위한 복수, 나를 위한 살풀이는 이제 끝이오. 나는 끝내… 그날과 마찬가지로 나 자신을 먼저 할 수밖에 없었어!"

"……."

모용현의 하나뿐인 눈은 붉게 물들었고, 그의 얼굴은 자조로 가득한 비웃음뿐이었다. 금설옥은 대꾸하지 않고 모용현의 말이 끝나기를 기다렸다. 모용현이 이제는 금설옥을 향해 말했다.

"당신은 알고 있잖아? 내가 어떤 짓을 했는지! 내 한 몸을 보전하기 위해 수많은 사람들을 죽음으로 이끌고, 그마저도! 안타까운 그마저도 죽음으로 몰아넣었다는 것을! 모용강의 계획에 동참하여 지금의 무림을 만들었다는 것을!"

모용현은 고개를 돌려 여전히 그 자리에 서 있는 사내를 보았다. 사내는 방금 전과 달리 무서운 얼굴로 모용현을 노려보고 있었다. 맞아, 그것이 당연하다. 복수마저 내 한 몸 보위를 위해 버린 나를 죽어서까지 원망하는 것이 이치에 맞는 일이다.

모용현이 속을 내뱉고 말이 없자 금설옥이 비로소 입을 열었다.

"그래서?"

"그래서라니?"

"그래서 이제 어떻게 할 건데?"

그건 나도 모르겠소. 아니, 알고 있지만 지금이 너무 행복해서… 이런 시간이 영원히 지속될 수 없다는 걸 알면서도 내일을 모르는 하루살이처럼 마냥 당신과 함께 있고 싶을 뿐.

"가야지."

한번 얼어붙은 가슴은 일말의 틈도 허용치 않고 새로이 떠오르는 말들을 옭아맸다. 모용현이 짧게 말하고, 금설옥이 다시 물었다.

"어디로?"

어디로? 어디로든, 당신의 손길이 닿지 않는 곳으로. 당신을 떠나 내가 미련없이 죽을 수 있는 곳으로.

“다시, 무림맹으로.”

“뭐?”

“이제 더 이상 다른 이들의 피는 필요없소. 아니, 처음부터 그가 원했던 것은 단 두 사람의 피였을지도 모르지. 모용강, 혹은 나.”

모용현은 있는 힘을 다해 마지막으로 하고 싶었던 말을 했다. 구차하더라도 금설옥에게는 말하고 싶었던 것이다. 이것으로 그녀가 나를 기억해 주기만 한다면.

금설옥은 모용현의 하나뿐인 눈을 바라봤다. 금설옥은 모용현의 차가운 말들 아래로 흐르는 마음을 볼 수 있었다. 모용현은 자신의 마음을 스스로도 제어하기 힘들어하고 있다. 잡아달라고. 누군가 나를 잡아달라고 저 먼 밑바닥에서 외치는 소리가 들리는 것 같았다. 아니, 들려왔다. 이마저도 여남에서와 같이 미련한 확신일까?

금설옥은 추신—검을 뽑고 모용현을 향해 겨누었다. 검신은 단호한 직선을 이루고, 검극은 모용현의 턱 끝에서 채 일 촌도 떨어져 있지 않았다. 모용현은 이미 그녀의 종잡을 수 없는 행동들에 익숙해져 지금도 크게 놀라진 않았으나, 다만 금설옥이 화가 난 것인가 싶기만 했다. 하지만 모용현은 아무리 봐도 금설옥에게서 격노한 기운을 찾을 수 없었다.

금설옥이 말했다.

“네가 가고 싶으면, 우선 나를 쓰러뜨려.”

“그게 무슨 뜻이오?”

“말 그대로야. 나는 이제 절대로 너를 보내지 않을 테니까. 네가 가고 싶다면 나를 쓰러뜨리거나 혹은 죽이거나 하란 말이야. 아니면 내가 너의 두 다리를 베어서라도 가지 못하게 할 테니까!"

너를 보내지 않을 테니까. 금설옥의 말이 모용현의 마음속으로 파고들었다. 당신은 끝까지 나를 비참하게 만들 셈인가? 모용현은 속으로 그녀를 원망하며 고개를 돌려 다시금 그의 환영을 봤다. 사나는, 예의 그 단호했던 시선 그대로 모용현에게 말하고 있었다. 모용현은 마음을 굳히고 금설옥을 바라봤다.

금설옥의 눈빛 또한 단호하기로는 사내에 뒤질 바가 아니었다. 그런 면에서 두 사람은 너무나 닮아 있었다.

한 번 결의한 바를 잃지 않는 의지와 굳은 심지, 고집스러운 성정까지. 지금 모용현에게 겨누어진 검 또한 그의 것이었으니, 실은 금설옥이야말로 그의 전인이 아닌가! 무학을 받았다 하여 어찌 내가 그의 전인이 될 것인가? 아니, 처음부터 내게는 그의 무학을 받을 자격조차 없지 않았던가!

모용현은 검을 뽑았다. 그것은 죽은 당정견의 검이었다.

"너……!"

금설옥은 검을 뽑아 든 모용현을 보고 눈을 부릅떴다. 모용현은 추신—검에 자신의 검을 가볍게 교차시켰다. 두 검이 날을 맞대자 막연했던 마음들이 서로에게 닿았다.

설마 네가 이렇게까지 할 거라고는 생각지 못했어.

지금 당신에게 응할 거라면, 처음부터 당신의 손을 잡았을 것이오.

모용현의 검이 순간 금설옥의 시야에서 사라졌다. 금설옥이 그를 깨달은 순간, 모용현의 검은 금설옥의 목에 닿아 있었다. 모용현의 속삭임이 금설옥의 귀에 들어왔다.

“‘쾌속이 극에 달하였을 때 비로소 필요할 것이다.’”

14

모용현의 검은 금설옥의 목 바로 옆에서 마치 굳은 것처럼 멈춰 있어 살기가 느껴지지 않았다.

금설옥은 대경하며 뒤로 물러났다. 세상에 이런 쾌검이라니! 곁에서 볼 때는 단순히 감탄스럽기만 했는데, 막상 그 검이 자신에게로 향하니 비록 모용현에게 살기가 없다 해도 이토록 두려울 수 없었다.

이때 두 사람은 내상에서 회복되어 평소 실력을 전부 발휘할 수 있었다. 금설옥은 자신이 모용현에 비해 다소 처짐을 알고 있었지만, 자신의 몸 상태가 정상으로 돌아왔으니 마음먹고 그를 막겠다면 막지 못할 것도 없다 생각했던 것이다. 하지만 이 한 수는 두 사람 사이에 금설옥의 생각보다 더욱 높은 벽이 있었다 말해주는 것 같았다.

뒤로 물러난 금설옥에게 모용현이 말했다.

“그가 비록 무영검이라 일컬어질 만큼의 쾌검수라 사람들은 그의 무학을 쾌검에 국한시켰지만, 그것은 틀린 말이오. 물론 간월검이 쾌검으로부터 시작하는 것은 맞으나, 쾌검이란 어디까지나 간월검을 익히기 위한 준비 단계일 뿐이오. 명심하시오. ‘쾌속이 극에 달하였을 때,

비로소 필요할 것이다.' "

"무슨 소릴 하는 거야!"

금설옥이 외치며 달려들었다. 진기를 끌어올리니 그 기세가 강하기 이를 데 없었다. 쏜살같이 달려드는 금설옥의 눈에 정면으로 맞부딪쳐 오는 모용현의 검이 보였다.

그것은 아까처럼 극에 달한 쾌검이 아닌, 오히려 평범해 보이는 일검이었다. 그러나 놀랍게도 평범히 뻗는 모용현의 검은 압도적인 크기로 금설옥에게 다가왔다. 금설옥의 시야를 온통 뒤덮은 그 검은 어찌 생각하면 손망후의 수법과도 통하는 바가 있었다.

금설옥이 신형을 멈추었다. 금설옥이 뻗은 검은 모용현을 지나쳤고, 모용현의 검은 금설옥의 목에 가 닿아 있었다. 모용현이 다시 금설옥에게 말했다.

" '빠르지도 느리지도 않으니, 곧 빠르고 또한 느림이 된다.' 두 번째 구결이오."

금설옥은 멍청히 모용현의 말을 들었다. 아까부터 기억하라느니, 두 번째 구결이라니. 이게 다 무슨 소리란 말인가? 금설옥은 검으로 목에 닿은 모용현의 검을 밀어내고 다시 공세를 취했다.

금설옥의 검이 큰 원을 그리며 그 안에 모용현을 가두었다. 여아귀속(汝我歸束)이라, 이름 높았던 아미검의 절초 중 하나를 퇴불이 손을 대 더욱 완성된 검초였다. 그러나 모용현의 검이 다시 움직이니 금설옥의 검이 허무하게 와해되었다. 하늘 높이 올라가는 검 아래, 모용현이 말했다.

" '땅의 길은 물로, 물의 길은 하늘로, 하늘의 길은 땅으로.' "

그리고 두 사람 사이에 금설옥의 검이 내려와 땅에 꽂혔다. 검에는 아직도 모용현의 여력이 남아 있었는지, 제 몸을 강하게 흔들고 있었다.

"'그리하여 모든 길은 하나가 된다.'"

금설옥은 검을 다시 집지 않았다. 지금 모용현의 검은 금설옥을 상대하기 위함이 아니었다. 이미 모용현은 사왕이나 당감소 등과 비슷한 역량을 갖춘 것이 아닌가 싶을 정도로 금설옥과는 격이 다른 고수였으니, 금설옥은 모용현이 원하는 한 자신이 힘으로 그를 잡아둘 수 없음을 깨달았다.

금설옥에게 더 이상의 전의가 없음을 알면서도 모용현의 검사위는 그치지 않았다. 모용현은 아무도 없는 허공에 일곱 번의 검초를 시전하였고, 일곱 구절의 무학을 읊조렸다. 그것들은 하나같이 상승 무학의 요체라 금설옥이 평소 의문을 품어왔던 부분에 대한 해답들로 가득했다. 그렇게 모용현은 도합 열 번의 검을 선보이곤 움직임을 멈췄다.

모용현은 검을 멈추고 그를 돌아봤다. 그는 무언가 마음에 들지 않는 듯 못마땅한 표정을 하고 있었다.

어쩔 수 없었어요. 내가 만든 조악한 삼 초를 그녀에게 줄 수야 없으니까요. 그녀라면 언젠가 당신이 남기지 못한 마지막을 스스로 완성시키겠죠.

모용현은 다시 금설옥을 보고 말했다.

"이는 내가 훔쳐 배운 것이니 애초에 내 것이라 할 수 없소. 그래, 내 생각에는 당신이야말로 그의 전인에 어울리는 사람이라, 그도 나의 결정을 이해해 줄 것이오. 그대가 이미 사문의 무학을 어느 정도 성취

한 뒤라 이를 익히지 못한다면 부디 자질있는 자를 골라 이대로 전해 주길 바랄 뿐이오.”

“너… 정말 죽으러 가는구나!”

모용현이 말은 둘 중의 하나가 죽어야 한다 했어도 죽을 자는 자신으로 정해놨음을 금설옥은 비로소 알 수 있었다. 이것은 제발 나를 잡아줘, 이 차마 나오지 않는 절규를 금설옥이 듣더라도 무시해 달라는 간곡한 요청이었다.

하지만 금설옥은 그럴 수 없었다. 금설옥은 두 팔을 벌리고 모용현의 앞을 가로막았다.

“안 돼, 절대 못 가. 아니, 보낼 수 없어. 보내지 않아!”

순간 모용현의 신형이 흐릿해지더니 금설옥의 눈앞에서 사라졌다. 금설옥이 깜짝 놀라면서도 기척을 느껴 뒤돌아보니 사라졌던 고용현이 그녀의 등 뒤에 나타나 있었다.

“이형환위……!”

전설의 신법이 칠 년의 시간을 넘어 금설옥의 눈앞에 두 번이나 구현된 것이다. 금설옥은 ‘이래도 네가 그분의 전인이 아니냐!’ 라 외치고 싶었지만 그보다 먼저 모용현이 돌아보지 않고 말했다.

“이미 이야기했던 여덟 번째, ‘뜻이 의지를 발하고 나면, 뜻도 의지도 필요없는 때가 올 것이다.’ 와 닿아 있음을 기억하시오.”

모용현은 그렇게 말하고 한 발을 앞으로 내딛었다. 그 일 보는 단호했지만, 그만큼 고통스러웠다. 속을 끊는 단장(斷腸)의 아픔.

금설옥은 앞으로 나아가는 모용현의 등을 바라보다 가까스로 외쳤다.

“잠깐!”

그러나 모용현의 걸음은 멈추지 않았다. 금설옥이 그를 보고 말했다.

"잠깐 기다려! 내가, 내가 너에게 해줄 말이 있다고 했던 것 기억나? 네가 죽기 위해 떠나겠다면, 그전에 내 말을 듣고 가."

그러자 모용현의 걸음이 멈췄다. 하지만 그도 잠시, 모용현의 말라붙은 음성이 금설옥의 귓가를 때렸다.

"듣지 않겠소."

모용현은 더 이상 금설옥의 말을 듣고 싶지 않았다. 그것이 중요한 말이든 아니든, 금설옥의 음성은 그것만으로 모용현의 굳은 결의를 흔들어놓았으니까. 아니, 지금도 흔들고 있으니까.

모용현은 이를 악물고 재차 걸음을 옮겼다. 세 발짝이나 갔을까, 갑자기 무성한 나무 사이로 한 사람이 그의 앞에 나타났다.

"……!"

호랑이 같은 두 눈과 제멋대로 뻗친 수염. 더러운 가사와 한 자루 법장. 이 짧은 설명 속에는 그야말로 천하제일의 고수일지 모른다는 이야기가 빠져 있지만 그로부터 퇴불을 떠올리지 않을 자 누구인가!

"사부님!"

금설옥이 외치자 퇴불이 눈살을 찌푸리며 대답했다.

"네가 그리도 간절하게 나를 부르는 것이 얼마 만이냐? 아니, 처음이 아니더냐? 늦었다고 또 화를 낼 거라 생각했는데 조금 당황스럽구나."

퇴불이 그리 말하고 눈앞의 모용현을 보며 웃었다. 모용현이 보니 그 웃음은 화가 난 금설옥의 웃음과 똑 닮아 있어 한편으로는 우습고, 또 한편으로는 두렵기도 했다.

‘그녀가 퇴불로 하여금 나를 막게 한다면 이는 힘든 싸움이 될 것이다. 만일 그렇게 된다면 나는 절대 맞서지 않고 기회를 봐 빠져나가야겠다.’

퇴불이 큰 눈을 굴리며 모용현을 보고 말했다.

“그나저나 이놈은 웬 놈이냐? 오는 길에 칼부림 소리가 들려 걸음을 재촉했는데 벌써 끝이 난 것이냐? 옥아, 설마 이놈에게 네가 진 것이냐?”

퇴불이 그리 말하며 모용현을 쏘아보는데, 그 표정도 표정이거니와 눈빛이 예사롭지 않았다. 여차하면 바로 머리통을 깨부술 기세라 모용현은 잔뜩 긴장하며 암암리에 진기를 끌어올렸다. 그때 금설옥이 말했다.

“사부님, 그가 바로 그 아이예요! 제자가 찾아서 데려온 거라구요!”

“뭐?”

퇴불이 금설옥의 얘기를 듣고 두 눈썹 끝을 내리며 모용현의 얼굴을 찬찬히 살폈다. 모용현은 지금 앞으로 가지 않으면 계속 잡혀 있을 거란 생각이 들어 앞으로 나서려는데, 갑자기 퇴불이 그를 덮쳐 왔다.

“……!”

모용현이 놀라며 몸을 빼려 했으나 퇴불의 움직임이 그보다 다소 빨랐다. 퇴불은 두 팔을 벌려 모용현을 강하게 껴안았다.

“그래, 그래! 바로 네 녀석이렷다! 역시 살아 있었어! 살아 있었어! 그래, 잘 살아 있었구나!”

퇴불은 모용현을 얼싸안고 눈물을 흘렸다. 그가 아무리 성정이 제멋대로고 감정의 기복이 심하다지만, 자신을 알아보자마자 눈물을 흘릴 정도라니 모용현은 놀랍기만 했다.

　퇴불은 한참 울다가 모용현을 떼어내 그의 두 어깨를 잡고 말했다. 그의 뻣뻣한 수염은 온통 눈물, 콧물로 범벅이 되어 있었다. 그의 두 눈은 말로써 다하지 못할 감격에 차 있었으니, 뉘라서 그 모습을 조롱할 것인가? 모용현 역시 칠 년이라는 긴 세월 동안 오로지 그에 대한 의리로 자신을 찾아 헤매었을 퇴불의 속을 짐작하며 가만히 어깨를 잡혀주었다.

　"드디어, 드디어 찾았어! 크하하하하하!"

　퇴불이 울다가 갑자기 큰 소리로 웃으니 송림 전체가 흔들리고, 솔잎 위에 위태롭게 쌓여 있던 눈들이 쏟아져 내렸다. 그의 종잡을 수 없는 성정도 그렇거니와, 그 내력의 심후함은 염합의 결정을 가진 모용현도 따르지 못할 정도였다. 당금 무림에 무림 맹주 운룡검과 이름을 나란히 할 수 있는 자가 오직 광승이라더니, 그 말이 과연 사실 그대로였다.

　모용현이 그런 생각을 하고 있을 적에 금설옥이 다가와 말했다.

　"사부님, 그 손 절대로 놓지 마세요! 그 녀석을 꼭 잡고 있어요!"

　"잉? 너는 무슨 소릴 하는 게냐?"

　"그 녀석, 이제 죽게 생겼다구요! 아니, 죽으러 갈 거라구요!"

　금설옥의 말을 듣자 모용현은 눈을 감았다. 이제 어쩔 수 없이 퇴불의 손에서 빠져나가야 한다. 과연 할 수 있을까? 모용현이 마음의 준비를 하고 눈을 떴는데, 퇴불이 누런 이를 드러내며 말했다.

　"무슨 병이라도 있느냐? 아니면 독이라도 당했느냐?"

　금설옥이 대답했다.

　"아니, 모용강을 죽이러 가겠다니 그게 죽으러 가는 거지 뭐예요!"

　그러자 퇴불이 너털웃음을 터뜨리며 말했다.

"크하하핫! 그것은 당연한 소리 아니더냐? 그래, 모용강 이놈을 이
제 죽일 때가 되었지! 아니, 너는 그가 스승의 복수를 하겠다는데 왜
말리려 드는 게냐?"

"어휴, 참!"

금설옥은 답답해하며 가슴을 쳤다. 모용현은 두 사제의 모습을 잠시
지켜보다 자신의 어깨를 잡고 있는 퇴불의 손을 떨쳐 내며 말했다.

"복수를 하려 함은 맞으나 소제는 그의 전인이 아니니 그가 소제의
스승이 될 수도 없습니다. 선배께서 그토록 소제를 걱정하고 찾아주셨
던 것은 감사합니다만……."

모용현은 다소 장황한 이야기를 시작했으나 곧 입을 다물었다. 퇴불
은 모용현이 말하는 것을 빤히 봤으면서도 금세 그를 무시하고 딴 짓
을 하는 것이었다.

"음, 이게 여기 있었는데… 분명 이쯤 있었을 텐데……."

퇴불은 품 안과 소매를 이리저리 뒤지고 있었는데, 그에 열중한 나
머지 모용현의 모습은 눈에도 들어오지 않는 듯했다. 모용현은 한숨을
쉬고 머리 숙여 인사한 뒤 그를 지나쳤다. 금설옥이 그를 보고 소리를
빽 질렀다.

"사부님!"

그러자 퇴불이 소리쳤다.

"찾았다!"

15

퇴불의 환호성이 얼마나 컸던지 모용현도 뒤돌아보고 말았다. 희희낙락, 어린아이처럼 웃고 있는 퇴불의 손에는 얇은 종이가 들려 있었다. 퇴불은 그를 들고 홀로 웃다가 모용현에게 그를 내밀었다.

"자! 받아라!"

그 박력에 모용현은 자신도 모르게 그를 받았다. 받아 보니 기름을 먹인 종이 안에 또 얇게 접은 무엇이 들어 있었다. 모용현이 그를 보고 다시 고개를 드니 퇴불이 의기양양 가슴을 두드리며 말했다.

"내 생애 누구에게도 간섭받지 않고 살았음이 오직 자랑거리였는데, 그걸 전해 받고는 하루를 일 년 같이 보냈다! 행여 잃어버릴까 하루에도 몇 번씩 확인하고, 또 확인했는데 이게 설마 칠 년이나 걸릴 줄 누가 알았겠느냐? 천하에 어느 누가 나 퇴불이 칠 년이라는 세월 동안 하나의 약속을 지켰을 거라 짐작이나 했겠느냐? 하지만 나는 해냈다! 해냈어! 크하하하핫!"

모용현은 조심스럽게 기름 먹인 종이를 폈다. 몇 번이나 접혀 있는 종이를 펼치고 나니 역시 접혀 있는 천 조각이 드러났다. 회색의 낡은 천은 어딘가 모르게 낯이 익었다.

모용현은 조심스럽게 천 조각을 폈다. 한 번, 두 번. 완전히 펴진 낡은 천에는 세 줄의 글귀와 두 글자가 써져 있었다. 이는 처음 보는 이의 글씨였지만, 모용현은 이미 알고 있었다.

"이건……."

퇴불에게 무언가 말을 하려 했는데, 목구멍이 불현듯 막히고 말이 나오질 않았다. 모용현은 침을 삼키고, 다시 천을 내려다봤다.

아아! 검게 변색되었으나 이는 피로 쓴 것이다! 소리없는 탄식과 세 줄의 글귀가 겹쳐졌다. 모르는 자라면 도무지 모를 글들은 모용현에게서 비로소 생명을 얻었다. 이는 모용현이 미처 배우지 못한, 그토록 아쉬워했던 간월십삼검의 마지막 세 구결이었다.

한 자, 한 자. 피로 쓴 글씨는 결코 달필(達筆)이 아니나 정성을 다하였음이 느껴졌다. 모용현은 입술을 깨물고 그를 읽어 내려갔다.

뚝.

모용현의 입술에서 흘러내린 피가 턱을 타고 천 위로 떨어졌다. 검은 혈자(血字) 옆에 붉은 자국이 선명했다.

모용현은 마지막 구결의 마지막 자를 읽은 뒤 어지러움을 느꼈다. 그가 이를 쓸 때에는 이미 죽음에 직면했을 때이리라. 하지만 피로 쓴 그 글에서는 어떠한 감정도 찾을 수 없었다. 오직 한 획, 한 획을 허투루 쓰지 않는 정성만이 가득했다. 이렇게 담담하게, 오직 자신의 할 말만을 하는 모습은 생전의 그와 꼭 닮아 있어 모용현은 서운함마저 느낄 정도였다.

그는 어째서 이런 글을 퇴불을 통해 남겼는가? 왜 나를 미워하거나, 원망하는 감정을 남기지 않았을까? 모용현은 그런 생각을 하며 눈을 돌렸다. 천의 끄트머리에는 두 글자가 적혀 있었다.

상경(常警).

메인 목으로 읽어 내렸던 간월검의 마지막 세 구결은 모용현의 머릿속에서 금세 사라지고, 그 자리를 저 두 자가 차지했다. 상경, 상경… 상경!

너는 항상 경계해야 할 것이다.

추신이 입버릇처럼 했던, 모용현이 가장 지겨워했던 그 말이었다. 모용현은 갑자기 웃음이 새어 나왔다. 참을 수 없는 웃음이 가슴 밑바닥으로부터 용솟음쳐 올랐다.

"큭, 크큭, 크흐흐… 하하, 하핫! 하하하하하!"

추신은 죽음을 직면했음에도 한 치 흔들림없이 그대로의 자신을 나에게 보낸 것이다. 어쩌면 이리도 미련한 자가 있는가! 마지막으로 남길 말이라면, 좀 더… 다른 말을 해도 좋지 않은가? 복수를 해달라거나, 아니면 무엇이 되었든 이보다 좋은 말들이 많을 것이다!

"하하, 하… 크크, 크흑, 흑… 흐흑!"

그리고 웃음은, 곧 눈물이 되었다. 모용현의 하나뿐인 눈에서 걷잡을 수 없이 많은 눈물이 쏟아져 나왔다. 칠 년 만의 눈물이었다.

퇴불은 그가 울자 당황한 듯 얼굴을 무섭게 일그러뜨리며 뒤로 물러났다. 금설옥 또한 다 큰 사내가 우는 모습이 처음이라 어쩔 줄 몰라 가만히 서 있을 수밖에 없었다.

눈 덮인 송림에 오직 모용현의 흐느끼는 소리만이 정적을 깨고 있었다. 그렇게 한참이 지나 더는 눈물이 나오지 않자 모용현이 고개를 들었다. 모용현은 붉은 눈으로 퇴불에게 물었다.

"그가 달리 남긴 말은 없었습니까?"

퇴불은 고개를 흔들었다. 모용현은 다시금 목이 메어 목을 뒤로 젖히고 하늘을 올려봤다. 눈 내린 뒤의 겨울 하늘은 흐리기만 했다.

나는, 이대로 괜찮은 걸까? 당신이 무엇을 원했는지 알 것 같은데,

뻔뻔스럽게 그를 따라도 되는 걸까?

그때 또 다른 기척이 숲 속에서 느껴졌다. 모용현이 그쪽으로 돌아보니 그 또한 낯익은 얼굴이었다.

머리는 몇 달을 감지 않은 듯 떡이 져 있었고 꼬질꼬질 때가 낀 얼굴의 눈 밑에 큰 사마귀가 하나 자리 잡고 있으니, 바로 오의 기우붕이었다. 옷 또한 누더기나 다름없어 퇴불의 가사가 꼬까옷처럼 보일 정도였는데, 그와 대비되어 눈처럼 흰 강보를 품에 안고 있었다.

그를 보자 금설옥이 화부터 냈다.

"이제 오면 어떡해요!"

그러자 기우붕도 지지 않고 화를 냈다.

"아니, 내가 여길 찾는 데 얼마나 힘들었는지 아냐! 엥, 이건 또 뭐야. 미친 중놈은 여기 또 왜 있는 거냐?"

퇴불 역시 기우붕을 알아보고 대꾸했다.

"옥아, 이 더러운 늙은이가 왜 아직 죽지 않고 살아 있는 게냐?"

"아니, 저놈이!"

기우붕이 길길이 날뛰었지만 감히 퇴불에게 뭐라 할 수는 없었다. 기우붕은 모용현을 보며 말했다.

"망할 놈아! 네가 그렇게 도망치고 나서 내가 얼마나 고생을 했는지 아느냐?"

"어르신, 죄송합니다."

모용현은 진심으로 미안해 고개를 숙이는데, 기우붕이 품이 안고 있던 흰 강보를 휙— 던지며 말했다.

"듣기 싫다! 이거나 받아라!"

“어르신!”

그러자 금설옥이 놀라 소리쳤고, 모용현은 엉겁결에 날아오는 강보를 받아냈다.

“……!”

강보 안에는 새근새근, 조용히 잠들어 있는 한 아기의 모습이 보였다. 모용현은 잠시 기유붕이 왜 태어난 지 얼마 되지도 않아 보이는 아기를 안고 있었으며, 그를 왜 자신에게 던졌는지 몰라 의아해했다. 하지만 잠든 아기의 얼굴 위로 한 쌍의 부부가 떠올랐다. 아기는 모용현이 아는 부부의 얼굴을 놀랍게도 꼭 닮아 있었다.

“설마……?”

모용현은 자신의 품 안에서 잠든 아기를 내려다보며 중얼거렸다. 금설옥이 그에게 다가와 대답했다.

“진 부인의 뱃속에 두 아이가 있었어. 한 아이는 세상의 빛도 보지 못하고 죽었지만…….”

기유붕이 말했다.

“그래, 쌍둥인 걸 몰랐던 내 실수다! 하마터면 산 놈마저 죽일 뻔했어!”

기유붕이 신경질적으로 말했다. 하지만 모용현은 그를 듣지 않고 있었다. 진 선배 부부의 아이가 그의 품 안에서 자고 있다는 사실이 믿겨지지 않았다. 모용현은 가까스로 그에게서 눈길을 떼고 기유붕에게 말했다.

“어르신께서 거두셨습니까?”

그러자 기유붕이 크게 화를 내며 대답했다.

“이 때려죽여도 시원찮을 놈아! 거두긴 누가 거두었단 말이냐! 네놈

이 그리 도망쳐서 오질 않고, 저년도 일이 있다며 가버렸는데 내가 그
럼 이 애를 버려야 했단 말이냐?"

"그럼……."

"지금까지는 어쩔 수 없었다만, 다 늙은 내가 무슨 기력이 있어 그것
도 혼자 몸으로 애를 키운단 말이냐? 그 애를 삶아먹든 구워먹든 팔아
먹든 네 마음대로 하거라! 나는 이제 모른다!"

모용현은 다시 아기를 보며 그날을 생각했다. 하늘에 구멍이라도 뚫
린 듯 한 치 앞도 보이지 않도록 세차게 비가 내리던 날, 진우심을 업
고 달리며 그와 마지막으로 나누었던 말을. 그의 마지막 부탁을.

"너도… 나더러 살라고 하는 것이냐?"

모용현이 중얼거리자 놀랍게도 자고 있던 아기가 눈을 떴다. 아기는
맑은 두 눈으로 모용현을 보고는 생긋 웃었다. 그를 보며 기유붕이 중
얼거렸다.

"허, 참! 저놈이 내 얼굴만 보면 그렇게 울며 젖동냥을 보차더니!"

모용현은 웃는 아기를 보다 자신도 모르게 입꼬리를 올렸다. 미소를
짓는 것이 이토록 힘들 줄이야! 하지만 모용현의 미소에 화답하듯, 아
기의 얼굴이 활짝 펴졌다.

"……."

모용현은 아기를 안고 몸을 돌렸다. 그의 눈에 긴 머리를 늘어뜨리
고 허리를 꼿꼿이 세운 사내가 들어왔다. 모용현은 소리없이 물었다.

내가 살아도 괜찮겠소?

추신의 고집스러운 입매가 살짝 올라간 듯했다. 모용현은 눈을 크게

떴지만 추신의 환영은 사라져 더 이상 보이지 않았다. 대신 그 자리에
는 금설옥이 서 있었다.

모용현은 다시 한 번 말했다.

"내가 살아도 괜찮겠소?"

금설옥이 웃으며 대답했다.

"물론!"

마른 줄 알았던 모용현의 왼 눈에서 다시금 한줄기 눈물이 흘러내렸
다. 흐르는 눈물의 끝에, 아이의 빨간 볼이 눈부셨다.

제2부 11장
그날을 거슬러 올라

1

십일월 말, 낙양에는 많은 눈이 내렸다. 십 년 이래 가장 많은 눈으로, 도시의 모든 기능이 일시적으로 마비될 정도였다. 거리는 허리까지 쌓인 눈으로 막혀 있었고, 하늘을 원망하는 소리가 곳곳에 울려 퍼졌다. 추운 겨울이었다.

무림맹 본영도 마찬가지로 갑작스러운 눈에 장애를 일으키고 있었다. 본영에 소속된 무사들의 손에는 검이 아닌 제설 도구가 들려 있었고 조를 나눈 작업은 밤까지 이어졌다.

하지만 대설에 입은 피해가 그리 크게 느껴지지 않는 것은 이미 더 큰 충격을 받은 직후였기 때문이리라. 무림맹의 힘을 드높이고자 했던 집회가 퇴불 한 사람에 의해 엉망이 된 것은 그 자체로도 심대한 타격이었으나, 그로부터 파생된 피해들이 더욱 컸다.

오기 중 하나인 적기단의 궤멸은 그를 아는 사람들에게 커다란 충격이었다. 중원 각지의 무림맹 지부에서 재능있는 젊은이들만을 선발한 오기는 그 자체로 무림맹의 상징이요, 중요한 전력이었다. 올봄에 백기단이 전멸당하더니 이번에는 적기단이 그 뒤를 이은 것이다. 단주를 비롯하여 삼십 명의 단원 중 살아남은 이가 다섯 사람에 불과했다. 더욱 충격적인 것은 그들이 단 한 사람에게 당했다는 사실이었다.

그것이 누구인지 무림맹 본영의 공식 발표는 있지 않았으나 강호에는 벌써 출처를 알 수 없는 소문이 떠돌고 있었다. 적기단을 궤멸시킨 자는 퇴불의 제자로, 그와 함께 낙양에 왔던 가인검이라는 소문이었다.

그에 이어 이번에는 흑기단주 당정견이 사라지는 사건이 일어났다. 오기의 단주에 있는 자가 아무 흔적도 남기지 않고 본영에서 사라지는 일은 누구도 생각지 못한 일이다. 더구나 그의 실종이 알려진 지 얼마 뒤, 그의 시신이 북경에 있는 당가에 당도해 다시금 사람들은 경악을 금치 못했다.

그러나 무엇보다 무림맹 전체를 얼어붙게 만든 사건은 바로 상공 손망후의 죽음이었다. 앞의 두 사건이 느닷없이 몰아닥쳐 농작물을 버리게 만든 한파(寒波)라면, 손망후의 죽음은 마을 한둘은 흔적도 없이 덮쳐 버린 눈사태라 할 것이다.

그 거대한 흐름에 무림맹 본영의 권위도 휩쓸렸고, 때마침 낙양을 뒤덮은 폭설은 지부에 대한 영향력을 반감시켰다. 사람들은 약속이라도 한듯 화무십일홍이라는 불길한 말을 떠올리고는 했다.

무림맹은 걷잡을 수 없이 무너져 가고 있었다.

"……."

그런 와중에 무림맹 사대사령 중 하나인 북사 풍경립은 홀로 시름에 잠겨 있었다. 본영의 어수선한 분위기는 중심을 잡을 이가 없기 때문이다. 사대사령 중 두 사람과 그보다 윗줄에 있는 상공이 이미 죽었으니 아랫사람들이 그를 어찌 감당하겠는가? 비록 맹주 모용강의 능력은 절대적이나 그는 무림맹 창설 직후 무대 뒤로 물러나 있었다. 실질적으로 맹을 움직여 온 것은 총사령 담대진홍과 동령 당감소 두 사람이었으니, 이제 와서 모용강이 전면에 나와 맹을 추스르기란 쉽지 않은 일이었다.

더 큰 문제는 맹주 자신에게 흔들리는 맹을 바로잡으려는 의지가 보이지 않음에 있었다. 아니, 집회가 엉망이 되고 퇴불과 정파연합의 잔당들이 도망쳤을 때 본영의 움직임을 제한함으로써 오히려 일을 커지도록 부추기기까지 했다. 그러고는 다시 뒤로 물러나 모습을 드러내지 않고 있으니 풍경립은 그런 모용강의 속을 도무지 짐작할 수 없어 답답하기만 했다.

모용강의 명을 받아 움직인다는 총사령 담대진홍도 그와 마찬가지였다. 손망후가 맹주의 방침을 거역하고 탈주자들을 쫓는다 했을 때에 담대진홍은 그를 막거나 지원하거나 둘 중 하나를 택해야 했다. 물론 손망후가 홀로 돌아다닌다 하여 그를 걱정할 필요는 없겠지만, 그의 나이와 위치를 생각한다면 최소한의 수행원이 필요했다.

하나 무림맹을 세운 뒤 모용강이 내린 방침은 확고했다. 모든 맹원은 오직 지위의 고하에 따라 맡은바 일을 할 뿐이니, 설령 맹주라 해도 개인적인 수행원을 거느릴 수 없다는 것이었다.

물론 이는 권력이 집중된 본영과 각 지부원 간에만 통용되는 계율이었고, 창립에 지대한 공을 세운 뒤 기존의 자기 세력을 가지고 본영에 속하기를 거부한 자들—하북 팽가, 남궁세가 등—에게는 해당되지 않는 일이었다.

그중에도 예외는 있어 오직 맹주 모용강과 남후 양정문이 무림맹 본
영에 속했으면서도 개인적으로 수행원을 거느렸다. 양정문은 여인의
몸이라는 것과 은가면들이 이전부터 그녀 한 사람에게 충성을 다하도
록 훈련되어 있어 본영의 다른 임무에 투입할 수 없다는 이유로 그를
허락받았다.

모용강에게 붙은 두 사람의 호법은 담대진홍 이하 간부들의 간곡한
요청에 의해서였다. 본인은 크게 달가워하지 않았지만, 그마저도 없으
면 권위가 서질 않는다는 저들의 간언을 받아들여 두 사람의 호법을
곁에 두었다. 과연 그들의 걱정은 몇 년이 흐른 뒤 적중하여 두 호법의
희생이 아니었다면 모용강은 모용현의 절초 '무진'에 꼼짝없이 당했
을 것이다.

그러한 이유로 해당 지부에 일임하겠다는 맹주의 방침을 거역하고
직접 탈주자들을 찾아 나선 손망후에게는 별도의 수행원이 지원되지
않았다. 그의 시신을 조사해 보면 두 사람의 절정 검수가 이루어낸 합
벽에 의한 상처가 깊었으니, 손망후가 단신으로 다니지 않았다면 죽을
일도 없었으리라.

그러나 이미 엎지른 물은 다시 담을 수 없다. 한 번 기울어진 배는
가라앉게 마련이고, 끊어진 연은 땅으로 돌아올 수 없다. 풍경립은 지
금의 무림맹이 그와 같은 곳으로 향하고 있다는 예감을 애써 떨치려
했지만 마음처럼 쉽진 않았다.

무거운 마음을 가지고 풍경립이 향한 곳은 서장 천수참마 조규휘의
사택(私宅)이었다. 조규휘는 사대사령의 한 사람이었지만 실제로 맹을
운영하는 일에 참여한 적이 없었다. 맹이 창설되고 본영이 세워진 이

래 조규휘가 낙양에 들러 자신의 사택에 머무른 횟수는 다섯 손가락으로 꼽을 수 있을 정도였다. 게다가 사령들의 회의나 총사령의 호출에 응했던 적은 한두 번에 불과했다.

대신 그는 강호를 떠돌며 자신의 반양도법을 갈고닦는 데에 주력했다. 많은 이들이 모용강에게 고개를 숙이고 무림맹의 일부가 되었으나 조규휘만큼은 그러지 않았던 것이다. 애초에 그의 목적은 모용강을 뛰어넘는 것이었다.

풍경립은 사택을 관리하는 고용인의 안내를 받아 안으로 들어갔다. 양정문이 그를 데려올 때 무슨 일이 있었는지 알 수 없었지만 조규휘는 낙양에 오자마자 안부를 물을 틈도 없이 폐관을 하고 들어앉았으니, 풍경립도 그를 보는 것이 몇 년 만이었다.

풍경립의 내방을 알리러 갔던 고용인이 난처한 얼굴로 돌아왔다. 풍경립이 무슨 일이냐 물으니 고용인은 허리를 굽히며 말했다.

"나으리, 정말 죄송한 말씀이지만 주인 어른께서 돌아가시랍니다."

"뭐라?"

풍경립의 허연 눈썹이 치솟았다. 그러나 눈앞의 사내는 맹원도 아닌 그저 잡일을 하는 고용인에 불과하니 그에게 화를 낼 수도 없는 노릇이었다. 풍경립은 자리를 박차고 일어나 그에게 물었다.

"폐관한 곳이 어디냐?"

풍경립은 어쩔 줄 몰라 하는 사내를 억지로 앞장세워 조규휘가 들어앉은 곳을 찾아갔다. 사택 한쪽에 마련된 연공실(硏功室)은 굳게 닫혀 있었다. 풍경립은 열리지 않는 문 앞에 서서 말했다.

"서장! 안에 계시오?"

풍경립의 음성은 크지 않았으나 심후한 공력이 담겨 있으니 안쪽까지 들리기에 충분했다. 그러나 대답이 돌아오지 않자, 풍경립이 다시 말했다.

"서장! 그 안에 틀어박혀 있기에는 시기가 좋지 않소. 그대와 상의할 일이 있으니 어서 나오시오!"

여전히 대답이 돌아오지 않자 풍경립이 크게 외쳤다.

"나오지 않겠다면 내가 들어가겠소이다!"

그렇게 말하고 풍경립이 문을 밀쳤으나 안에서 빗장이 걸려 있는지 문은 움직이지 않았다. 그러자 풍경립의 쌍장이 열리지 않는 문을 강타했다.

콰앙!

굉음과 함께 다섯 치는 됨직한 두꺼운 문짝이 산산조각 났다. 그를 본 고용인이 기겁하며 물러나고 풍경립은 성큼 연공실로 들어갔다.

원래 풍경립도 성격이 느긋한 편은 결코 아니었다. 다만 세월의 흐름에 몸과 마음이 노쇠했고, 모용강이라는 압도적인 힘을 견식한 뒤라 모든 일에 스스로 삼가는 경향이 짙어졌을 뿐이었다. 한데 상대가 모용강도 아니고, 사대사령이라는 체면을 차릴 때도 아니니 애써 자제할 필요가 없었다.

풍경립이 들어가니 거대한 체구의 사내가 가부좌를 틀고 앉아 있었다. 사내의 머리는 온통 산발이었고, 한겨울임에도 벌거벗은 웃통은 단단한 근육과 상처들로 뒤덮여 있었다. 조규휘였다.

눈을 감은 조규휘에게서는 전처럼 패도적인 기운이 느껴지지 않았다. 그 대신 오히려 은은한 기세가 그를 중심으로 퍼져 나왔으니, 요 몇 달간의 폐관이 헛되지 않았던가? 풍경립은 감탄을 금치 못하며 조규휘를 바라봤다.

한참 뒤 조규휘가 눈을 뜨고 자리에서 일어나며 말했다.

"무슨 일이오?"

"서장이 이러고 있을 때가 아니오. 지금 맹이 어떻게 돌아가고 있는지 알고 있소?"

풍경립의 말을 듣고 조규휘가 대답했다.

"모르오. 알고 싶지도 않고."

"그게 무슨 소리요!"

조규휘는 소리치는 풍경립에게서 몸을 돌려 바닥에 놓인 한 자루 환도를 집었다. 폐관에 들어간 뒤 처음 잡아보는 것이니 약 석 달 만이다. 조규휘는 그간 이 천절도를 한시라도 떼어놓지 않았는데, 그것을 손에서 놓고서야 비로소 한 걸음 전진할 수 있었던 것이다.

오랜만에 잡아보는 애도의 감촉이 견딜 수 없을 만큼 사랑스러웠다. 조규휘는 풍경립을 무시한 채 허공에 천절도를 두어 번 휘둘렀다. 그러자 애도로부터 강렬한 욕망이 조규휘에게 기어올랐다. 고수! 더 나아진 자신을 시험할 수 있는 고수가 필요하다!

조규휘는 다시 고개를 돌려 풍경립을 바라봤다. 북사 풍경립의 호아굉격장이라면 옥면현수의 현빙신장과 능히 어깨를 나란히 할 수 있다. 걸어 잠근 문을 부숴 버릴 때의 파괴력은 오히려 그 이상으로, 소림이 멸망하고 그 무학이 끊긴 지금은 총사령 담대진홍이 아니고서야 풍경립을 능가할 자가 없었다.

조규휘가 말없이 자신을 노려보자 풍경립이 외쳤다.

"말을 해보시……!"

순간 바람이 일고 풍경립이 몸을 뒤로 물렀다. 조규휘와 풍경립 사이, 몇 가닥 흰 수염이 허공에 휘날렸다. 조규휘의 천절도를 미처 피하지 못하고 수염을 잘린 것이다. 풍경립이 크게 노하여 외쳤다.

"이게 무슨 짓이오!"

조규휘가 태연히 대답했다.

"새로이 익힌 경지를 시험해 보았을 뿐이오. 아무래도 미진한 것 같은데 마침 북사께서 계시니 잘됐소이다!"

조규휘가 그리 말하고 앞으로 나서며 천절도를 휘둘렀다. 풍경립은 뒤로 물러나다 크게 화를 내며 쌍장을 휘둘렀다.

"네놈이 정녕 미쳤구나!"

풍경립의 손바닥에서 자색(紫色) 기운이 일렁였다. 그를 본 조규휘가 껄껄 웃으며 말했다.

"잠긴 문을 억지로 열었다면 응당 대가를 치러야지!"

조규휘가 웃으며 물러서지 않고 천절도를 휘둘렀다. 패도적인 기운으로 따져 둘째가라면 서러운 두 무공이 맞부딪치고 굉음이 터졌다.

쾅!

두 사람은 약속이라도 한 듯 정확히 다섯 걸음씩 뒤로 물러났다. 풍경립은 오른쪽 어깨부터 옷이 뜯어져 맨살이 훤히 드러났고, 조규휘는 왼쪽 가슴에 옅은 손자국이 나 있었다. 두 사람 모두 비슷한 정도의 손해를 봤으니 이 한 합으로 우열을 가리기는 힘들었다.

"좋다!"

조규휘는 기뻐하며 천절도를 다시 들었다. 지금이라면 옥면현수와 다시 싸워도 이길 수 있을 것 같다는 생각이 기뻤고, 또 그를 시험할 상대가 북사 풍경립이라는 사실이 기뻤다.

'미쳤구나!'

반면 풍경립의 속은 검게 타 들어갔다. 조규휘를 상대해야 해서가 아니라 자신 외에 유일하게 남은 사령이라는 놈이 무공에 미쳐 사태를 제대로 파악하지도 못하고 덤벼드는 꼴이 답답했기 때문이다. 시정잡배도 아니거늘, 자신의 위치 하나 파악하지 못하고 드잡이를 놓는 조규휘의 모습에서 무림맹의 앞날이 보이는 듯했다.

한 수를 나눈 두 사람은 다시금 진기를 끌어올렸다. 조규휘는 자신의 향상된 무위를 확인하고자 하는 열망에 불타, 풍경립은 미친개에 물리지 않기 위해 모든 신경을 집중하고 있었다. 두 사람을 둘터싼 공기가 격렬히 흔들리고, 그를 탄 두 사람의 기세가 첨예하게 대립각을 세웠다. 허공에서 부딪치는 풍경립과 조규휘의 기세가 바늘 끝처럼 예리해졌을 때 누가 먼저랄 것도 없이 두 사람이 한 발을 내딛었다.

“……!”

“……!”

두 거대한 기세가 충돌하기 직전, 한 사내가 두 사람 사이로 들어왔다. 사내의 신법이 워낙 표홀해 풍경립과 조규휘 모두 깜짝 늘라며 뒤로 물러났다. 그를 무시하고 서로에게 출수하였다가 어떤 결과를 초래할지 알 수 없었다.

두 사람이 손과 칼을 거두고 끼어든 사내를 보았다. 훌쩍 큰 키가 조규휘와 비슷한 사내는 차가운 눈으로 두 사람을 바라보다 입을 열었다.

“맹주의 호출이오. 두 분 모두 따라오시오.”

담대진홍은 말이 끝나기 무섭게 몸을 돌려 연공실 밖으로 나갔다.

2

올겨울은 낙양만이 아니라 중원 곳곳에 많은 눈이 내렸다. 장사에도 두 차례 큰 눈이 내렸고, 많은 사람들이 집 안에 들어가 추운 겨울이어서 지나가기만을 바라고 있었다.

모용현과 금설옥들은 무림맹 장사지부에 들어앉아 겨울을 나고 있었다. 퇴불이 앞장서 장사지부에 쳐들어갔으니 그를 물리칠 자가 있을 리 만무했다. 장사의 지부원들은 각기 근처의 다른 지부로 피신했고, 함락 직후 큰 눈이 내리는 바람에 장사지부에 대한 공략은 무기한 미뤄져 버렸다. 사실 눈이 내리지 않았더라면 다른 이유가 대두되었을 것이다.

무림맹 창설 이후, 누구도 퇴불이 강호의 일에 간섭하는 모습을 보지 못했다. 간혹 그를 보았다는 목격담은 있어도 그가 무림맹의 맹원들과 시비를 일으키거나 하는 일이 없었던 것이다. 무림맹의 수뇌진들이 가장 걱정했던 요소도 바로 퇴불이었는데, 굳이 움직이지 않는 자를 들쑤실 필요가 없다는 판단 아래 그를 내버려 둔 것이다.

그랬던 그가 갑작스레 나타나 본영을 쑥대밭으로 만들고 장사지부를 차지해 앉았으니, 그 주변의 무림맹 지부들은 혼란과 불안에 휩싸였다. 도망친 장사지부원들의 증언에 따르면, 퇴불의 무공이 대체 어느 정도인지 풍문이 오히려 축소된 감이 있다 하니 지부장이라 해도 강호의 일류 고수에 겨우 준하는 그들이 감히 장사를 되찾으려 일어날 수는 없었다. 더구나 그에 대한 보고를 여러 차례 올렸음에도 본영에서는 묵묵부답, 어떠한 지시도 내려오지 않으니 섣불리 움직이기가 자연 어려웠다.

　　그렇게 퇴불과 금설옥이 장사의 무림맹 지부를 차지해 들어앉자 그를 아는 이들이 자연 장사로 몰려들었다. 남종은 처음부터 퇴불과 함께 내려와 있었고, 곧 여남에서 헤어진 왕민보들이 도착했다. 그리고 문성에서 금설옥과 탈출했던 복호검 이지만도 눈을 헤치고 와 서로의 생사를 확인하고 기쁨을 나누었다.

　　옛 무림맹 장사지부에 두 거지가 찾아온 것은 눈이 그친 지 일주일이 지난 뒤였다. 눈 녹은 길 위를 뛰어왔는지 안 그래도 더러운 옷은 온통 흙투성이였고, 젖은 발가락은 시퍼렇게 얼어 있었다. 장사에 도착한 두 거지는 젖은 몸을 말리지도 않고 급한 이야기라며 남종을 찾았다.

　　얼마 후, 개방의 이야기라 생각해 자리를 피했던 금설옥에게 남종이 왔다. 금설옥이 보니 그의 얼굴이 심각해 무슨 이야기를 들었는지 물어보고 싶다 생각했는데 남종이 먼저 입을 열었다.

　　"금 낭자, 일이 이상하게 돌아가는구려."

　　"무슨 일인데 그러세요?"

　　두 거지가 남종에게 가지고 온 소식은 충격적인 것이었다. 모용강이 스스로 맹주의 직에서 물러나겠다 선언했다는 것이다.

　　십이월의 첫날, 무림맹주 모용강은 총사령 담대진홍을 통해 퇴진을 선포했다. 미리 언질을 받은 두 사람의 사령들은 큰 동요를 보이지 않았지만, 그 사실을 모르고 있던 일반 사부 급 간부들에겐 말 그대로 청천벽력과 같은 소리였다.

　　이제껏 모용강이 전면에 나서진 않았으나 맹주가 가지는 상징성이란 감히 잴 수 있는 물건이 아니다. 더구나 지금처럼 맹의 권위가 흔들리고 많은 이들이 죽어 사라진 때에 모용강이 맹주의 자리를 버리겠다는 말은 사람들이 선뜻 이해할 수 없는 일이었다.

"그렇다면 다음 맹주는 누구입니까? 정해놓은 인사가 있습니까?"

모용강의 충격적인 발언에 장내가 한창 소란스러워진 가운데 사부 이성학이 질문했다. 그러자 회의장에 모인 이들의 이목이 한곳으로 쏠리고, 담대진홍이 대답했다.

"정해놓은 인사는 없소."

다시금 장내가 소란스러워졌다. 이성학이 다시 한 번 물었다.

"그렇다면 맹주께서는 아무런 대책도 없이 물러나시는 겁니까? 당신께서 세우신 맹을 내버려 두고, 그것도 이처럼 어려운 시기에 말입니까?"

이성학의 얼굴에는 좀처럼 보기 힘든 노기가 서려 있었다. 하지만 대부분의 사람들은 이성학의 분노를 당연한 것으로 여기고 심정적으로 동조하는 이들도 있었다.

맹을 세운 이는 모용강이되 그를 정비하고 지금의 모양새를 갖추어 놓은 것은 당감소였다. 맹을 세운 뒤 모용강은 직접적인 업무에서 물러나고, 다른 이들은 아예 뒷전으로 여겨 오직 당감소에게 의지할 뿐이었다.

이성학은 당문 시절부터 당감소의 심복이었다. 그때부터 당감소를 따랐던 대부분의 이들이 무림맹 창설 이후 공로를 인정받아 각 지부장으로 떠났던 것과 달리 가장 공이 컸던 이성학은 본영에 남았다. 지부장으로 간다는 것은 곧 그 지역 무림인들의 장이 된다는 뜻으로, 권력과 부를 보장하는 일이었다. 하지만 이성학은 그를 거부하고 낙양에 남아 당감소를 보좌하여 함께 무림맹을 꾸려온 것이다.

그는 항상 당감소가 거의 대부분의 일을 처리하는 무림맹의 관행에 큰 불만을 가지고 있었으나, 옛 주군이자 지금의 상관이 가는 길을 말 없이 뒤따랐다. 당감소가 죽은 뒤에도 홀로 그 공백을 메워가며 무림 맹을 위해 일하였으니 지금처럼 어려운 때에 이토록 중요한 이야기를 맹주라는 자가 상의도 없이, 그것도 타인의 입을 통해 일방적으로 통보하는 것을 받아들이기 어려움이 당연했다.

담대진홍은 이성학의 이야기를 듣고 일말의 동요 없이 대답했다.

"차기 맹주는 따로이 정하지 않으셨소."

그를 들은 이성학이 다소 격양된 목소리로 반문했다.

"그럼 대체 맹주께서는 어쩌실 생각입니까? 차기 맹주에 대한 복안도 없이 무작정 물러나신다면 이는 맹을 버리겠다는 말과 다름없지 않습니까! 아니, 맹주께서는 대체 왜 스스로 나와 말씀하지 않으십니까?"

'다소' 격양된 목소리는 말을 이을수록 높아져 결국 힐난하는 투가 되어버렸다. 이성학이 이렇게까지 화를 내자 그에 동조하던 사람들도 눈길을 거두고 담대진홍을 보았다. 물론 그가 총사령이라는 입장에서 현 무림맹을 운영함에 있어 가장 중추적인 역할을 하는 이성학에게 손을 쓸 리야 없을 것이다. 하지만 담대진홍이 매사에 분별이 있으면서도 유독 맹주에 관해서만은 맹목적으로 변함을 모르는 이가 없었으니, 행여나 싶어 다들 마음을 졸이고 있었다.

그러나 담대진홍은 처음과 같은 목소리로 담담히 대답했다.

"모든 것은 맹주의 뜻이니 우리는 그에 따를 뿐이오."

"그렇다면 맹주의 자리에서 스스로 물러난 이상 맹주가 아닌 이를 따르지 않아도 되겠소?"

　이성학의 한마디 한마디에는 한기가 서려 있어 장내의 이들은 저도 모르게 몸서리를 쳤다. 비로소 담대진홍이 얼굴을 굳히며 말했다.

　"이 사부는 말을 끝까지 들으시오. 맹주께서 후계자를 따로이 정하지 않으셨다 했지, 대책도 없이 물러나신다고는 말하지 않았소."

　담대진홍의 말이 장내에 울리자 사람들은 다시금 이목을 집중하였다. 이성학도 그가 무슨 이야기를 할 것인가 두 귀를 세웠다. 담대진홍이 입을 열었다.

　"차기 맹주의 조건이 바로 그의 목이랍니다."

　"그의 목이라구요?"

　남종이 전후 설명 없이 그라 말하자 금설옥이 반문했다. 남종은 곤란한 표정을 지으며 대답했다.

　"그게, 모용강이 직접 말했다는군요. 정파연합이라는 구파의 잔당들과 함께 있는 자 중에 자신이 칠 년 전 추신에게 죽은 모용강의 아들임을 사칭하고 다니는 이가 있다고… 그는 죽은 아들과 마찬가지로 한쪽 눈이 없음을 빌미로 삼아 스스로를 모용강의 아들이라 칭하고, 자신에게 무림맹 차기 맹주의 권리가 있다 주장한다 말이에요."

　그를 들은 금설옥은 마치 자신이 모욕을 당한 것처럼 얼굴이 확 달아올랐다. 금설옥은 주먹을 불끈 쥐며 말했다.

　"아니, 그자가 정녕 그렇게 말했단 말이에요? 사람의 탈을 쓰고 어찌 그런 말을 한단 말이죠! 자신이 한 일을 아무도 모를 거라고 생각하는 건가요!"

　"금 낭자, 흥분하지 말아요. 자, 자. 마음을 가라앉히고."

　금설옥이 어금니를 꽉 깨물고 자리에 앉자 남종이 말했다.

“어쨌든 그는 모용 공자의 목을 가져오는 자가 다음 대의 맹주라 선언했다니까요. 게다가 그가 이곳, 장사지부를 빼앗아 있음까지 이미 알고 밝혔다니 얼마 안 있어 무림맹 맹주라는 자리를 노리는 자들이 눈에 불을 켜고 들이닥칠 거예요.”

금설옥이 코웃음을 치며 말했다.

“흥! 저들이 떼로 달려든들 내가 눈 하나 깜짝할 것 같나요? 권력에 눈이 먼 자들을 두려워할 필요는 없어요!”

“뭐, 그건 그때 가서 생각해 볼 문제고. 지금은 일단⋯ 이야기를 모용 공자에게 전해야 하는데 말이죠.”

남종은 말을 멈추고 때가 낀 손가락으로 볼을 긁었다. 사실 이 이야기를 당사자보다 금설옥에게 먼저 말한 것은 그를 직접 전해야 하는 난처함을 피하고 싶어서였다. 그의 바람이 통했는지 말을 꺼내기도 전에 금설옥이 일어났다.

“내가 말해줄게요. 그럼 되죠?”

남종이 고개를 끄덕이며 말했다.

“그럼 전 퇴불 선배께 말씀드리고 앞으로의 대책을 강구해 볼게요.”

그러자 금설옥이 얼굴을 일그러뜨리며 손을 펼쳐 아래위로 흔들었다.

“아서요, 아서. 사부님이 무슨 대책을 생각하시겠어요? 잘해야 오는 놈들 다 잡아 족치면 된다 정도겠지.”

눈이 내리지 않는 날이면 모용현은 하루 종일 추신의 무덤에 있었고, 그사이 진우심 부부의 아이는 기유붕이 돌보았다. 기유붕이 비록 말은 달리 했으나 그간 쌓은 정이 있어 아이를 맡아주겠다 나섰던 까닭에 모용현은 마음 편히 추신의 무덤가에서 간월십삼검을 연성할 수 있었다.

사실 간월검을 완성하기에는 오랜 시간이 걸리지 않았다. 간월검의 열세 구결은 앞과 뒤가 정해져 있는 것이 아니었고 하나가 전체를, 전체가 하나를 관통하는 무리의 결정체였던 까닭에 모용현은 추신이 남긴 세 줄의 구결을 본 순간 이미 간월검을 완성했던 것이다. 칠 년에 걸쳐 고민하고 또 고민했던 문제가 일순간에 풀렸으니, 막혀 있던 둑이 무너지고 급류가 쏟아지는 것처럼 모용현의 간월검은 순식간에 온전해졌다.

그럼에도 불구하고 모용현은 추신의 무덤을 찾는 일을 거르지 않았고, 금설옥은 모용현이 언제나 있던 그곳에 있음을 알고 있었다.

추신의 무덤이 있는 송림도 눈이 녹아 바닥이 질척질척 온통 진흙밭이었다. 하지만 금설옥은 흙이 튀는 것을 개의치 않고 성큼성큼 걷고 있었다. 옷이 더러워지는 것을 개의치 않았다기보다 다른 생각에 골똘한 나머지 그에 신경이 미치지 않은 것이었다.

'아, 이걸 어떻게 말하지?'

남종의 앞에서는 큰소리를 쳤지만 막상 하려니 발걸음이 떨어지지 않았다. 금설옥은 이런 것이 몹시 자기답지 않다고 생각했지만 거침없는 자신으로 돌아가기가 쉽지 않았다. 그것이 말하고자 하는 사안의 중함 탓인지, 아니면 듣는 자가 모용현이기 때문인지 분간하기 힘들었다.

깨진 꽃병을 들고 부모님께 가는 어린아이처럼 금설옥은 무거운 발을 억지로 끌고 나아갔다. 곧 금설옥의 눈에 모용현의 모습이 들어왔다. 그런데 모용현은 혼자가 아니었다.

"……!"

모용현의 앞에는 아래위로 검은 옷을 입고 얼굴에도 역시 검은 복면을 한 사내가 서 있었다. 금설옥은 그 사내가 바로 모용강의 수하인 암천대임을 알아봤다. 암천대는 금설옥이 나타났음을 알았는지 모용현에게 고개를 숙이고는 몸을 돌려 노송 사이로 사라졌다. 금설옥이 외치며 뛰었다.

"멈춰랏!"

그러자 모용현이 팔을 뻗어 금설옥의 길을 막았다.

"놔두시오."

"왜! 저놈, 그 암천대라는 놈들 아냐?"

"맞소. 하지만 이번에는 말을 전하기 위해 온 것이니… 그리고 저 한 사람을 잡아봤자 득이 될 것이 없잖소?"

"……"

듣고 보니 할 말이 없어 금설옥은 꿀 먹은 병아리마냥 입을 다물었다. 모용현이 말했다.

"여기는 어쩐 일이오?"

평소에 오지 않던 금설옥이 찾아온 것을 보고 모용현이 의아해하며 물었다.

"어? 아, 그게 말야. 음… 그러니까, 그게. 할 말이 있어서 오긴 왔는데… 그게."

"모용강의 일을 이야기하러 온 것 아니오?"

모용현이 말하자 금설옥이 깜짝 놀라 반문했다.

"어떻게 알았어? 나도 방금 들었는데?"

금설옥이 물으면서 보니 모용현의 손에 한 통의 서찰이 들려 있었다. 그녀의 시선이 어디로 향했는지 알고 모용현이 옅게 웃으며 말했다.

"그가 나에게 직접 전갈을 했소. 아까 그자는 이걸 전하러 왔을 뿐이니 굳이 손쓸 필요가 없다 한 것이오."

"너에게 직접?"

금설옥이 눈을 크게 뜨고 물었다. 모용현은 여전히 옅은 미소를 지우지 않고 대답했다.

"나에게 오라 하는구려."

"오라고? 어디로?"

"심양. 그가 살았고, 또 내가 살았던 곳으로."

심양이라면 과거 모용세가가 있던 곳이다. 금설옥도 모용천의 고희연에 참석한바 있어 잘 알고 있었다. 하지만 무림맹 창설 이후 모용강은 세가를 버리고 낙양의 무림맹 본영으로 들어갔다. 낙양까지 따라가 모용강 부부의 수발을 드는 몇 사람을 제외하고는 그 많던 고용인들도 모두 다른 일을 찾아, 지금은 그 큰 집이 텅텅 비어 폐가나 다름없어졌다는 소문만 무성한 곳이다.

"안 돼!"

금설옥이 강하게 소리치자 그 목소리가 송림을 울렸다. 모용현이 하나뿐인 눈으로 금설옥을 보자 그녀가 말했다.

"그 인간이 어떤 인간인데, 순순히 오라는 대로 갈 필요 없어! 어떤 함정을 파놓았는지 모르잖아?"

모용현이 대답했다.

"싫어도 가야만 하오."

이 말을 하는 모용현의 표정이 어쩐지 달라 금설옥은 그를 가만히 바라보다 손에 들고 있는 서찰을 낚아챘다. 금설옥은 구겨진 서찰을 펴 읽다가 크게 화를 내며 소리쳤다.

"어떻게 이럴 수가!"

멋들어진 글씨와 달리 서찰에 쓰여 있는 내용은 실로 치졸하기 짝이 없었다. 모용강은 모용현의 어머니, 다름 아닌 자신의 부인을 미끼로 삼아 심양으로 직접 찾아오도록 그를 협박한 것이다. 그것도 한 달이라는 기한을 정해 그 날짜가 지나면 목숨을 보장할 수 없다는 제한마저 걸었으니 금설옥은 화를 참지 못하고 펼쳤던 서찰을 다시 구겨 바닥에 던졌다.

"⋯너무 화내지 마시오."

모용현이 만류하자 금설옥이 길길이 뛰며 소리쳤다.

"내가 지금 화내지 않게 생겼냐? 모용강, 이 더러운 놈! 무릇의 정점에 서 있는 자가 어찌 힘없는, 그것도 자신의 부인을 도구로 쓸 수 있지? 응? 어떻게 이럴 수가 있어? 넌 화도 안 나냐?"

금설옥은 소리치다 지금 누구보다 괴로운 이가 모용현임을 알고 입을 다물었다. 모용현은 담담히 말했다.

"물론 화가 나지 않는바 아니나, 그것이 바로 모용강이 노리는 일인데 넘어갈 수야 없지 않소. 그리고⋯⋯."

모용현은 말을 멈추고, 금설옥은 그런 모용현을 빤히 쳐다봤다. 모용현은 짧게 한숨을 쉬고 말을 이었다.

"⋯어쨌든 나는 가야 하오."

그를 듣는 금설옥의 눈에 모용현과 그 뒤에 있는 조그마한 무덤이 함께 비쳐졌다. 금설옥은 다시금 모용현의 마음을 알 수 있었다. 그가 사실은 무엇을 말하려 했는지도.

"그래, 가자."

금설옥이 말하자, 모용현이 쓰게 웃으며 대답했다.

"그럴 줄 알았소."

3

한참 내리던 눈이 그치고 맑은 하늘이 며칠을 이어졌다. 모용현과 금설옥은 장사에서 익양(益陽)으로, 익양에서 상덕(常德)으로, 상덕에서 예현(澧縣)으로 관도를 따라 북상했다.

두 사람은 호남에서만 네 번의 습격을 받았다. 모용강이 내건 다음 대의 맹주를 탐낸 자들의 짓이었다. 하지만 길을 가는 것은 두 사람뿐이 아니었다. 퇴불과 왕민보들도 두 사람을 따라 장사를 버리고 길을 나섰던 것이다.

모용현과 금설옥, 퇴불, 왕민보, 남종, 대우, 육기환, 이지만, 현재, 위진. 퇴불은 두말할 것 없는 모용강과 함께 당금 무림의 일인자였고, 모용현과 금설옥 역시 열 손가락에 들어갈 절정고수였다. 나머지 이들도 각자 일류를 넘어선 고수들이었으니 삼, 사십여 명의 규모로 이루어진 무림맹의 습격이 통할 리 없었다. 호남에서만 네 차례에 걸쳐 백오십에 가까운 무림맹원들이 헛되이 쓰러졌는데, 이들 역시 각 지부에서 엄선된 고수라 한데 뭉쳤다면 모용현들도 상대하기 어려웠을 것이다.

그러나 차대 맹주라는 욕심이 기름처럼 그들을 흩어놓았다. 터무니

없이 약해진 본영의 통제력과 어수선한 분위기, 그에 편승한 모용강의
차대 맹주의 자격은 마음을 흔들고 욕망을 부추겨 사람들로 하여금 제
대로 된 판단을 하지 못하게 만들었던 것이다.

이미 똑똑히 기록된 네 번의 실패도 한번 돌아가기 시작한 수레바퀴
를 멈출 수는 없었다. 그것은 오히려 앞선 이들의 실패에 안도하는 자
들과 자신만큼은 다르다 생각하는 자들을 부추길 뿐이었다.

무림맹의 시대 이전부터 명문으로 이름 높던 하북팽가의 가주 팽원
충도 그러한 이들 중 하나였다. 팽원충은 세가의 고수들과 두 아들을
데리고 형문(荊州)에서 의성(宜城)으로 가는 길에 머물러 모용현들을
기다리고 있었다.

팽원충도 앞선 네 차례 습격이 실패했고, 퇴불의 무위가 가공할 만
한 것임을 잘 알고 있었다. 그러나 그 역시 자신만큼은 다르다는 생각
에 빠져 있었는데, 그 근거가 바로 두 아들이 데리고 온 이색(二色)의
오기단이었다.

모용강이 심양으로 거처를 옮긴 후 본영의 통제력은 사실상 사라진
것이나 마찬가지였다. 맹주 직에 욕심이 없거나 스스로 포기한 사부
급의 간부들은 본영을 지켰지만, 그 외에 본거지가 따로 있는 이들은
며칠이 지나지 않아 모두 낙양을 떴다.

청기단주 팽영국과 자기단주 팽영옥 형제가 단원들을 이끌고 낙양
을 떠난 것도 평소라면 큰 처벌을 감수할 일이었다. 이는 모용강이 철
저히 금지한 맹원 간의 사적인 예속이었지만 이제 낙양에는 그를 나무
랄 이도, 처벌할 이도 남아 있지 않았다. 두 사람은 삼십 명씩의 단원
을 장악하여 부친인 팽원충과 합류, 이곳 호북까지 내려왔다.

그것이 팽원충으로 하여금 앞선 이들과 달리 자신만큼은 성공할 수 있다는 자신감의 근거였다. 그 자신이 끌고 온 세가의 고수들이 모두 오십 명에 각각 삼십 명의 청기단과 자기단을 합쳐 도합 백십 명이 열 사람을 상대할 터라 이는 질래야 질 수 없는 싸움이었다. 그렇기 때문에 팽원충은 행여 남들에 뒤질세라 북경에서 기다리지 못하고 하남성을 넘어 호북까지 내려온 것이다.

원래 이 지역은 제갈세가의 세력권이어서 팽원충이 먼저 이곳까지 내려온 것은 자칫 두 가문의 마찰로 발전할 수 있었다. 하지만 제갈세가의 가주 제갈찬은 아들 제갈조운과 그 휘하 백기단을 거두고도 스스로 모용현을 노리는 맹주 쟁탈전에서 한발 물러나겠다는 의사를 표명했다. 그로선 여남에서 금설옥에게 당했던 충격이 워낙 컸던 것이다.

이렇게 모든 상황이 자신에게 유리한 쪽으로 흐르자 팽원충의 욕심은 걷잡을 수 없이 커졌다. 평소 욕심이 없었고, 그저 일신과 가문의 보위를 걱정하던 그의 눈에 한 번 씌워진 욕망은 쉽게 벗겨지지 않았다.

"놈들이 옵니다!"

척후의 보고를 받고 팽원충은 허리에 찬 참명도를 뽑아 들었다. 넓은 도신에는 은은한 기가 흐르고 날카롭게 선 날은 종이를 올려놓아도 잘릴 만큼 예리하니, 과연 신물(神物)이라 칭할 만했다. 참명도는 가문의 신물로, 중요한 행사에나 쓸 수 있는 물건이었지만 지금 이 일이야말로 가문의 향후 백 년을 가늠할 중요한 행사이니 이때가 아니면 언제 쓸까?

얼마 후, 관도 위에 몇 필의 말이 보이기 시작했다. 팽원충은 참명도를 높이 쳐들고 외쳤다.

"신호탄을 쏘아 올려라!"

그의 명령이 떨어지자 두 줄의 붉은 연기가 푸른 하늘 높이 솟아올랐다. 이는 앞선 길에 매복하고 있던 두 아들에게 보내는 신호였다. 팽원충이 치켜들었던 참명도를 앞으로 뻗으며 외쳤다.

"쳐라! 저들 중 누구의 목이라도 베는 자에게는 큰 상을 내릴 것이니!"

"우와아아아!"

길 위를 가득 메운 고수들이 함성을 지르며 달려갔다. 팽원충도 참명도를 휘두르며 그 뒤를 따랐다.

"아, 이건 좀 많은데요?"

달려오는 팽가의 고수들을 보며 위진이 중얼거리고 현재가 대답했다.

"기세도 높으니 경시해선 안 되겠구나."

"그래 봤자 오합지졸이오!"

왕민보가 두 사형제의 말을 일축했다. 상대는 기십이요, 아군은 열에 불과하니 이는 언뜻 오만할 수도 있으나 바로 그 열 사람 중에 퇴불이 있으니 무엇이 두려울까? 왕민보는 과거의 기억 탓에 퇴불에 대한 악감정이 있었으나, 이 길에 동행하며 그의 압도적인 무위를 견식하고 마음으로 감복한 터였다.

그때 남종이 뒤를 보며 말했다.

"뒤에서도 오네요! 아, 저들은……!"

그 말을 듣고 사람들이 뒤를 돌아보니 각각 푸른 옷과 자줏빛 옷을 입은 자들이 달려오는데, 그들의 수도 앞에서 달려드는 이들과 크게 다르지 않았다. 남종이 다시 말했다.

"합치면 백 명은 되겠군요."

위진이 다시 그 말을 받았다.

"한 사람당 열 명? 무리예요, 그건!"

하나 말과 달리 위진의 얼굴은 여유로웠다. 그 역시 퇴불에 대한 절대적인 믿음이 있었던 것이다.

적들이 앞뒤로 몰려드는 상황에서도 남종과 위진들이 여유롭게 대화를 주고받을 때, 모용현이 말없이 말에서 내려 검을 들고 앞으로 뛰어나갔다.

"야, 기다려!"

그를 본 금설옥이 외치며 말에서 내려 달려나갔다. 모용현과 금설옥이 그렇게 앞으로 나가자 퇴불이 말 위에 서서 몸을 돌리며 외쳤다.

"보아하니 뒤에서 오는 놈들이 더 팔팔하구나!"

퇴불은 그렇게 외치고 법장을 머리 위로 돌리며 말에서 뛰어내렸다. 왕민보들도 그를 따라 말에서 내려 각기 나뉘어 적들과 싸우기 시작했다.

쉐엑!

바람을 가르는 소리가 검이 지나간 길을 따르고, 그 뒤를 고통에 찬 비명이 따랐다. 모용현이 한 번 검을 휘두를 때마다 한 사람이 팔을 감싸며 쓰러지고, 그가 지나간 자리에는 길이 생겼다.

"으악!"

모용현의 검이 번쩍이고 팽가의 무사 한 명이 다시금 비명을 지르며 쓰러졌다. 그러나 그는 어깻죽지에 상처를 입어 무기를 떨어뜨렸을 뿐,

목숨을 잃지는 않았다. 다시 모용현이 몸을 돌리며 검을 뿌리니 그의 등을 노리던 두 사람이 동시에 무기를 놓치고 어깨를 감싸며 쓰러졌다.

모용현은 조용히 상대를 전투불능의 상태로 만들며 전진했고, 금설옥은 그 모습을 보며 미소 지었다. 혼전 중에 한눈을 파는 것은 금물, 그 틈을 타 금설옥의 목으로 날카로운 일격이 가해졌다.

챙!

'윽.'

금설옥은 깜짝 놀라며 그를 막고는 오른발로 목을 노렸던 사내의 무릎을 눌렀다.

"으헉!"

이어 금설옥의 팔꿈치가 비명을 지르는 사내의 턱에 꽂혔다. 사내는 무릎이 앞으로 꺾이고 피투성이가 된 입으로 쓰러졌다.

'저 녀석처럼 깔끔하게는 안 되네.'

금설옥은 쓰러진 사내를 보며 입맛을 다시고 몸을 돌리며 검을 휘둘렀다.

싸움은 갈수록 치열해져 갔다. 모용현과 금설옥, 퇴불은 거리낄 것이 없었지만 그 외 왕민보나 남종들에게는 상대의 수가 아무래도 부담스러웠다.

"크윽!"

남종의 어깨에서 피가 튀었다. 가벼운 상처는 늘 있었으나 지금의 일격은 꽤나 깊었다.

'이거 고생 좀 하겠는걸.'

남종은 속으로 투덜거리며 타구봉을 자신에게 상처를 입힌 상대의 다리 사이에 넣어 그를 쓰러뜨렸다. 남종은 이어 반대편 끝으로 넘어

진 상대의 턱을 쳐 실신시키고, 상처에 손을 댔다. 거지의 더러운 옷에
피가 흥건했다.

4

'꾸물거릴 틈이 없겠구나!'

적들의 역량이 이제까지와 달랐고, 그 수도 몇 배였다. 모용현이 힐
끗 보니 남종은 왼팔을 쓰지 못할 만큼 깊은 상처를 입었다. 그의 눈에
들어오는 복호검 이지만이나 대우도 마찬가지로 여러 사람을 한번에
상대하며 입은 상처가 무시 못할 정도였다.

모용현의 눈에 보이는 이들도 이들이거니와, 뒤편에서 퇴불과 함께
있는 이들도 걱정이었다. 그들의 상대는 무림맹이 자랑하는 오기이니,
각 개인의 무위가 모용현이 상대하는 이를 분명 능가할 것이다.

그렇게 생각하니 모용현의 마음이 급해졌다. 이제까지 싸웠던 이들
은 손쉽게 제압이 가능했지만, 지금의 싸움은 치열한 양상으로 가고 있
어 불필요한 피를 흘릴 것이 자명했다. 모용현은 이제 더 이상 속죄란
이름으로 피를 흘리고 싶지 않았다. 그것은 추신도 원하지 않으리라.

"크악!"

모용현의 검이 또 한 사람을 쓰러뜨렸다. 그가 쓰러져 트인 시야로
잔뜩 굳어 있는 장년인의 얼굴이 들어왔다.

'하북팽가!'

장년인은 하북팽가의 가주 팽원충. 모용현은 어린 시절 모용세가로

찾아온 그를 본 기억이 있었다. 그러고 보면 그날 추신에게 따 죽지 않을 정도로 맞았던 팽영옥도 와 있을 것이다.

"하하!"

그날을 떠올리니 문득 웃음이 났다. 모용현은 웃으며 팽원충에게로 몸을 날렸다.

"막아라!"

누구의 것인지 모를 외침과 함께 모용현의 앞을 세 사람의 무사가 막아섰고, 동시에 세 자루의 검이 각기 다른 방향으로 찔러 들어왔다.

카앙!

모용현의 검이 완만한 선을 그리며 세 자루의 검을 튕겨냈다. 그러자 검들은 모두 하늘 높이 오르고 세 사람은 아연실색하여 자신의 찢긴 호구를 보았다. 그리고 모용현의 신형이 순간 세 사람의 시야에서 사라졌다.

"……!"

찢겨 나간 호구의 아픔보다 눈앞의 광경이 더 충격적이었는지 세 사람은 아무런 대응도 하지 못하고 서로를 마주 보며 이해할 수 없는 상황을 나누었다. 모용현의 신형은 어느새 그들을 통과해 팽원충과 마주 서 있었던 것이다.

"…이형환위?"

한편 모용현의 표홀한 신법을 목격한 팽원충은 경악을 금치 못했다. 기껏해야 퇴불과 가인검이라는 그의 제자가 문제일 거라 여겼지, 표적인 모용현에 대해서는 크게 신경 쓰고 있지 않았던 터였다. 한데 지금 그가 보여준 신법은 팽원충 자신이 듣거나 보아온 어떤 이름과도 어울리지 않아, 오직 전설로만 내려져 오는 이형환위만이 그에 걸맞았다.

"하앗!"

팽원충은 생각할 것 없이 참명도를 내려쳤다. 그 한 수에는 정묘함과 패도적인 기운이 공존하였으니, 과연 도법(刀法)의 종가다운 솜씨였다.

카앙!

모용현은 검을 들어 참명도를 막아내는 동시에 몸을 옆으로 피했다. 그리고 팽원충의 힘을 거스르지 않고 검을 아래로 내렸는데, 이는 실로 믿기 어려운 동작이었다. 참명도와 검은 분명 소리가 날 정도로 부딪쳤으나 모용현은 그 접점으로부터 힘이 전달될 때까지의 시간을 포착해 참명도와 날이 부딪친 채로 함께 검을 내린 것이다. 그것은 사람의 능력으로는 결코 인지할 수 없는, 찰나를 한 번 쪼개고 또 한 번 더 쪼갠 것보다 짧은 시간이었다. 그사이에 검을 내리지 못했다면 참명도의 날에 모용현의 검이 이가 빠지거나 부러졌을 것이다.

하지만 팽원충은 그 신기에 가까운 수법을 감상할 여유가 없었다. 분명 자신의 한 수를 모용현이 검으로 막았건만, 그렇게 명쾌한 소리가 났는 데도 내려친 힘이 티끌만큼의 반발도 없이 그대로 쑥 내려갔으니 순간적으로 큰 혼란에 휩싸였던 것이다.

"크윽!"

팽원충의 참명도는 바닥을 쳤다. 모용현은 그 틈을 놓치지 않고 팽원충의 뒤로 돌아 그의 왼 손목을 꺾고 목 끝에 검을 들이밀었다. 그대로 모용현이 말했다.

"모두 손을 멈추게 하시오."

일 합. 모용현은 정확히 일 합으로 팽원충을 제압했다. 팽원충을 일 합에 사로잡을 수 있는 이가 대체 누구란 말인가? 이는 모용강이나 퇴불도 불가능한 일이다. 사실 모용현과 팽원충이 서로의 본신무공을 모두 겨뤘다면 이렇게 쉽게 결판이 나진 않았을 것이다. 하지단 경시했던 모용현의 무공이 예상 외로 고강했고, 또 눈앞에서 보인 이형환위의 수법에 휘말린 탓에 스스로 무너진 것이라 봐야 했다.

팽원충이 눈동자를 움직여 보니 말하는 모용현의 얼굴이 보였다. 전투를 중단시키라는 모용현의 얼굴은 단호하기만 했다. 팽원충은 잠시 눈을 치켜들어 그를 보다가 무언가 깨달은 듯 놀란 얼굴로 말했다.

"혹시……?"

팽원충도 자신을 기억하는 것일까? 어린 모용현과 팽원충이 만난 것은 십 년도 전의 일이다. 어린 시절의 모습을 간직했다 하더라도 쉽게 기억할 수는 없을진데, 팽원충은 모용현을 기억한 듯했다.

'어머니의 얼굴을 기억하는 것이려니.'

모용현은 그리 생각하고 가만히 입을 다문 채 팽원충을 바라봤다. 팽원충은 참명도를 내려놓고 바로 서 말했다.

"맹주의 죽은 아들을 사칭하는 자라 들었는데……."

모용현은 쓰게 웃으며 말했다.

"…나는 모용씨가 틀림없소."

그의 아들인지는 모르겠지만.

굳이 필요없는 말을 삼키고 모용현이 말하자 팽원충의 얼굴이 일그러졌다. 물론 그가 모용현이라는 증거는 없으나 무엇보다 그의 얼굴이 움직일 수 없는 증거였다. 강남제일미 남영혜를 꼭 닮은 얼굴 사이사이로 모용강의 흔적이 언뜻 비치니, 그 두 사람의 아이가 아니라고는 생각하기 어려웠던 것이다.

만약 그가 진실로 모용현이라면 이제껏 믿어온 모용강의 말은 더 이상 신뢰할 수 없게 되는 것이다. 다음 세대의 무림맹이 모용씨가 아닌 다른 누구의 것이 되리라던 약속도, 지금 굳이 그를 지목하여 죽인 자에게 맹주 직을 주겠다는 약속도. 지금 팽원충의 머릿속에서 그 모든 것이 뒤섞여 무엇이 옳은 것인지 분간할 수 없었다.

"모두 멈춰라!"

결국 팽원충은 고개를 숙이고 외쳤다.

모용현의 선택은 탁월한 것이었다. 퇴불과 금설옥이 홀로 몇십 명을 상대했으나 왕민보들은 다수의 적을 맞아 고전을 면치 못했다. 남종뿐 아니라 육기환과 위진이 큰 부상을 입어 동행이 어려운 지경이었다.

"오의가 계셨더라면 좋았을 텐데!"

왕민보가 탄식했고, 남종들도 고개를 끄덕였다.

장사를 떠나기 전, 왕민보는 기유붕에게도 함께할 것을 청했지만 그는 진우심 부부의 아이를 돌보겠다며 동행을 거부했던 것이다. 왕민보는 먼 길에 오의의 의술이 아까웠지만, 싸움터에 갓난아기를 데리고 갈 수는 없었다. 지금 남종이 입은 것처럼 깊은 상처도 오의라면 바로 무공을 펼칠 수 있도록 치료하는 것이 가능할 테지만 어차피 되돌릴 수 없는 일이었다. 어쩔 수 없이 남종을 비롯한 세 사람을 남겨두고 모용현들은 걸음을 재촉했다.

끝없이 이어진 관도를 달리며 모용현은 모용강을 생각했다. 모용강은 그가 증오했던 형의 아들인 모용현보다 끝내 자신에게 마음을 열지 않은 남영혜를 더욱 미워하고 있다. 사랑과 증오는 동전의 양면과 같아 지극한 사랑은 곧 지독한 증오로 쉽게 바뀌는 것이다.

결국 그가 원하는 것은 눈앞에서 모용현을 죽여 남영혜를 고통스럽게 만드는 것이다. 모용현은 어디까지나 도구에 불과하니, 한 달이라는 기한을 맞추지 못한다고 모용강이 남영혜를 죽일 리는 없었다. 모용현은 그렇게 생각했다.

하지만 생각과 달리 모용현은 마음을 다스릴 수 없었다. 어려서는 어머니가 왜 자신을 사랑하지 않는지 의문이었으나, 무관심이야말로 그녀가 줄 수 있는 유일한 사랑이었음을 모용강에게 들어 알게 되었다. 하지만 그 뒤로 모용현은 추신이라는 거대한 존재에 얽매여 어머니를 생각할 여유가 없었던 것이다.

이제는 모용강에게 죄를 물어 복수를 해야 했고, 그에게서 어머니를 구해야 했다. 무림맹 본영의 지하 뇌옥에 갇혔을 때 위험을 무릅쓰고 자신을 보러 왔던 남영혜를 생각하며 모용현은 말을 달렸다. 심양까지는 아직도 먼 길이 남았으나 날짜는 무심히 흘러가고 있었다. 모용현의 손에 들린 채찍은 쉴 틈이 없었다.

5

하북팽가를 퇴치한 뒤, 하남에 들어갈 때까지 모용현들의 길은 평온했다. 하북팽가가 실패했다는 소식이 발 없는 말을 타고 전 중원에 퍼지자 미망에 빠져 허우적대던 이들도 상황을 직시하기 시작한 것이다. 특히 하북팽가에는 저 무림맹 최강의 무력 집단이라는 오기 중 두 개의 단이 있었으니, 일개 성(省)의 지부들을 모두 합쳐도 머릿수만 채울 뿐 그 이상이 될 수는 없었다.

중원 각지의 지부장 급 고수들이 모두 모이지 않는 한, 오기 중 두 개의 단이 포함된 하북팽가 이상의 위력을 가진 집단은 존재하지 않았으니 무림맹주라는 권력에 눈이 먼 자들의 눈도 열릴 수밖에 없었다.

한데 모용현들이 하남을 지나 하북에 들어설 즈음, 묘한 소문이 돌기 시작했다. 그것은 바로 모용강이 죽이라 지목한 죽은 모용 공자를 사칭하는 자가 사실 본인이 맞다는 내용의 소문이었다. 더구나 그 소문에는 그를 확인한 이가 바로 모용현의 목을 치는 데 실패한 하북팽가의 가주 팽원충이라는 이야기가 첨부되어 신빙성을 돋우었다.

이제 두 사람만 모여도 자연스레 지난날 모용강을 암살하려다 실패하고 모용 공자를 사칭했다는 자가 과연 모용현 본인이 맞는지에 관한 이야기꽃이 피었다. 그에 대한 다툼도 끊이질 않아 한 사람이 과연 그 말이 맞다 하면 반드시 그렇지 않다는 자가 나왔다. 사람들은 저마다 모용현이 죽었다고 알려진 본인이 맞다, 혹은 모용강의 말처럼 죽은 이를 사칭하는 천하의 공적이라는 등 갑론을박을 펼쳤다.

본인이 맞다 주장하는 사람들의 근거는 바로 모용현의 얼굴이었다. 모용현이라는 자의 얼굴이 바로 무림맹주 모용강의 부인 남영혜와 똑같아 모자지간이 아니라고는 도저히 생각할 수 없다는 것이다. 물론 이 말이 나온 것은 팽원충의 입이었지만 이야기가 꼬리에 꼬리를 무는 과정에서 모용현을 직접 보고 확인한 자들은 점점 늘어나 중원 각지에 백 명, 아니, 천 명을 넘었다.

반면 본인이 아니라고 하는 이들은 여전히 모용강을 신뢰하는 부류였다. 모용현이 설령 본인이 맞다 해도 모용강이 그를 부정할 이유가 없다는 것이 그들의 논지였다. 모용강은 이미 정사일통 무림맹이라는 대의를 위해 아버지인 천하제일인 모용천을 시해한바 있으니, 다시 아들을 죽이는 데에 무슨 거리낌이 있겠느냐는 것이었다. 더구나 지난 칠 년간 모용강이 보여준 청렴함은 사람들의 뇌리에 깊숙이 박혀 몇몇 사람들은 지금 이해할 수 없는 모용강의 행동도 반드시 다른 이유가 있으리라 믿을 정도였다.

그러나 그 누구도 시원스레 답을 내놓는 이가 없었다.

모용현들은 석가장(石家莊) 근처에서 걸음을 멈췄다. 하북의 무림맹 원들이 모두 모이기라도 했는지 어림잡아도 일, 이백을 상회하는 수가 그들의 앞을 막고 있었다.

그들의 앞에는 희끗희끗한 머리를 가진 장년인이 서 있었다. 그는 하북의 중심 지부인 천진(天津)지부장 장완지(張頑志)라는 자로, 과거 독문절기인 감뢰장법(戡雷掌法)을 십성 연마해 하북성 일대에 명성을 떨치던 고수였다.

'대단한 고수다!'

장완지를 본 순간 퇴불을 제외한 여섯 사람이 머릿속에 같은 생각이 스쳐 지나갔다. 장완지의 두 눈은 깊고 고요해 본신 내력이 어느 정도인지 쉽게 짐작할 수 없었다.

태산처럼 굳은 기세로 서 있는 장완지가 입을 열었다. 쩌렁쩌렁 심후한 내공을 짐작케 하는 목소리였다.

"본인은 천진지부장인 장 모라 한다! 모용현이라는 자가 누구인가?"

그러자 일행의 뒤편에서 귀를 파고 있던 퇴불이 짜증을 냈다.

"싸우러 왔으면 싸울 것이지, 뭔 말이 많아?"

퇴불이 양팔을 걷으며 앞으로 나서는데 금설옥이 재빨리 그를 잡았다.

"아니, 좀! 사부님, 저기 앞에 우글우글한 거 안 보여요?"

금설옥은 몇 백이나 몰린 사람들을 보고 살짝 질려 있었다. 겨우 일곱 사람을 잡으러 이렇게 많은 사람이 동원될 줄이야! 그런데 앞에 선 이가 일단 대화를 시도하니 굳이 도발할 필요는 없지 않은가? 물론 싸운다 해도 퇴불과 금설옥, 모용현 세 사람은 자기 한 몸 지키기 어렵지 않겠지만 그 외 왕민보들이 문제였다.

그러나 그 정도 분별력이 있다면 퇴불이 달리 유명했겠는가? 금설옥은 문득 자신도 이처럼 막무가내로 행동한다면 가인검이라는 이름이 퇴불만큼 유명해질 것인가 생각했다. 하지만 지금 이상으로 스승을 닮는 것은 어떻게든 피하고 싶었다.

금설옥이 퇴불을 붙들고 있는 사이, 모용현이 앞으로 나섰다.

"내가 모용현이오."

"으음……."

앞으로 나선 모용현을 보자 장완지의 입에서 절로 신음 소리가 흘렀다. 이제 갓 스물이 되었을까 어린 청년의 기운이 마치 절정고수의 것처럼 끝없음을 본 것이다. 장완지가 잠시 모용현의 경지를 엿보고 놀라 아무 말 없이 서 있자 모용현이 입을 열었다.

"무슨 일로 길을 막으셨소?"

"아, 너, 아니, 그대에 대해 지금 말들이 많은 것을 알고 있소?"

모용현이 옅게 웃으며 대답했다.

“모르는 일이오.”

장완지가 다시 물었다.

“그대가 맹주의 친아들이라는 소문이 돌고 있소. 그게 사실이오?”

모용현은 입을 다물었다. 자신은 모용현이 맞지만 모용강의 아들은 아니다. 이를 장완지에게 일일이 설명할 수야 없다. 모용현의 입이 열리지 않자 장완지가 다른 말을 했다.

“이는 중요한 문제이니 내가 이 자리에서 꼭 들어야겠소. 혹자는 그대의 얼굴이 사모와 꼭 닮아 친아들이 틀림없다고도 하는데, 우리 중 사모를 본 사람이 아무도 없어 그는 증명할 수 없겠소.”

그만이 아니라 얼굴이 닮았다 주장하는 이들 중 모용현은 고사하고 남영혜의 얼굴을 본 이가 과연 몇이나 있을까? 금설옥은 ‘그 혹자가 누구인지 데려와 보시오!’ 라고 외치고 싶은 충동을 꾹 참고 주먹을 불끈 쥐었다.

“야, 인석아! 나 가만히 있는데 왜 꼬집는 거냐?”

퇴불이 얼굴을 찡그리며 우는 소리를 했다. 자신도 모르게 퇴불의 팔을 잡고 있던 손에 힘을 준 것이다. 금설옥이 그를 듣고 깜짝 놀라 퇴불의 팔을 놓고 두 손을 활짝 펴며 웃었다.

“죄송해요. 실수예요, 실수!”

뒤에서 무슨 소란이 일든지 모용현은 묵묵히 저이가 무슨 대답을 원하는지 생각했다. 모용현이 다시 입을 열었다.

“내가 그의 친아들이라면 그대는 어쩌실 거요? 우리에게 길을 터줄 것이오?”

그러자 장완지가 말했다.

“그렇다면 나는 그대를 보낼 수 없소! 맹주는 분명 다음 대의 맹주가 피로써 이어지지 않는다 하여 우리의 충성을 이끌어냈거늘, 이제 와 후계가 있다면 이는 우리를 기만한 것이니! 그대를 잡아 맹주에게 해명을 받을 것이오!"

모용현이 말했다.

"그럼 내가 그의 친아들이 아니라면 어쩔 것이오?"

장완지가 굳은 목소리로 대답했다.

"그렇다면 맹주의 뜻을 받들어 그대를 여기서 죽여야겠지!"

그러자 듣고 있던 금설옥이 외쳤다.

"아니, 뭐 저런 게 다 있어? 이봐요, 지금 장난해요? 그럴 거면 친아들인지 아닌지가 아무 상관이 없잖아요!"

이때 금설옥은 뒤편에서 퇴불과 함께 있어 장완지의 눈에 들어오지 않았다. 목소리만 들은 장완지가 화를 내며 말했다.

"어디 계집이 좁은 소견으로 어른의 뜻을 헤아리려 드느냐? 이는 매우 중요한 문제다!"

금설옥은 더 이상 참지 못하고 앞으로 나섰다. 퇴불보다는 분별력이 있다 자부했던 기억은 간데없이 금설옥은 머리끝까지 화가 치밀어 올라 활짝 웃으며 말했다.

"아니, 그러십니까? 미천한 년이 무지하여 어른의 깊은 뜻을 미처 몰라봤군요? 제 검도 이년을 닮아 무식하기 짝이 없는데, 어디 한 수 가르쳐 주시겠습니까?"

활짝 웃는 금설옥의 얼굴은 추운 겨울을 잊게 할 만큼 아름다워 장완지의 뒤에서 탄성이 일었다. 장완지 역시 그처럼 아름다운 여인을 본 적이 없어 놀랐지만, 해맑게 웃는 얼굴에서 나오는 말이 신랄하여 곧 노기가 치밀어 올랐다.

"이년이 정녕 죽고 싶은 게구나!"

금설옥이 다시금 주변의 공기마저 붉게 물들여 버릴 웃음을 흘리며 대답했다.

"소녀가 어른의 말을 들어보니 오리무중에 모순투성이라! 벌써 노망이 들지는 않았을 텐데, 어째 스스로도 무슨 말을 하는지 모르는군!"

"허어, 이것이!"

장완지의 얼굴이 벌겋게 달아올라 화가 머리끝까지 치밀었음을 알 수 있었다. 금설옥은 바로 조금 전에 퇴불을 말렸던 것이 생각나 마음에 일말의 거리낌이 있었지만 곧 저들이 자초한 일이라 합리화시켰다. 모용현은 드러내 놓고 싸움을 거는 금설옥을 보며 머리가 지끈거려 손을 이마에 댔다. 그 모습이 어떻게 자신을 무시하는 것으로 비쳤는지, 장완지가 결국 참지 못하고 소리쳤다.

"이런 무도한 연놈들을 봤나! 뭣들 하느냐, 어서 쳐라!"

장완지의 호령이 떨어지기 무섭게 검을 든 수백 명의 무림맹원이 모용현들에게 달려들었다. 그러자 왕민보들을 밀쳐 내고 퇴불이 앞으로 나서며 외쳤다.

"어차피 이렇게 될 것을, 옥아, 너는 어째서 사부를 괄시하느냐?"

"무슨 말씀이세요? 제가 사부님을 괄시했다뇨? 누가 들으면 정말인 줄 알겠네요!"

"허어!"

두 사제가 사이좋게 담소를 나누며 각기 법장과 검을 휘둘렀다. 그 모습이 어찌나 즐거워 보이던지, 싸움에 굶주린 게 아닌가 하는 생각마저 들었다. 모용현은 한숨을 쉬고 왕민보들을 돌아보며 말했다.

"맞서 싸우기보다는 이 자리를 빠져나가는 데에 주력합시다. 아쉽지만 말은 버려야겠군요.”

경쟁이라도 하듯 퇴불과 금설옥은 적들을 날려 버리며 전진하고 있었다. 추풍낙엽(秋風落葉), 문자 그대로 두 사람의 앞을 가로막은 무림 맹원들을 하늘 높이 날려 버리는 무위는 분명 대단한 것이나 저게 과연 미더우냐면 모용현은 고개를 저을 것이다. 왕민보와 이지만, 대우와 현재 역시 모용현과 같은 마음인 듯 고개를 끄덕였다.

6

퇴불과 금설옥이 앞장서 길을 뚫고 왕민보들이 그 뒤를 따랐다. 선두의 전진은 거침없었으나 많은 수를 한꺼번에 감당할 수는 없었다. 모용현은 후위에 서서 사이에 낀 왕민보들의 뒤를 지키며 전진했다. 원래 왕민보들도 금설옥과 마찬가지로 모용현을 심양까지 온전히 보내기 위한 동행이었으나 지금은 오히려 보호를 받는 입장이 된 것이다.

“으아악!”

“커헉!”

듣기 힘든 비명이 연거푸 이어지고, 때 아닌 꽃잎이 흩날리듯 허공은 핏빛이었다. 모용현은 왕민보들에게 등을 맡기고 뒷걸음치며 밀려드는 공세를 막아내고 있었다. 적들 하나하나의 기량은 하북팽가의 그것보다 떨어졌지만 몇 사람을 쓰러뜨려도 계속 달려드니 수에는 장사가 없는 법이다. 그럼에도 불구하고 모용현은 실수를 배제하고 당장 무공을 펼칠 수 없을 정도로만 상처를 입히고 있었다.

선두에 선 퇴불과 금설옥도 기세가 처음과 같았으나 그 사이에서 적들과 싸우는 왕민보들은 서서히 지쳐 가고 있었다. 무작정 앞으로 나아가는 선두와 떨어지지 않으려 애쓰면서도 끊임없이 쏟아지는 적의 공세를 막아내는 일은 생각처럼 쉽지 않았다.

쉽지 않은 것은 상대도 마찬가지였다. 하북 무림맹에 소속된 맹원의 절반이 넘는 삼백 명을 모아왔는 데도 겨우 일곱 명을 어쩌지 못하다니! 하지만 장완지는 수하들의 무능보다 스스로를 탓해야 했다. 퇴불과 금설옥이 갑자기 달려드는데, 두 사람의 기세가 워낙 강맹하여 감히 막을 생각도 못하고 피해 버렸던 것이다. 그마저도 판단이 느렸다면 다른 맹원들과 함께 퇴불의 법장을 맞아 하늘 높이 날아갔으리라.

사실 퇴불을 피했다는 것에 부끄러워할 필요는 없었다. 하지만 그만이 아니라 그 옆에서 검을 들고 오던 금설옥의 기세에도 또 한 번 눌렸으니 이는 평생을 두고 곱씹을 일이었다. 장완지는 아직 쌍검자를 죽이고 하룻밤 새 적기단을 무너뜨린 가인검의 소문을 듣지 못했다.

"크윽!"

장완지는 입술을 깨물고 품 안에서 작은 쇠구슬 두 개를 꺼내 던졌다. 바닥에 부딪친 쇠구슬들은 펑! 소리를 내며 두 줄기의 붉은 연기를 하늘 높이 올렸다.

사전에 약속된 신호인 듯, 연기가 오르자 모용현들을 둘러싼 무림맹원들이 저마다 뒤로 물러났다. 퇴불과 금설옥은 무슨 일인가 싶어 잠시 멈춰 서 서로를 돌아보고, 왕민보들과도 눈을 마주쳤으나 어찌 된 영문인지 알 길이 없었다.

"뭐야, 이거? 이제야 손이 좀 풀리나 싶은데!"

퇴불이 법장을 땅바닥에 내려치며 외쳤다. 그 말이 조금도 과장이 아닌 게, 그 많은 이들을 쳐 날렸는 데도 퇴불의 숨은 고요했고 땀 한 방울 흘리지 않았던 것이다. 금설옥은 새삼 사부의 무위에 감탄하며 흐르는 땀을 닦았다.

"무슨 속셈이지?"

이지만이 중얼거리며 주위를 둘러봤지만 적들은 검을 겨누고 있을 뿐 먼저 움직일 기세는 조금도 보이지 않았다. 왕민보 역시 위화감을 느끼고 경고했다.

"모두 조심하시오."

"흥!"

왕민보의 말을 비웃는 퇴불도 적들의 바뀐 태도가 신경 쓰이긴 마찬 가지였다. 퇴불이 홀로 싸우고 있다면 모르되, 사랑하는 제자의 지인들이 함께이니 함부로 행동할 수 없었다. 그랬다가는 뒷날 쏟아질 금설옥의 원성을 감당키 어려울 터였다.

"…응?"

검을 들고 경계를 늦추지 않던 현재가 고개를 들었다. 날씨는 분명 한겨울인데 대기에 온기가 서려 있었다. 물론 몸에서도 열기가 나 땀을 흘리고 있었지만 그와는 분명 다르게 공중으로부터 온기가 내리쬐는 느낌이 들었던 것이다.

다른 사람들도 고개를 들고, 곧 그들을 포위한 무림맹원들도 고개를 들어 하늘을 봤다. 그러자 고개를 든 이들의 얼굴이 하나같이 붉게 물들었다. 모용현의 오른 눈도 수십 가지의 다른 붉음으로 빛났다.

그들의 머리 위에 거대한 불덩어리가 떠 있었다.

언뜻 이해되지 않는 상황이었지만 집채만 한 불덩어리가 뿜어내는 빛과 열기는 실재하고 있었다.

　허공에서 활활 타오르던 불덩어리는 돌연 중력의 말을 들은 듯 무서운 속도로 하강하기 시작했다. 그 자리는 정확히 모용현들이 서 있는 자리였다. 퇴불이 큰 소리로 외쳤다.
　"피해라!"
　콰앙!
　굉음과 함께 불덩어리가 지면에 꽂히며 퇴불의 목소리를 삼켰다. 무엇을 매개로 했는지 불덩어리는 큰 폭발을 일으키며 하늘 높이 불꽃을 쏘아 올렸다. 폭발의 여력과 자잘한 불꽃이 사방으로 튀었다.

　"어디 있소! 어디요!"
　모용현은 검을 뿌리며 높이 소리쳤다. 불덩어리를 피하느라 뭉쳐 있던 이들이 흩어지고, 그 틈으로 적들이 끼어 고립된 것이다. 이는 모용현만의 일이 아니리라. 모용현은 금설옥이 잘 피했는지, 무사한지 알고 싶었지만 주위를 둘러싼 적들이 그를 막고 있었다.
　"젠장!"
　모용현은 혀를 차며 밀려드는 공세를 막아내며 다시 소리치려 했지만 아무래도 부를 호칭이 마땅치 않았다. 추신을 달리 부르지 않았던 것처럼 금설옥에게 말할 때에도 모용현은 항상 호칭을 생략하거나 당신이라고만 불렀던 것이다. 그것으로도 아무 불편이 없었는데, 막상 떨어지게 되어 부르려니 할 말이 없었던 것이다.
　금 낭자? 금 형? 그도 아니면 가인검? 어느 하나도 쉽게 내뱉을 수 있는 말이 없었다. 모용현은 말을 삼키고 눈앞의 적을 물리치는 데에 신경을 돌렸다. 이자들이 몇 명이 달려들든 금설옥이라면 문제없이 상대해 낼 것이다.

그것은 지극히 상식적이고 옳은 판단이었지만 모용현은 스스로를 설득하기가 쉽지 않음을 깨달았다. 금설옥이 아무리 절정고수라도 백 사람이 아니라 삼류의 한 사람과 싸운다 해도 모용현은 마음을 놓지 못할 것이다. 금설옥도 마찬가지일까?

홀로 떨어졌지만 모용현의 앞을 막을 수 있는 이가 없었다. 모용현 은 차분히 한 사람을 상대로 두 번 이상 검을 쓰지 않았고, 그 한 번의 공격을 받아낸 자도 없었다. 그렇게 떨어진 금설옥을 찾아 전장을 헤집던 모용현의 걸음이 멈춰졌다. 그의 앞을 무림맹 천진지부장, 장완지가 가로막은 것이다.

장완지가 비록 퇴불과 금설옥의 기세에 눌려 피하긴 했어도 고수는 고수였다. 쌍장을 내밀고 서 있는 모습에서 한 치의 틈도 발견할 수 없었으니, 모용현도 검을 들고 말했다.

"내가 가는 길은 생각하시는 것과 많이 다르오. 선배, 그만 길을 열어주시오."

"그런 말에 넘어갈 성싶으냐!"

장완지는 모용현의 말을 일언지하에 거절하고 쌍장을 휘둘렀다. 우장이 벼락처럼 모용현의 어깨 위로 떨어지고, 좌장이 그 뒤를 이어 천둥처럼 몰아쳤다. 이것이 그가 자랑하는 감뢰장법, 그중에서도 수많은 승리를 안겨주었던 절초 낙뢰겸진(落雷兼震)이었다.

스르륵.

그러나 모용현의 신형이 부드럽게 옆으로 움직이고, 그 왼쪽 어깨에 꽂혀야 했을 장완지의 우장과 좌장은 애꿎은 허공을 갈랐다.

"이놈이!"

장완지가 크게 소리쳤다. 자신의 절초를 무위로 만든 모용현의 신법은 너무나 완만하여 그의 눈에 고스란히 들어왔던 것이다. 하지만 이렇게 완만한 신법으로 자신의 절초를 어떻게 피했는지 장완지는 이해할 수 없었다. 한때 하북을 호령했던 고수로, 지금은 무림맹 내에서도 손꼽히는 고수로 천진이라는 대도시의 지부장이 된 그였다. 눈앞의 애송이가 자신의 절초를 피해냈다는 사실을 받아들이기에 그의 머리는 단단히 굳어 있었다.

그사이 모용현의 검이 그의 신법처럼 완만한 속도로 장완지를 향해 갔다. 빠르지도 느리지도 않은 평범한 일검! 그 검이 그리는 검로 또한 단순하기 짝이 없음에도 장완지는 무언가에 홀린 것처럼 멈춰 서 그를 바라보았다.

"……!"

장완지가 퍼뜩 정신을 차렸을 때 그의 두 팔은 깊은 검상을 입은 뒤였다. 모용현은 내밀었던 것처럼 완만한 속도로 검을 회수하였고, 장완지는 더 이상 자신의 두 팔이 움직이지 않음을 깨달았다.

"어찌 이런……."

장완지는 두 팔의 아픔보다 모용현이 보여준 한 수에 더 큰 충격을 받아 망연자실 바닥에 주저앉았다. 금설옥이 보여준 기세도 놀라웠지만 모용현과는 비교할 수 없었던 것이다.

장완지가 바닥에 주저앉자 그를 배려해 손을 멈추었던 무림맹원들이 다시금 모용현에게 달려들었다. 장완지 정도의 경지에 오른 이가 방금 모용현이 펼친 한 수를 보았다면 경악을 금치 못했겠으나 그러한 수준에 다다른 자가 어찌 일반 맹원의 신분일까? 그들에게는 방금 모용현의 평이한 검에 장완지가 당한 상황이 도저히 이해되지 않는 것이다.

모용현은 자신을 향하는 검들을 물리치며 말했다.

"어서 이들을 물리시오."

장완지는 넋을 잃고 주저앉아 있다가 고개를 들고 대답했다.

"너는 대체 누구냐? 아니, 너를 키운 자가 대체 누구란 말이냐?"

중얼거리듯 대답하는 장완지를 넘어 많은 무림맹원들이 모용현에게 검을 겨누었다. 순간 모용현의 검이 한 바퀴 원을 그리고, 그를 겨누었던 아홉 자루의 검이 동시에 부러졌다.

"허억!"

졸지에 검을 잃은 아홉 명의 사내는 모용현이 보여준 한 수에 놀라며 뒤로 물러섰다. 기실 이는 장완지를 격퇴시킨 검과 비할 수 없는 수법이었지만, 그를 몰라보는 이들에게는 오히려 효과가 있었다.

검을 잃은 이들이나 함께 달려들려다 그를 목격한 이들이나 놀란 것은 마찬가지라 더 이상 모용현에게 달려들지 못하고 그저 거리를 두고 있었다.

사람들로 이루어진 원 안에서 모용현은 장완지에게 말했다.

"내 이름은 모용현이오. 이것만은 사실이오."

"……."

모용현은 추신을 생각했다.

누가 나를 키웠냐고? 고집스럽고 융통성도 없는 데에다 잔소리까지 많았던 사내였다. 스스로 결백하니 천하가 자신을 버려도 개의치 않던 사내가 나를 키웠다!

이런 자에게는 아까운 이야기다. 모용현은 외침을 삼키고 다시 말했다.

"다시 말하겠소. 병력을 물리시오."

장완지가 대답했다.

"그건 불가하다."

"선배가 이들을 끌고 온 것 아니오?"

그러자 장완지가 얼굴을 일그러뜨리며 말했다.

"하북성의 삼백 맹원은 내 말을 듣겠지만, 백염교도들은 그네들 교주의 말만을 들을 것이니……."

장완지의 입에서 뜻밖의 이름이 나오자 모용현이 놀라 물었다.

"백염교?"

7

"백염교가 함께 왔단 말이오?"

모용현이 되묻자 장완지가 고개를 끄덕였다. 아까의 그 불덩어리는 백염교가 만들어낸 것이리라. 모용현은 장완지에게 다시 말했다.

"어쨌든 하북성의 맹원들만이라도 물리시오."

모용현은 장완지의 대답을 기다리지 않고 몸을 돌렸다. 모용현이 앞으로 나서니 그를 둘러싸고 있던 자들이 비켜 서 절로 길이 만들어졌다. 모용현이 인파 속으로 다시 들어가니 곧 다시 그를 노리는 공세에 부딪쳤다. 모용현은 손으로는 적들을 물리치며 눈으로는 금설옥을 찾았다.

백염교라는 이름을 듣자 모용현의 마음이 조급해졌다.

물론 백염교주도 자신의 목을 따 무림맹주가 되겠다는 생각인지도 모른다. 백염교 역시 무림맹 창건 시의 공을 인정받아 독자적인 세력을 인정받은 이들이니, 그 이전 이류 문파에 불과했던 때와는 가지고 있는 역량이 달랐다. 오기 중 두 개의 단을 가졌던 하북팽가만큼은 아니더라도 스스로 나설 힘은 충분히 가지고 있는 것이다.

하나 그렇다면 백염교가 굳이 하북성 무림맹의 뒤에 숨을 필요가 없다. 백염교가 이런 식으로 나섰음은 보다 다른 이유를 짐작케 했다. 그리고 그 이유가 금설옥을 찾는 모용현의 눈을 더욱 바쁘게 만들었다. 하지만 금설옥은 보이지 않았고, 모용현은 하나뿐인 눈을 원망했다.

모용현의 걱정대로 금설옥은 하북성 무림맹이 아니라 백염교도들에 포위당해 있었다. 금설옥 역시 거대한 불덩어리를 피하면서 고립되어 하북성 무림맹원들에 둘러싸였다. 하지만 검격을 교환하며 금설옥을 둘러싼 자들이 조금씩 바뀌더니, 어느새 그녀의 주위에는 붉은빛이 감도는 흰옷을 입은 자들로 가득해 있었다.

'이것들은 뭐야?'

지금 금설옥을 포위한 자들은 아까까지 상대하던 하북성 무림맹원들과 어딘가 다른 느낌이었다. 비단 복장의 문제가 아니라 눈빛이 흐리고 표정이 하나같이 굳어 있어 생기가 부족했다. 게다가 다들 무기가 없이 맨손으로 어떠한 살기도 풍기지 않고 가만히 서 있었으니 금설옥도 일단 검을 내리고 주위를 살폈다.

금설옥이 검을 내리자 갑자기 그녀를 포위한 사내들이 동시에 두 손을 앞으로 뻗었다. 십여 명의 사내가 한 몸처럼 팔을 드니 의외로 박력이 있어 금설옥이 놀라며 다시 검을 들었다. 하지만 사내들은 손을 들었을 뿐, 위해를 가하고자 하는 행동이나 의도가 전혀 보이지 않았다.

"다치기 싫으면 비켜!"

금설옥이 소리쳤지만 사내들은 미동도 하지 않았다. 그들이 어떠한 행동도 하지 않고 맨손으로 그저 팔을 뻗고 있기만 하니 금설옥이 먼저 검을 쓰려 해도 거리낌이 있었다.

'뭐 하자는 거야?'

금설옥은 신경질을 내며 성큼성큼 걸어가 자신을 향해 손을 뻗고 있는 사내 중 하나를 밀쳤다. 그러나 사내의 몸은 돌덩이처럼 단단하고 무거워 오히려 밀친 금설옥의 몸이 뒤로 밀리는 것이었다.

"얼씨구?"

금설옥이 오기가 생겨 다시 사내를 밀치려는데 갑자기 그녀를 둘러싼 사내들이 입을 모아 이상한 소리를 내기 시작했다.

"오오오옴―"

"뭐, 뭐야?"

사내들이 입을 맞춰 내는 소리는 기이한 공명을 하며 금설옥의 귓속으로 들어갔다. 금설옥은 생리적인 혐오감에 몸을 떨며 경공을 발휘해 포위망을 뛰어넘기로 했다. 생기라고는 조금도 찾아볼 수 없는 이들과 잠시도 같이 있고 싶지 않았다.

"……!"

도약하려던 금설옥의 얼굴이 굳어졌다. 보이지 않는 실에 묶인 듯 온몸의 근육이 경직되어 마음대로, 아니, 아예 움직일 수가 없었던 것이다! 금설옥은 몸이 마음대로 움직여지지 않자 사내들이 내는 뜻 모를 소리가 단순히 기분이 나쁘라고 내는 것이 아님을 깨달았다.

멀쩡히 깨어 있으면서도 자신의 몸을 움직일 수 없는 이 느낌을 금설옥은 이미 경험한바 있었다. 이는 낙양에서 적기단주 송경로의 주술에 당했을 때와 비슷한 느낌이었다.

"……!"

송경로의 결혼박신술에 걸렸을 때에는 말이라도 할 수 있었는데, 지금은 소리를 낼 수도 없었다. 상대가 빈손이라는 것에 마음을 빼앗겨 술수에 걸렸으니, 어디 가서 억울하다 하소연도 못할 일이다.

'아후, 젠장!'

금설옥이 속으로 짜증을 냈다. 때마침 눈 안에 티가 들어앉았는데 눈꺼풀조차 마음대로 열고 닫을 수 없었다. 눈동자 위에 티가 앉은 그 감각을 눈을 뜬 채 고스란히 받아들여야 한다는 것이 얼마나 괴로운 일인지!

'으아아악!'

금설옥이 마음속으로 비명을 지르며 괴로워하고 있는데 꿈쩍도 않던 사내들의 포위망이 허물어지고 한 노인이 그녀에게 다가왔다. 노인의 옷은 사내들과 같이 붉은빛이 감도는 흰 천으로 만들었으나, 그 위에 눈이 돌아갈 만큼 복잡한 문양이 금실로 수놓여 있어 신분이 다름을 알 수 있었다.

젊은 사람 못잖게 체구가 당당한 노인은 사내들과 달리 눈동자에 초점이 확실했고, 얼굴에는 분노라는 감정이 선명히 드러나 있었다.

"그만!"

노인의 입이 열리기 무섭게 금설옥을 둘러쌌던 사내들이 일제히 기이한 소리를 멈추고 팔을 내렸다. 하지만 금설옥은 여전히 움직일 수 없어 눈 안에 들어간 티끌에 괴로워해야 했다. 그렇게 정신없는 금설옥에게 노인이 말했다.

"가인검이라는 년이 네년이 맞으렸다?"

'말도 할 수 없게 만들어놓고 뭘 물어, 묻기는!'

노인의 물음에 어이가 없어 금설옥은 속으로 반박했다. 그러면서 정신을 집중해 마침내 티가 들어간 눈꺼풀을 닫는 데 성공했다. 금설옥이 너무 기뻐 속으로 환호성을 지르며 눈꺼풀을 열었다 닫다 눈물을 내려 하는데, 노인이 말했다.

"네년 손에 죽은 아이가 어떤 아이인지 아느냐! 내가 늘그막에 얻은 눈에 넣어도 아프지 않을 자식이다! 어디서 튀어나왔는지 모를 너 같은 년에게 당할 아이가 아니었단 말이다!"

노인은 바로 백염교의 교주인 송제권(宋齊勸)이었다. 그에게는 여러 부인과 많은 자식이 있었고, 그중 오십이 다 되었을 때 첩에게서 얻은 자식이 바로 송경로였다.

하지만 송경로가 세상에 갓 나왔을 때 그의 형들은 이미 이, 삼십대였으니 백염교 안에 그의 자리는 처음부터 존재치 않았다. 송제권도 그를 아쉬워했으나 교주의 권한으로도 송경로를 거둘 방법은 없었다. 송경로가 태어나기 전, 이미 백염교의 차기 교주가 정해져 있었던 것이다. 공교롭게도 그런 송경로의 재능이 많은 형제들 중 군계일학이라 단연 돋보였으니 아비 된 자의 마음이 얼마나 안타까웠을까!

그나마 송경로가 백염교를 나와 무림맹의 요직에 올랐으니 송제권은 그저 기특할 뿐이었다. 한데 그 자랑스러운 아들이 갑자기 죽었다 하니 송제권으로서는 미치고 펄쩍 뛸 노릇이었다. 무림맹의 천하가 이토록 확고한데 어찌 적기단주가 살해당할 수 있단 말인가?

하여 송제권은 친히 교도들을 이끌고 금설옥을 잡으러 온 것이다. 금설옥이 모용현들과 떨어지도록 만든 불덩어리도 그가 구현한 주술이었다.

송제권이 증오에 찬 목소리로 호통 치자 금설옥이 화를 내며 대꾸했다.

"아니, 지금 작은 티 하나 들어가도 이렇게 괴로운데! 그 큰 놈이 눈에 들어가면 아프지 않을 리가 있소? 어머, 말이 나오네?"

눈꺼풀 하나를 움직이는 데 성공하자 그를 따라 얼굴 근육 전체가 자유를 얻은 것이다. 이렇게 되자 당황한 것은 송제권이었다. 교도들 중에서도 상위 능력자들을 뽑아 실행한 박신술(縛身術)이거늘, 금설옥이 너무나 쉽게 풀어버린 것이다. 물론 아직은 얼굴 근육뿐이었지만 아무리 단단한 벽도 한 줄의 금을 견디지 못하고 무너지는 법이다. 송제권은 이미 금설옥의 무위를 보아 자신이 그녀의 상대가 되지 않음을 알고 있었다.

"뭣들 하느냐! 어서 저년의 목을 베지 않고!"

송제권이 다급히 외치자 금설옥에게 박신술을 행한 사내들 틈으로 도끼를 든 거인이 모습을 드러냈다. 칠 척은 됨직한 키보다 팔다리의 균형이 맞아 멀리서 보면 보통 사람과 다를 바 없다는 것이 더 놀라운 거인이었다.

거인의 몸에 맞춘 듯 무식하게 큰 도끼를 보자 금설옥의 가슴이 뛰었다. 한번 강호에 출도한 몸, 언제라도 죽을 각오가 되어 있지만 무인도 아닌 자들에게 당하고 싶지는 않다. 금설옥은 다급한 나머지 크게 소리쳤다.

"사부님! 제자 죽어요!"

금설옥의 높은 목소리를 따라 거인의 도끼가 하늘 높이 올라갔다. 그때, 하나의 그림자가 홀연히 나타나 거인의 앞을 가로막았다. 모용현이었다. 거인이 도끼를 내려치고, 동시에 모용현이 검을 뿌렸다.

"쿠웨에엑!"

거인의 비명이 천지를 울렸다. 모용현은 일검으로 거대한 도끼의 날과 거인을 동시에 벤 것이다. 반쪽의 날과 거인의 머리가 땅으로 떨어졌다.

"저, 저런!"

순식간에 일어난 일에 송제권은 경악을 금치 못했다. 그리고 쓰러진 거인의 몸통을 넘어 금설옥의 신형이 송제권을 덮쳤다.

그러나 송제권이 재빨리 몸을 피하고, 그 사이에 백염교도들이 끼어들었다. 고통을 느끼지 못하는 듯, 금설옥의 검을 몸으로 받으면서도 사내들은 조금도 괴로워하지 않았다. 수많은 백염교도들이 몸을 던져 송제권의 앞을 가로막으니 금설옥도 어쩔 도리가 없었다.

"아으윽! 저 늙은이가!"

꾸역꾸역 앞을 막아서는 백염교도들에 가려 송제권의 모습이 눈앞에서 사라지자 금설옥은 분통을 터뜨렸다. 그런 금설옥에게 모용현이 말했다.

"큰일 날 뻔했잖소!"

모용현의 목소리에 질책이 섞여 있었는데, 그를 들은 금설옥의 기분이 미묘했다. 기분이 나쁜 것 같으면서도 은근히 기꺼운 마음도 드니, 어느 편을 들까 망설이다 금설옥이 말했다.

"그렇게 다급한 건 아니었어."

"그럼 왜 소리를 질렀소?"

"누가 소리를 질렀다 그래? 난 그냥……."

두 사람은 대화를 멈추고 양쪽으로 몸을 피했다. 그들이 있던 자리로 아까와 같이 거대한 불덩이가 떨어졌다.

콰앙!

"괜찮소?"

불덩이가 폭발하는 가운데 모용현은 자신도 모르게 금설옥의 안위를 물었다. 가까운 곳에서 금설옥의 대답이 들려왔다.

"별일 아니야!"

그를 듣고 모용현이 생각했다.

'무공이 퇴불 정도는 되어야 허세를 부려도 허세가 아니게 되거늘!'

"일단 피합시다!"

모용현이 다시 외치자 금설옥이 펄쩍 뛰며 무슨 소리냐며 성을 냈다.

"저 늙은이를 이대로 두고 가자고? 그렇겐 못해!"

그러자 모용현이 불꽃을 뚫고 금설옥의 곁으로 가 말했다.

"하북성 지부원들과 백염교도를 합쳐 사, 오백은 될 텐데 그 많은 수를 언제 일일이 상대한단 말이오? 퇴불 선배와 당신만이라면 모르겠지만 왕 형들에게는 버거운 일이오!"

모용현은 금설옥에게 오기 전 왕민보들을 찾아 전장을 빠져나가라 얘기해 놓았다. 적들의 수가 워낙 많아 무사히 빠져나갈 수 있을지는 모르겠지만, 그들의 능력을 믿을 수밖에 없었다.

"으음……!"

금설옥은 송제권을 놓친 것이 못내 아쉬웠다. 하지만 모용현의 판단은 그녀가 듣기에도 일리가 있었고, 왕민보들이 빠져나갔다면 굳이 싸움을 계속할 필요가 없었다.

"사부님은?"

"어디 계실 텐데 홀로 깊이 들어가서인지 찾을 수가 없었소!"

휘익! 휙!

불덩이의 열기가 채 식기도 전에 이번에는 사람 머리만 한 얼음덩이들이 모용현과 금설옥에게 떨어졌다. 금설옥은 얼음덩이를 피하며 생각했다.

'이런 거라면 배워볼 만하겠구나!'

금설옥은 무서운 기세로 내리는 얼음덩이를 피하며 모용현에게 가 말했다.

"그럼 됐어! 알아서 하시겠지!"

모용현이 고개를 끄덕였다. 그러는 사이 이번에는 무기를 든 백염교도들이 두 사람을 포위했다. 그들 역시 눈에 초점이 없고 표정이 없어 금설옥의 검을 몸으로 받아낸 자들과 다를 게 없었다. 그런 자들이 눈앞을 꽉 채우고도 남았으니, 이는 다른 의미로 무서운 광경이었다. 모용현은 검을 고쳐 쥐며 말했다.

"길을 틀 테니 놓치지 말고 잘 따라오시오."

"너나 잘하세… 야, 같이 가!"

8

　모용현과 금설옥은 하북성 지부원들과 백염교도들이 뒤섞인 전장을 간신히 빠져나왔다. 미리 약조를 해두어 하루 뒤, 모용현과 금설옥은 전장을 무사히 빠져나온 왕민보들과 조우할 수 있었다. 하지만 그 와중에 입은 상처가 중하여 네 사람 모두 더 이상 모용현과 함께 갈 수 있는 몸이 아니었다.

　“면목이 없소.”

　상처투성이인 왕민보가 모용현에게 고개를 숙였다. 심양까지 가는 길을 터주겠다며 나선 그들이었다. 하남에서 받은 네 차례의 습격을 물리칠 때에는 힘이 되었으나, 하북팽가나 이번처럼 적의 규모가 세 자리에 달하는 대규모일 때에는 오히려 거추장스러운 짐이 되었던 것이다. 그들이 없었다면 모용현은 차라리 적들을 쉽게 따돌릴 수 있었으리라.

　왕민보들이 부끄러움을 금할 수 없어 고개를 들지 못하니 모용현이 당황해하며 말했다.

　“그런 말씀 마십시오. 이는 마땅히 제 일인데 예까지 와주신 것만으로도 감사할 따름입니다.”

　복호검 이지만이 입을 열었다.

　“이건 모용 공자 개인의 일도 아니고, 모용세가의 일도 아니오. 바로 전 무림의 일이니 어찌 우리가 가만히 있어야 한단 말이오? 저 간악한……”

　모용현이 스스로 모용강을 치러 간다지만, 외인에게서 부모의 욕을 듣는 것을 반길 리 없었다. 모용현이 모용강의 친아들이 아니라는 사실은 당사자들 외에 오직 남영혜와 금설옥만이 알고 있을 뿐, 왕민보들은 모용현이 조부와 자신의 복수를 하려는 것으로 알고 있었다. 이지만이 그를 생각해 말을 중단했으니 비록 오해라 해도 모용현은 그 마음이 고마웠다.

"아무쪼록 몸조리 잘하십시오. 하북성의 맹원들을 선동했던 장완지가 심한 부상을 입었고, 또 제가 따로 길을 가니 여러분을 찾으려 하지는 않을 것입니다."

작은 마을의 의원에 네 사람을 남겨두고 모용현과 금설옥은 다시 길 위에 섰다. 관도를 따라 오르는 길은 끝이 없어 보였지만, 한 걸음을 옮길 때마다 남은 여정은 분명 줄어들고 있었다.

심양으로의 길 위에는 북경이 있었다. 그리고 그곳에는 금설옥과 당정견의 집이 있었다.

하지만 지금 금설옥은 집을 잃었고 집은 주인을 잃었다. 금설옥은 자신의 옛 집이 그리웠고, 당정견의 시체가 잘 도착했는지 궁금했지만 감히 찾아갈 수 없었다. 남편과 아들을 잃은 부인에게 자신을 뭐라 설명할 것인가? 그렇다고 거짓을 말할 수도 없으니 금설옥은 마음을 접고 북경을 지나쳤다. 북경을 지나고 하루가 지날 때까지 모용현과 금설옥은 아무런 말도 하지 않았다.

북경을 지나쳐 관도를 따라 가던 모용현은 옥전이 가까워 오자 떠오르는 것이 있었다. 모용현은 주위를 살피며 가던 중, 걸음을 멈췄다.

"왜, 무슨 일 있어?"

앞서 가던 금설옥이 돌아보며 물었다. 모용현은 잠시 길 밖의 평원을 응시하다 말했다.

"잠깐 기다려 보시오."

금설옥을 내버려 두고 모용현은 길을 벗어나 풀밭으로 내려갔다. 금설옥이 팔짱을 끼고 보니 모용현은 허리를 숙이고 메마른 풀을 뒤져 가며 무언가 찾는 모양인데 표정이 영 신통치 않았다.

시간이 일각쯤 흐르자 기다리기 지쳤는지 금설옥이 소리쳤다.

"야, 뭐 해! 시간도 없는데 거기서 뭐 하는 거야?"

그러자 비로소 모용현이 허리를 펴고 대답했다.

"곧 가겠소!"

모용현은 다시 허리를 숙였다. 기억에 의하면 이쯤에 있어야 할 텐데 아무리 뒤져도 찾고자 하는 것이 눈에 들어오지 않았다.

'세월이 벌써 칠 년이나 흘렀으니!'

모용현이 체념하고 허리를 세워 돌아가려 하는데 발에 걸리는 것이 있었다. 무심코 고개를 숙여보니 바로 이각을 넘게 찾았던 그 물건이 었다.

모용현의 발에 채인 돌은 어른의 팔뚝만큼 길쭉한 모양을 하고 있었다. 모용현이 돌을 들고 후후, 불어가며 표면에 쌓인 흙을 털어내니 그 아래 새겨진 글귀가 드러났다.

사자검(獅子劍) 유대원지묘(劉大元之墓).

그것은 칠 년 전, 추신이 새긴 글귀였다. 당대 손꼽히는 고수였던 사 자검 유대원은 모용강의 계략에 넘어가 추신을 쫓았고, 바로 이곳에서 그와 검을 겨루었다.

당시 추신의 무위는 유대원에게 미치지 못하였으나, 위기에 봉착해 깨달은 이형환위의 수법으로 승리할 수 있었다. 하지만 추신은 끝내 자신의 승리를 인정하지 않았다. 우연히 깨달은 이형환위의 수법에 기대었으나 정작 검의 겨룸에 있어서는 유대원의 승리였다고, 그 뒤에도 추신은 모용현에게 종종 이야기하곤 했다.

그래서였는지 모르겠지만 추신은 유대원의 시체를 손수 묻고 비석의 흉내까지 내어 무덤을 만들었다. 이는 그만의 방식으로 경의를 표한 것이다.

모용현 역시 추신의 손에 죽은 무수히 많은 이들 중 유독 사자검 유대원을 기억하고 있었다. 그때 유대원에게 조부를 죽인 것이 바로 모용강임을 말하였다면 많은 것이 지금과 달라졌을 것이다. 모용현은 스스로의 선택으로 진실을 은폐했고, 그 결정의 대가는 헤아릴 수 없이 많은 이들의 목숨이었다.

모용현이 미망에서 벗어나 살 것을 택하였으나 이미 저지른 죄가 사라지는 것은 아니다. 아니, 오히려 살아가는 내내 속죄를 꾀하는 것이야말로 죽음보다 가혹한 일이리라. 그것은 너무나 찬란해 오히려 보이지 않는 가시밭길이다.

지금 심양으로 향하는 것은 그 가시밭길로 들어가기 위한 관문에 불과하다. 모용강과의 은원을 정리해야 비로소 살아갈 수 있다고, 돌 위에 새겨진 추신의 글이 그렇게 말하는 것 같았다.

금설옥은 길 위에 주저앉아 모용현을 보다 지루함을 이기지 못하고 그에게 다가갔다. 가까이서 보니 모용현이 웬 돌을 들고 뚫어져라 쳐다보고 있었다.

"이게 뭐야?"

금설옥이 묻자 모용현이 돌아보며 말했다.

"그가 새긴 글이오."

“아!”

금설옥은 돌 위에 새겨진 글귀를 보고 탄성을 질렀다. 지난날 단정 사태의 지시로 사자들과 함께 유대원의 시신을 확인했던 일이 기억난 것이다.

물론 그때에는 이런 돌이 있는지도 몰랐고, 보았어도 별반 느낌이 없었을 것이다. 이제 금설옥도 절정고수의 반열에 올라섰으니 돌 위에 새겨진 한 획만으로도 그의 공부가 얼마나 깊은지 알 수 있었다.

“그분은 대단했구나.”

금설옥이 새삼 중얼거리자 모용현이 짧게 대답했다.

“여러 가지로.”

금설옥은 모용현에게서 비석을 받아 다시 땅 위에 내려놓고 말했다.

“그래도 가야지.”

모용현은 잠시 금설옥을 바라보다 그녀의 말을 고쳤다.

“그래서 가는 것이오.”

“그래, 그래.”

말장난이라고 생각했는지 금설옥이 웃어주었다. 그 미소가 어찌나 사랑스러운지 모용현은 그를 볼 수 있다면 설령 가시밭길이라도 기껍게 받아들이겠노라 마음속으로 다짐했다.

모용현과 금설옥이 심양에 도착한 것은 새해가 시작하고도 이틀이 지난 뒤였다.

한때 심양은 모용세가를 중심으로 번영을 누렸던 도시였다. 모용세가는 무가였지만 동시에 거대한 경제 주체이기도 했다. 모용강의 대에 이르러 세가는 최전성기를 구가했고, 그에 따라 심양의 경제도 전례 없는 호황을 누렸다.

그러나 칠 년, 아니, 팔 년 전부터 모든 것이 바뀌었다. 모용강은 이제 모용세가의 가주가 아니라 중원 무림맹의 맹주였고, 그의 거처는 심양의 넓은 장원이 아니라 낙양의 작은 집이었다. 모용세가는 더 이상 존재치 않았고, 그로부터 발생한 수많은 일자리가 일순간 사라진 것이다.

심양에 들어선 모용현은 그 황량한 풍경에 놀라움을 금치 못했다. 기억 속의 심양은 풍요롭고 활기찬 도시였다. 계절을 감안해도 이토록 을씨년스러운 기운은 생소한 것이었다. 간혹 스치는 사람들의 어깨는 축 처져 있었고, 누렇게 뜬 얼굴은 잔뜩 구겨져 있었다. 모용현과 금설옥과 마주친 사람들은 하나같이 '외인이 이런 곳에 무슨 볼일이냐'라며 썩 나가라 말하는 것 같았다.

그 속에서 오직 퇴불만이 그들을 맞아주었다.

"어디서 뭘 하느라 이제야 오는 거냐!"

퇴불이 눈썹을 무섭게 치켜세우고 호통을 치며 두 사람을 맞이하니 금설옥도 지지 않고 눈살을 찌푸리며 대답했다.

"사부님이 너무 빨리 오신 거예요!"

"젊은것들이 걸음이 어찌 그리 느리더냐? 오늘까지 오지 않으면 내가 혼자 쳐들어가려 했다!"

"그런 줄 알았다면 아예 며칠 푹 쉬다 올 걸 그랬네요?"

서로의 안녕을 기뻐하는 모습이 이리도 기이하니, 천하에 오직 두 사제만이 나눌 수 있을 것이다. 모용현은 그 모습을 보며 고개를 저었지만 남들이 할 수 없는 방식으로 금설옥과 교감하는 퇴불이 부럽기도 했다.

　재회의 기쁨을 나누던 퇴불과 금설옥은 인사가 끝나자 누가 먼저랄 것도 없이 모용현을 바라봤다. 하나의 눈으로 네 개의 시선을 받으며 모용현은 고개를 끄덕이고 걸음을 옮겼다.
　어둠 속에서 모용세가의 장원이 모습을 드러냈다.

9

　소년의 눈에 비쳤던 대문은 산처럼 크고 단단했다. 붉은색이 바래지 않았음에도 일 년에 두 번씩 새로 칠하는 까닭을 묻자 임 할아범은 대문이 바로 세가의 얼굴이기 때문이라 대답했다. 몸이 약했던 소년에게 대문은 바깥세상과 자신을 갈라놓은 장애물이었지만, 동시에 어떤 적이 쳐들어와도 막아줄 것 같았던 힘의 상징이기도 했다.
　하지만 지금 모용현의 눈에 들어온 대문은 기억과 다른 모습을 하고 있었다. 항상 굳게 걸려 있던 빗장은 간데없고, 육중한 몸체를 단단히 붙들고 있던 경첩도 몇 남지 않아 문짝은 언제 쓰러져도 이상하지 않게 덜렁거리고 있었다.
　모용현은 숨을 들이쉬고 금방이라도 떨어질 것 같은 문을 밀었다. 끼이익. 고통스러운 비명을 지르며 문이 열리고, 세 사람은 장원의 안에 들어섰다.
　“…….”
　눈앞에 펼쳐진 안쪽의 모습은 겉보기와 다를 게 없었다. 바닥은 잡초로 무성했고, 구석구석 겹겹이 쳐진 거미줄이 달빛에 비치니 폐가가 따로 없었다. 그 많던 무사들과 고용인들은 다 어디로 갔는지, 모용현은 마음이 아파왔다.

"……."

그리고 그 황량함 가운데 사내가 있었다. 그 큰 키만큼이나 강직한 인상을 가진 사내는 처음부터 그 자리에 있었던 것처럼 꼿꼿이 서 있었다. 모용현은 자신도 모르게 그를 불렀다.

"담대 총관……."

지금의 모용현이 천하제일 모용세가의 소가주가 아닌 것처럼 담대진홍도 더 이상 그의 아랫사람이 아니다. 그러나 모두 사라지거나 변한 장원에서 담대진홍만은 그대로인 듯 모용현이 다시 그를 부르자 고개를 숙였다.

"격조했습니다."

사실 모용현의 기억 속에 담대진홍에 관한 부분은 그리 많지 않았다. 항상 모용강의 옆에 서서 그를 보좌하던 담대진홍과 모용현은 서로에게 용무가 있던 경우도 없었고, 동선이 겹친 경우도 없었다. 더욱이 직함은 총관이었으나 모용현의 기억에는 그보다 모용강 개인의 수행원이라는 느낌이 더욱 강했다. 물론 담대진홍도 모용현을 앞으로 모셔야 할 다음 대의 가주라 여기지 않았을 것이다.

세가가 번영을 구가할 때보다 오히려 이런 때에 담대진홍이 차리지 않아도 될 예를 차리니 당혹스러운 일이었다.

'신경 쓰지 말자.'

모용현은 자신을 타이르며 담대진홍에게 대답했다.

"총관도 오랜만입니다."

"오는 길은 어떠셨습니까. 별고 없으셨습니까?"

이것이 인사인지 아니면 조롱인지 담대진홍의 얼굴만으로는 알 수 없었다. 담대진홍은 그런 자였다.

"별고가 없어 아쉬웠겠소."

"말씀이 과하십니다, 소가주."

총관이라는 말에 맞춰주겠다는 것인지 담대진홍은 모용현을 소가주라 불렀다.

"…내가 아직도 총관의 소가주요?"

그도 아직 자신이 모용강의 친아들이 아님을 모르는 걸까? 모용현이 의아해하며 물었다. 그러자 담대진홍이 대답했다.

"소가주의 성은 모용이지 않습니까."

역시. 모용강의 수족이던 담대진홍이 모를 리 없다.

"언제부터 총관이 모용가를 섬겼다고 그러시오?"

모용현이 가볍게 비아냥거리자 담대진홍의 얼굴에 쓴웃음이 번졌다.

"그만 합시다."

담대진홍이 그렇게 말하고 손으로 내당을 가리켰다.

"더 이상 시간을 끌 것이 없겠지요. 안에서 기다리고 계십니다. 그리고……."

담대진홍은 잠시 말을 끊고 시선을 모용현의 뒤로 돌렸다. 그의 눈길은 퇴불과 금설옥을 향해 있었다. 담대진홍은 두 사람을 보며 말을 이었다.

"두 분은 예서 기다리시오. 주인님께서는 소가주 한 분만을 들이라 명하셨으니."

무림맹 총사령, 일인지하 만인지상의 권력자였던 담대진홍에게는 어울리지 않는 어투였다. 지금 그는 시간을 거슬러 올라간 것처럼 과거 모용강 한 사람을 섬기던 종으로서 주인을 찾아온 손님을 대하는 것이다.

물론 어투만 공손할 뿐이지 그 안의 본의는 명령에 가까웠다. 이미 절정의 고수라는 칭호로도 부족한 담대진홍의 말을 누가 감히 따르지 않을 것인가!

그러나 담대진홍의 말을 받은 두 사제는 그 성정의 분방함이 둘째가라면 서러울 이들이다. 그중에서도 금설옥은 단순히 모용현을 따라왔지만, 퇴불은 추신의 복수를 하러 온 것이니 담대진홍의 말이 먹힐 리가 없었다.

"개 풀 뜯어먹는 소리 집어치워라! 네 주인이라는 놈은 스스로 초대한 주제에 안에 틀어박혀 얼굴도 비치지 않는 것이냐?"

퇴불은 모용강더러 들으라는 듯 내공을 실어 크게 외쳤다. 그러자 담대진홍이 받아쳤다.

"주인께서 부르신 자는 소가주뿐이오."

"홍! 내가 가고 싶으면 가는 것이요, 가기 싫으면 싫은 것이니 감히 누가 강제할 것이냐! 너냐, 아니면 모용강이냐?"

퇴불이 큰소리를 치자 담대진홍이 예상이라도 했다는 듯 싸늘히 대답했다.

"그게 내 역할이오."

"하아! 그때 못했던 시험을 다시 받아보시겠다?"

퇴불이 가소롭다는 듯 웃으며 법장을 치켜들었다. 당금 강호에 누가 담대진홍을 시험한단 말인가? 하나 그 가당찮은 말이 퇴불의 입에서 나왔다면 누구라도 고개를 끄덕일 것이다.

그것은 담대진홍 본인도 잘 알고 있었다. 당대에 퇴불과 겨룰 수 있는 자는 오직 모용강뿐이리라. 담대진홍이 고개를 끄덕이며 말했다.

"그럴 작정으로 여기 선 것이오. 하지만 수험자가 한 사람일 거라 생각했다면 고생을 좀 해야 할 것이오."

담대진홍의 말이 끝나기 무섭게 모용현들의 좌우로 두 사람이 모습을 드러냈다. 한 사람은 백발에 흰 수염이 풍성한 노인이요, 다른 한 사람은 담대진홍에 버금가는 거구의 장년인이니 바로 풍경립과 조규휘였다. 모용강은 퇴불이 모용현을 따라올 것을 예상했던 것이다.

담대진홍과 풍경립, 조규휘. 당금 무림의 최고수들이 오직 퇴불 한 사람을 막기 위해 모인 것이다. 아니, 이 세 사람이라면 퇴불을 막는 것에 그치지 않을 수도 있다.

퇴불이 담대진홍을 보고 좌우로 고개를 돌려 풍경립과 조규휘를 보더니 웃음을 터뜨렸다.

"크하하하하하핫!"

웅혼한 웃음소리가 건물 지붕의 기와를 흔들고, 퇴불을 제외한 다섯 사람의 가슴을 흔들어놓았다.

파삭!

결국 몇 개의 기와가 땅으로 떨어졌다. 퇴불은 웃음을 그치고 법장을 바닥에 두들기며 말했다.

"부끄러움을 모르는 자들이라면 상대하기에 부족함이 없지! 모용강이 손님 대접을 할 줄 아는군! 좋아, 어디 해보자!"

그리고 퇴불이 진기를 일으켰다. 쏴아아! 회오리가 몰아치듯 무형의 기운이 퇴불을 중심으로 소용돌이쳤다. 그에 맞서 담대진홍들도 진기를 일으켰다. 이처럼 절정의 고수들이 한자리에서 격돌한 예는 지난

백 년 사이 처음 있는 일이었다. 그들에게서 뿜어져 나오는 무시무시한 진기들은 허공에서 서로 부딪치며 보이지 않는 불꽃을 뿜어내고 있었다.

"같이 싸우겠습니다."

모용현이 검을 빼며 말했다. 그러자 담대진홍이 그를 만류했다.

"소가주, 주인님을 더는 기다리게 하지 마십시오. 그분은 팔 년을 기다렸습니다."

모용강은 아무런 근거도 증거도 없이 언젠가 모용현이 다시 자기를 찾아오리라 믿고 있었다. 담대진홍은 그것을 단순한 희망으로 치부했지만, 실제로 모용현은 그의 앞에 나타났다. 그것도 천형을 극복하고 절세의 고수가 되었으니 모용강은 그를 처음부터 알고 있었던 것일까? 담대진홍은 심양으로 와 모용현을 기다리며 때를 보아 그에게 물어보았고, 모용강은 그저 '알 수 있었다'라고 대답했었다. 부자가 아니더라도 모용의 피 아래 서로를 느낄 수 있었던 걸까? 외인인 담대진홍은 알 수 없는 일이었다.

퇴불도 맞장구치며 외쳤다.

"그래, 먼저 가라! 너 필요없다!"

"하오나……!"

모용현이 미적거리자 퇴불이 화를 내며 소리쳤다.

"너는 지금 나를 무시하는 것이냐, 아니면 모용강이 무서운 것이냐? 둘 중 하나라면 가지 않아도 뭐라 하지 않겠다!"

"……"

모용현이 입을 다물자 퇴불이 다시 말했다.

"너의 스승은 생전에 나를 형님으로 모셨으니, 나는 너의 사백이 되기도 한다. 그런 내 말을 듣지 않겠다면 당장 파문이다!"

"그건 또 무슨 정신 나간 소리예요!"

금설옥이 소리를 빽 지르자 퇴불이 움찔하며 입을 다물었다. 금설옥은 추신―검을 뽑아 들고 모용현에게 가 말했다.

"내가 함께 있을 거야. 걱정하지 말고 먼저 가."

무시무시한 위력의 진기들이 밀고 당기는 가운데에서도 금설옥의 얼굴은 평온하기만 했다. 그녀는 이 상황이 두렵지 않은 것일까? 금설옥은 모용현의 검은 눈과 달빛을 받아 빛나는 눈을 동시에 보며 말했다.

"약속 하나만 해. 절대로 내가 따라갈 때까지 죽으면 안 돼. 아니, 내가 가도 죽으면 안 돼."

모용현은 고개를 끄덕였다.

"약속하오."

"죽으면 죽여 버릴 거야."

금설옥이 웃으며 말하자 모용현도 엷게 미소 지었다. 모용현은 눈 속 깊숙이 금설옥의 웃는 모습을 담아두고 몸을 돌려 걸어나갔다. 최대한 진기를 끌어올린 담대진홍이 옆으로 비켜 그에게 길을 터주고 말했다.

"내당에 계실 겁니다."

"……."

모용현은 말없이 그를 지나쳤다. 담대진홍이 말하지 않아도 모용현은 모용강을 느낄 수 있었다.

카앙! 캉!

기와 기가 충돌해 폭발하고, 검과 도가 부딪쳐 울부짖는 소리가 모용현의 가슴을 때렸다. 돌아보고 싶은 마음이 간절했지만 모용현의 발은 마음과 달리 한 발 한 발, 착실히 전진하고 있었다.

내당으로 가는 문은 보수를 했는지 대문과 달리 온전한 모양을 갖추고 있었다. 이 뒤에 그가 있다. 생각만으로도 가슴이 답답해 왔다. 완성된 간월십삼검이 과연 모용의 무학을 대성한 그에게 통할 것인가? 보이지 않는 것이야말로 가장 두려운 법이다. 모용현은 크게 숨을 들이쉬고, 추신을 생각했다.

부디 나에게 힘을. 당신과 같은 의지를.

모용현은 힘껏 문을 열어젖혔다. 그러자 그의 앞에 드넓은 내당의 연무장과 흰옷을 차려입고 그 위에 서 있는 한 사람의 모습이 드러났다. 모용현과 그의 눈이 마주치자 수염에 가려 보이지 않는 입술이 움직였다.

"이제야 왔느냐."

그 말에 끌리듯, 모용현은 한 발을 내딛었다.

제2부 12장
그러나 함께라면

1

연무장 주변에는 수십 개의 횃불이 타오르고 있었다. 그 가운데에 흔들리는 불빛을 받으며 모용강이 서 있었다.

정갈한 흰옷은 불빛을 받아 붉게 물들었고, 옥을 깎아 만들었다는 얼굴은 어쩐지 초췌해 지친 듯 보였다.

지쳐 보인다? 얼마 전까지만 해도 저 모용강과 지쳤다는 말은 결코 공존할 수 없는 사이였다. 다른 사람은 몰라도 모용현의 안에서만큼은 그랬다. 지친 모용강이라니? 저 납으로 만든 심장을 가진 자가?

그러나 이제 모용현은 모용강의 심장에도 피가 흐르고 있음을 알고 있었다. 그의 비인간적인 성정은 모용현의 어머니, 남영혜를 향한 정(情)의 역류에 불과하다. 더 이상 두려워할 필요는 없었다.

모용현은 남은 한 발을 옮기고 뒤돌아 문을 닫았다. 문틈으로 현존하는 최고수들 간의 격렬한 전투가 새어 들어오고, 그 틈바구니에서 고전을 면치 못하는 금설옥의 모습이 보였다. 모용현은 당장이라도 뛰어나가 저 전투에 끼어들고 싶은 마음을 억눌렀다. 자신이 저곳에 끼어든다면 모용강도 따라올 것이다.

모용현은 연무장 가운데로 걸어가며 말했다.

"어머니는 어디 있소?"

"직접 찾아보거라."

모용현은 대답 대신 검을 뽑았다. 그러자 모용현에게서 뿜어져 나오던 무형의 기운이 한 자루 검이 되어 모용강에게 쏘아졌다. 강철도 베어버릴 것 같은 기운을 모용강은 태연히 받아넘기며 역시 검을 뽑았다. 애검 백아의 눈부시도록 흰 검신에 푸른 기가 일렁였다.

검을 들고 모용현이 한 걸음 한 걸음 모용강에게 걸어갔다. 모용강은 다소 지친 얼굴이었지만, 태산처럼 서서 다가오는 모용현을 바라보고 있었다.

"하앗!"

모용현의 검이 먼저 모용강의 머리 위로 내려쳐졌다. 그와 동반해 커다란 해일이 덮치듯 거대한 기운이 모용강의 머리 위로 내려앉았다.

"……!"

그 위력에 놀란 듯 모용강도 눈을 크게 뜨고 백아를 들어 막았다.

카앙!

두 자루의 검이 부딪치고 거센 저항에 부딪친 모용현의 검이 위로 튕겨 나갔다. 백아로부터 전해지는 모용강의 내력이 모용현의 가슴을 강하게 울렸다.

"……."

그러나 모용현은 담담히 그를 받아들였다. 모용강의 압도적인 강함은 처음부터 질리도록 알고 있어 새삼 놀랄 이유가 없었다. 모용현은 이미 예상하고 있었던 듯 몸 안으로 퍼지는 모용강의 내력을 밖으로 흘리며 여유를 두지 않고 바로 다음 공세를 펼쳤다.

모용현의 검이 종으로, 다시 횡으로 모용강을 압박했다. 모용현의 검이 지나간 자리를 뒤늦게 그의 기운이 따르며 허공에 푸른 십자가가 그려졌다. 위력을 가늠할 수 없는 한 수!

카앙! 캉!

모용강은 침착히 그를 막으며 뒤로 물러났다. 기세에 눌린 것일까? 아니면 유인하려는 것일까? 모용현은 고민하며 모용강을 보았지만 그의 얼굴에는 어떤 표정도 드러나 있지 않았다.

그러나 고민과 달리 모용현의 검은 다시금 모용강을 향했다. 모용강은 모용현의 연이은 공세를 와해시키며 자연스럽게 뒤로 물러났다.

콰당!

모용강이 다시 물러나고 모용현의 검이 피워놓은 횃불을 쓰러뜨렸다. 어둠 속에서 사방으로 불꽃이 흩어지고 그 안에서 모용강의 애검 백아가 불쑥 튀어나왔다. 아니, 눈으로 볼 수 있는 검이 아니었다. 모용현은 막을 생각도 하지 못하고 모용강의 검을 느낀 순간 몸을 날렸다.

촤악!

번쩍, 빛을 발한 백아는 그 날카로운 이빨로 모용현의 앞섶을 물어뜯었다. 바닥을 구른 모용현은 지체하지 않고 벌떡 일어났다. 다행히 옷을 뜯겼을 뿐 상처를 입지는 않았다.

"……."

순식간에 주도권을 빼앗긴 모용현은 잔뜩 긴장하여 모용강의 다음 공세를 기다렸다. 그러나 모용강은 흐트러진 모용현을 공격하지 않고 천천히 그의 앞에 나타났다.

천하의 모용강이 한번 잡은 기회를 놓칠 리 없었다. 이는 다 잡은 사냥감을 일부러 놓아준 것이다.

"…무슨 생각이오?"

모용현이 낮게 묻자 모용강이 대답했다.

"너무 빨리 끝나는 것도 곤란하지."

말이 끝나기 무섭게 다시 백아의 이빨이 사납게 드러났다.

카앙!

방비를 하고 있던 모용현은 검을 들어 그를 막았다. 그러나 검을 통해 모용강의 막대한 내력이 모용현의 안으로 침투했고, 그를 채 다스릴 틈도 없이 재차 공세가 가해졌다.

쏴아아!

모용강의 검기가 하늘에서 내리는 비처럼 모용현에게 내렸다. 모용강이 내려친 것은 일 검이되 모용현에게 내리는 검격은 수십 회에 달하니, 뇌재검우(雷在劍雨)라! 가전의 검법을 과거 모용천이 다듬어 낸 절초였다. 이 일 검에 얼마나 많은 고수들이 피를 흘렸던가? 비처럼 내리는 모용강의 검격을 이기지 못하고 모용현은 신음을 내뱉었다.

"크윽!"

모용현의 전신에 가는 상처가 생겨났다. 그러나 모용현은 그 가운데에서도 정신을 집중해 한줄기 치명적인 살기를 감지해 냈다. 이름 그대로 빗줄기처럼 수많은 검격 가운데 벼락같은 살수가 모용현의 머리 위로 내려온 것이다. 모용현은 이를 악물고 진기를 끌어올려 검을 휘둘렀다.

쿠앙!

폭음과 함께 그 여파가 사방으로 퍼졌다. 강풍이라도 불었던 것처럼 주위의 수많은 횃불들이 흔들리고 몇몇은 꺼지기까지 했다.

"크헉!"

모용현의 신형이 몇 장이나 뒤로 물러났고, 모용강은 여전히 무심한 얼굴로 그를 바라보며 말했다.

"대단하구나, 정말 대단해!"

조롱인 듯 혹은 탄식인 듯 모용강이 읊조렸다. 사실 이를 막아낸 것만으로도 모용현은 절세의 고수라 불릴 자격이 있었다. 당금 무림에 모용천이 만들어내고 모용강이 펼쳐 낸 이 검초를 막을 수 있는 자가 대체 누가 있단 말인가?

사실 지금은 무림 역사상 일류를 넘어 절정의 고수라 불리는 이들의 수가 가장 적은 시대였다. 그것은 바로 두 세대 전, 자신의 재능을 활짝 꽃피운 자들이 이상적으로 많았던—이른바 십왕(十王)의 시대가 일으킨 반동 작용이기도 했지만, 모용강이 일으킨 혈겁에 휘말린 자들이 워낙 많았기 때문이기도 했다.

그를 감안하더라도, 아니, 그보다 저 십왕들조차 모용천의 손에서 펼쳐진 이 검초—뇌중검우를 온전히 막아낸 자가 몇 없었음을 생각한다면 지금 모용현이 이룩한 경지가 어느 정도인지 가늠할 수 있으리라.

모용현의 나이에 이런 경지를 이룬 자는 고금을 통틀어 오직 한 사람뿐일 것이다. 모용천의 그 바닥이 보이지 않던 자질은 한 세대를 건너뛰어 모용현에게 전해진 것이다.

'어째서?'

환청일까? 모용강의 마음이 모용현의 머릿속으로 흘러들어 왔다. 모용강은 화를 내고 있었다. 하지만 그 대상은 모용현이 아니었다. 모용현은 입가에 피를 흘리며 간신히 일어났다.

"어째서?"

머릿속으로 들어온 말을 되풀이하는 모용현에게 다시금 모용강이 검을 들이밀었다.

캉! 카앙!

모용강의 강렬한 공세가 이어지고 모용현은 침착히 그를 막아냈다. 하지만 막아내는 것만으로도 벅찼는지 모용현의 몸은 점점 뒤로 물러나고 있었다.

"……!"

종으로, 모용현의 몸을 아래위로 가르려는 듯 모용강의 검이 빛을 냈다. 모용현의 안에서 염합의 결정이 스스로 위험을 느낀 듯 무한한 내력이 쏟아져 나왔다. 모용현은 그를 전부 검으로 끌어올려 모용강의 공격을 막았다.

콰앙!

다시 한 번 폭음이 일고 모용현의 신형이 뒤로 날아갔다.

콰직!

가는 살들이 으스러지며 문이 부서졌다. 모용강의 검을 막아낸 대가로 건물의 문을 부수며 안쪽으로 나가떨어진 것이다.

"크윽!"

모용현은 바로 자리에서 일어났다. 막대한 양의 내력으로 방어해 낸 덕인지 내상을 입지는 않은 듯했다.

건물 안은 곳곳에 불이 밝혀져 있었지만 몇 년간 사람의 손길이 닿

지 않은 듯 눌어붙은 먼지 냄새가 코를 괴롭혔다. 모용현은 주위를 둘러보며 중얼거렸다

"창룡당(蒼龍堂)인가……?"

창룡당은 세가의 한가운데 세워진 건물로, 외부와 관련된 업무를 보는 곳이었다. 하나 모용현이 이 안에 들어온 것은 두어 번에 불과하여 생소하기는 처음 와보는 곳이나 마찬가지였다.

뚜벅뚜벅.

오직 등불이 타오르는 정적 속에서 모용현을 따라 들어온 모용강의 발소리가 들려왔다. 모용강의 발소리라니! 그와 같은 고수가 어찌 발소리를 내겠는가? 이는 모용현에게 일부러 들으라 하는 뜻이었다.

등불 아래 모용강의 모습이 다시 나타났다. 이제까지 절제하고 갈무리하던 기를 풀어놓기로 한듯 온몸에 절정의 기세가 넘치고 있었다. 저것이 정녕 인간이 도달할 수 있는 경지일까? 모용현의 눈이 경악으로 물들고 그를 읽었는지 모용강이 말했다.

"놀랄 필요 없다. 네 조부가 이룩한 경지에 비하자면, 아니, 비할 수도 없이 떨어지니까."

그 말이 모용현의 마음을 차갑게 가라앉혔다. 네 조부라고?

"그전에 당신의 아버지일 텐데?"

모용현이 차갑게 말하자 모용강이 대답했다.

"괜한 말장난이다."

그를 듣고 모용현도 다시 진기를 일으켰다. 염합의 결정으로부터 아까와 같이 무시무시한 내력이 쏟아져 나왔다. 그 역시 마주 선 적의 역량이 기존의 어떤 잣대로도 잴 수 없음을 느낀 것일까? 모용현의 전신에도 곧 내력이 충만했다.

"그러고 보니 내력은 어찌 다시 찾았느냐?"

모용강은 천천히 모용현에게 다가가며 물었다. 그 어조가 몹시 태연해 일상에서나 쓰일 법한 말을 하는 것 같았다. 아니, 모용강은 아직 일상이 깨어지기 전—그가 모용현의 아버지일 때—에도 이런 어조로 말을 걸어오지 않았다.

"직접 알아보시지."

모용현이 차갑게 내치자 모용강의 얼굴에 한줄기 옅은 미소가 떠올랐다. 그리고 모용강의 전신을 뒤덮었던 기운이 순간 사라졌다. 안으로 응축된 것일까? 모용현은 검을 다잡은 순간 모용강의 신형이 모용현에게로 튕기듯 쏘아졌다.

2

카앙! 카앙! 카앙!

검과 검이 부딪치고, 스치고, 얽히며 다시 부딪치고! 날카로운 금속의 울림이 좁은 복도를 메우고 다시 그 위로 겹치기를 수십 차례 반복했다. 모용강의 검은 강하고 때론 부드러웠으며 다시 날카롭게 모용현을 압박했다. 그것은 변화가 아니라 한 번의 칼질 안에 모두 내재되어 있어 모용현은 그를 막아낼 때마다 놀라움을 금할 수 없었다.

비록 드러내는 법은 달랐지만 그 안의 이치는 모용강의 검과 간월십삼검이 하나인 양 일치했던 것이다. 아니, 오히려 깊이를 따지자면 모용강의 검이 나은 바가 있었다.

간월검은 결코 무적의 검법이 아니다.

추신의 목소리가 기억을 타고 모용현에게 들려왔다. 태성자의 태극 검법도 그랬지만 모용강의 검 또한 간월검을 능가하는 면이 많았다. 간월검 역시 무학의 정수를 담고 있는 지고의 무학이었지만, 그를 처음 창안한 자가 저 무당의 장춘 진인이나 조부 모용천이 이룩한 경지를 넘어서지는 못했으리라.

그런 생각을 하며 모용현은 연신 뒤로 물러나며 모용강의 검을 받아 냈다. 염합의 결정은 한번 쏟아내기 시작한 내력을 멈추지 않았고, 모용현은 그에 힘입어 모용강의 검을 막아낼 수 있었다. 완성된 간월십 삼검과 무궁한 내력이 있으니 제아무리 모용강이라도 방어어 치중하는 모용현을 쉽게 공략할 수 없었다.

"하앗!"

계속되는 공세에도 모용현이 쉽게 무너지지 않자 모용강의 검이 일 순 무뎌졌다. 그것은 머리카락보다 가는, 시간이라 불릴 수도 없는 시 간이었지만 모용현은 그를 놓치지 않았다.

쉐엑!

모용현의 날카로운 검이 미세한 틈을 놓치지 않고 모용강을 찔렀다. 모용강은 손쉽게 피하였으나 다시금 모용현의 검이 그의 목을 노리고 들어왔다.

카앙!

모용강이 그를 뿌리치듯 팅겨내고 모용현의 열린 가슴으로 검을 뻗 었다. 그러나 모용현 역시 그를 피하며 종으로 검을 휘둘렀다. 흔들리는 등불로는 그 궤적조차 따르지 못할 쾌검이었다.

챙!

그러나 이미 그 검로엔 모용강의 백아가 이빨을 드러내며 버티고 서 있었다. 귀를 찢는 소리와 함께 허공에 불꽃이 튀었다. 그 불꽃이 채 사라지기 전에 모용현의 검이 다시 모용강의 반대편 어깨를 노렸다. 눈으로 따를 수 없는 쾌검이 이어졌다.

공방의 주체가 다시 바뀌었다. 모용현의 쾌검이 모용강을 압박하고 모용강은 그를 막아내며 뒷걸음질치기 시작했다.

언뜻 기세가 넘어온 것 같았지만 모용강은 모용현의 공격을 여유롭게 받아내고 있었다. 모용현 역시 단순한 쾌검으로는 모용강을 어찌할 수 없음을 알고 있었지만 한번 되찾은 주도권을 내어줄 수 없었다.

숨도 쉴 수 없을 만치 빽빽이 채워진 검격의 숲을 뚫고 모용강의 음성이 모용현의 귀에 가 닿았다.

"목가의 검은 이런 것이 아니었는데……."

그 한마디가 끝나기 무섭게 거대한 기운이 모용강의 백아로부터 뿜어져 나왔다. 그 한 번의 검은 모용강의 앞에 들어찬 검림(劍林)을 걷어내고 모용현의 가슴을 노렸다.

"……!"

이는 검으로 막을 틈이 없었다. 모용강의 백아가 모용현의 몸을 반으로 갈랐다.

"……."

그러나 아래위로 나누어진 모용현의 몸은 곧 허공으로 흩어지고, 처음부터 존재치 않았던 것처럼 사라졌다. 모용강은 턱을 세우고 회수한 백아의 검극을 왼손으로 어루만지며 말했다.

“이형환위더냐?”

복도 저편, 불빛이 닿지 않는 곳에서 모용현의 목소리가 들려왔다.

“…군이 이름을 붙이자면.”

모용현의 목소리가 들려온 곳을 향해 모용강이 말했다.

“나를 놀라게만 하는구나.”

하나 모용현은 모용강의 말이 자신을 향한 것 같지 않았다. 모용현은 어둠 속에 앉아 숨을 고르며 모용강을 주시했다. 모용강은 무언가를 생각하는 듯 말이 없었다.

모용현은 문득 입을 열었다.

“무림맹은 이제 어쩔 것이오?”

“무슨 뜻이냐?”

“전 중원을 피로 뒤덮고 그 위에 오롯이 세운 무림맹이지 않소? 애착 같은 것은 없단 말이오?”

모용현은 자신이 말하면서도 이것이 극히 어리석은 질문임을 알고 있었다. 모용강이 무림맹을 세운 것도, 부친의 피로 자신의 손을 물들인 것도 모두 하나의 목적으로부터 비롯되었음을 이미 알고 있다. 그 모두는 단 한 사람, 남영혜의 마음을 얻기 위해 벌어진 일이었다.

나는 무엇을 확인하고자 함인가? 모용현은 괜한 말을 했다 자책하였고, 모용강은 다른 것을 대답했다.

“가지고 있어도 내 것이 될 수 없다면 무슨 소용이 있겠느냐?”

“전 무림이 이미 당신의 것이었지 않소?”

말이 끝나기 무섭게 모용강의 팔이 쭉 늘어난 듯 백아의 검극이 모용현의 눈앞에 당도하였다.

카앙!

모용현은 검을 들어 그를 막고 다시 뒤로 물러났다. 그러나 모용강도 모용현이 물러난 만큼 앞으로 나아가 검을 뿌리며 말했다.

"내 것이 된 무림맹을 버린다 하여 무슨 흉이 될까!"

"이미 무림맹을 세우기 위해 수많은 피를 흘렸는데 그 일이 반복될지도 모른다는 생각은 하지 않았소?"

챙!

검과 검이 부딪치고, 모용강이 크게 소리쳤다.

"크하하하하! 반복될지도 모르는 것이 아니라 다시 되풀이될 것이다. 아니, 이미 시작됐는지도 모르지!"

카앙!

"그게 무슨……!"

잇단 검격의 교환 속에서 모용현이 말했다. 모용강은 모용현의 말이 끝나기를 기다리지 않았다.

"구파일방의 잔당들이 아무리 힘을 키워도 나는 두렵지 않다. 왜인 줄 아느냐?"

챙!

"당시 각 문파의 모든 장로 급 고수들이 나의 손에 죽었는데 살아남은 이들에게 사문의 절기가 이어졌겠느냐? 생각해 보거라."

모용강의 말 그대로였다. 정파연합 내에서 고수라 불리던 이들 중 과거 구파일방의 문인들은 각기 촉망받던 기재였으리라. 하지만 사문의 무학을 전부 전수받은 이는 아무도 없었다. 왕민보나 대우 등이 끝내 일류의 수준을 넘어서지 못한 것은 바로 그 때문이었다.

카앙!

모용강은 더 이상 모용현에게 생각할 시간을 주지 않았다. 모용강은 검을 내려치며 말했다.

"하나 유구한 세월을 전해져 내려온 그네들 무학의 정수가 사라진다면 그만큼 아쉬운 일이 있겠느냐?"

"비급들은 따로 보관하였소?"

"실질적으로 본영이 사라진 지금, 중원 각지의 지부들은 큰 혼란에 빠져 있겠지. 이런 상황에서 어느 약소 지부에 무당의 태극검보가 나타났다면 어떻게 되겠느냐? 생각해 보거라."

카앙! 캉!

모용강은 아무렇지도 않은 듯 말했지만 이는 참으로 무서운 이야기였다. 무당의 태극검보라면 어느 시대에서건 모든 이들이 탐내는 비급일 것이다. 더구나 지금처럼 구파일방이라는 기존의 명문이 사라지고 고수가 드문 상황에서의 그 가치는 하늘 끝까지 치솟으리라.

그것이 강자가 아니라 힘없는 자의 손에 있다면? 거기에 이처럼 한 번 통일되었던 무림이 머리를 잃고 혼란스러워하는 시기라면?

"당신……!"

챙!

"어디 태극검보뿐이겠느냐? 화산의 자하신공, 아미의 아미검, 소림의 대력금강장! 그중 무엇이 무림을 뒤흔들지 못할 무학이겠느냐?"

카앙!

"…무림을 멸망시킬 셈이오!"

모용현이 소리치며 달려들었다. 익히 알고 있었으나 이 순간 모용강의 잔인함에 새삼 전신이 떨려왔다. 모용강은 이제 자신의 손이 아니라 무림인들 스스로 죽도록 하려는 것이다.

“그런 정도로 사라질 운명이라면 더 남아 무얼 하겠느냐?”

챙!

모용강은 모용현의 검을 받아내며 대답했다. 모용현이 다시 검을 뿌리며 외쳤다.

“어머니의 마음을 얻지 못하였음이 그리도 서러웠소?”

카앙!

“글쎄…….”

모용강은 말끝을 흐리며 모용현의 검을 튕겨내었다. 모용현은 튕겨낸 반동을 이용해 몸을 돌리며 가일층 더해진 위력의 일검을 내밀었다. 빠르지도, 느리지도 않게 가슴으로 다가오는 검극을 보며 모용강이 말했다.

“그를 어찌 하나의 이유로 설명할 수 있겠느냐?”

그 말과 함께 모용강이 백아를 휘둘렀다.

콰앙!

폭음과 함께 모용현의 신형이 뒤로 날아갔다.

콰쾅!

썩어 문드러진 문은 종이처럼 쉽게 부서졌다. 어느 방으로 날려온 모용현은 몇 바퀴를 구르다 검에 의지해 바로 섰다.

“크윽!”

모용강의 일격이 강렬해 내장이 온통 흔들렸다. 목구멍으로부터 비릿한 내음을 풍기며 피가 역류했다.

“으웩!”

결국 모용현은 핏덩이를 토해냈다. 두 차례 토악질을 하는 사이, 모용강이 문 안으로 따라 들어왔다.

“…흐읍.”

모용현은 입가에 흐르는 피를 닦으며 바로 섰다. 모용강은 약 일 장을 떨어져 서서 모용현을 보고 시선을 돌렸다. 모용현은 자신도 모르게 모용강을 따라 고개를 돌렸다. 세 개의 시선이 하나가 된 곳에는 남영혜가 있었다.

3

모용현이 날려온 방은 과거 외부에서 온 손님을 영접하던 곳이었다. 모용현도 손님과 인사를 위해 몇 번 온 적이 있어 그를 알고 있었는데, 당시에도 그랬지만 지금 봐도 터무니없으리만치 넓은 방이었다. 방 안에 있어야 했던 집기들은 어디론가 치워졌고 오직 하나의 의자와 그 옆에 불을 밝히고 있는 긴 촛대가 하나 서 있을 뿐이었다.

그 의자 위에 남영혜가 있었다. 남영혜는 두 다리를 가지런히 모으고 그 위에 두 손을 올려놓은 채 앉아 있었다.

“어머니!”

모용현이 소리쳤지만 남영혜는 고개를 돌리지 않았다. 이따금 눈을 깜빡일 뿐 미동조차 하지 않고 있었으니 혈을 짚인 것 같았다. 모용강이 말했다.

“걱정할 것 없다.”

모용강은 잠깐 여유를 두고 남영혜에게 다가가 말했다.

“나만큼 당신도 괴로웠겠지. 자, 이제 마지막이오.”

모용강이 다시 모용현에게 말했다.

"나의 받아들여지지 않은 사랑도, 죽어서까지 나를 괴롭혔던 아버지와 형의 망령도."

"어머니의 앞에서 나를 죽이면 그것이 끝날 것 같소?"

"죽여보면 알겠지!"

모용강이 그리 말하며 검을 내밀었다. 이 순간 그의 얼굴은 희열로 가득해 아까까지와는 전혀 다른 사람 같았다. 이제껏 그를 괴롭혔던 일들이 모용현 한 사람을 죽임으로써 해결될 것이라 믿고 있는 것이다.

모용강은 자신의 손으로 죽이고도 끝까지 아버지인 모용천과 형, 모용량의 영향권에서 벗어나지 못하고 있던 것이다. 지금 모용강이 천하제일의 고수라지만 이미 죽은 자를 어찌할 것인가? 특히 모용량은 죽어서까지 남영혜의 마음을 잡고 놓아주지 않았으니…….

누구보다 강하고 인간이라 여겨지지 않았던 모용강의 실상이 이러함을 확인한 모용현의 마음에 서글픈 감정이 강하게 밀려왔다. 할아버지와 아버지, 어머니도 그렇지만 겨우 이러한 이유로 죽어야 했던 추신이 떠올랐던 것이다.

그 강직한 사내의 죽음이라기엔 그 이유가 너무나 조악했다.

모용강은 침묵에 잠긴 모용현을 바라보다 남영혜의 옆에 세워진 촛대를 쓰러뜨렸다.

화르륵!

남영혜가 앉아 있는 의자 뒤로 불길이 치솟아올랐다. 이글거리는 불길은 삽시간에 마른 바닥을 타고 번져 남영혜의 얼굴을 붉게 물들였다.

"무슨 짓이오!"

모용현이 기겁을 하며 외치자 모용강이 말했다.

"모든 일에 꼭 이유가 필요한 것은 아니지. 역사를 바꾸는 것은 대부분 한때의 변덕임을 모르느냐?"

"당신……!"

"굳이 이유가 필요하다면 내가 하나 붙여주지. 어미와 자식, 어느 쪽이 먼저 괴로워하게 될지 궁금했다라고 한다면 만족할 테냐?"

그리 말하는 모용강의 일그러진 얼굴도 붉은빛으로 물들고 있었다. 불길은 탐욕스러운 혓바닥을 날름거리며 호시탐탐 남영혜를 집어삼킬 기회를 엿보고 있었다. 더 이상 머뭇거릴 틈이 없었다.

하지만 어떻게 해야 모용강을 이길 수 있단 말인가? 간월십삼검을 완성했다 해도 모용현과 모용강의 차이는 현격했다. 지금의 모용현은 아직 지난날의 추신에 비해도 손색이 있었다. 나에게 오 년의 시간만 더 주어졌다면!

불가능한 일을 안타까워할 필요는 없다. 모용현은 계속해서 염합의 결정을 채찍질해 내력을 끌어냈다. 지금 모용현에게 가능한 것은 단 하나의 수밖에 없었다.

모용현은 조심스럽게 자신과 남영혜의 거리를 확인했다. 방 안은 넓어 지금 모용현과 모용강이 서 있는 곳과 남영혜까지의 거리는 충분했다. 거리를 확인한 모용현은 진기를 끌어올렸다. 검 위로 푸른 기운이 일렁이고 그를 중심으로 내력이 소용돌이쳤다. 어느새 방 안을 가득 메운 불길과 연기도 기의 흐름에 편승해 세 사람에게 공간을 내어주고 방의 외곽으로 밀려났다. 모용강은 희열인지 혹은 고통인지 알 수 없는 얼굴로 그 모습을 바라봤다.

어느새 내력의 소용돌이가 가라앉고 방 안이 고요로 물들었다. 방 안을 가득 메웠던 모용현의 기가 사라진 자리에 연기와 불길이 확 치달았다. 그와 동시에 모용현이 한 발을 내딛으며 검을 내밀었다. 그 검으로부터 무형의 기운이 퍼지며 반구체의 공간 안에 세 사람을 가두고 달려든 연기와 불길을 강하게 밀쳐 냈다.

모용현이 무심히 내민 한 자루 검은 곧 예순네 자루로 늘어났다. 절초, 무진(無盡)이었다.

＊　　　　＊　　　　＊

"크아악!"

비명을 지르며 조규휘의 거대한 몸뚱이가 힘없이 쓰러졌다. 퇴불의 법장이 그의 머리를 형체도 알아볼 수 없게 박살 낸 것이다.

"……!"

그 모습을 보고 담대진홍과 풍경립이 약속이라도 한듯 손을 멈췄다. 조규휘의 시체를 사이에 두고 퇴불과 금설옥도 숨을 골랐다. 퇴불이 말했다.

"옥아, 살아 있느냐?"

퇴불이 뻔히 보고 있으면서도 그리 말하니 금설옥이 매몰차게 대답했다.

"왜, 살아 있는 게 이상해요?"

사실 금설옥은 죽었어도 이상하지 않을 상태였다. 네 사람의 최고수들 사이에서 금설옥은 퇴불과 적절히 연계하며 담대진홍, 풍경립의 손바닥과 조규휘의 천절도를 막아내고 때로는 반격하기를 멈추지 않았다. 자잘한 상처는 여럿 생겼으나 치명상을 입지는 않았고, 오히려 힘을 더하여 조규휘를 죽이는 데에 일조했으니 이는 스승인 퇴불도 예상치 못한 일이었다.

"이런……."

풍경립이 무겁게 신음했다. 광승 퇴불의 이름을 귀에 못이 박히도록 들어왔지만, 풍문이 오히려 축소된 것이었을 줄 어찌 알았을까? 당금 무림에 오직 퇴불만이 무림맹주 모용강과 비할 수 있다는 말이 돌 때에도 풍경립은 그럴 수 없다 생각했다. 그가 생각하기에 이미 모용강은 피륙을 가진 사람이 오를 수 있는 끝까지 올랐다 해도 부족함이 없었다.

한데 지금 직접 맞닥뜨린 퇴불이 보여주는 무위는 능히 모용강에 비할 수 있었던 것이다. 이런 자가 세상에 둘이나 존재하다니! 풍경립은 문득 깊은 절망에 빠졌다.

"총사령."

"……?"

"맹주에게 전해주시오. 나는 사령의 지위를 반납하고 더 이상 강호에 나서지 않겠다고."

풍경립은 그 말을 남기고 몸을 돌려 장원 밖으로 달아났다. 뜻밖의 상황에 담대진홍뿐 아니라 퇴불과 금설옥까지 놀라 잠시 정적이 세 사람을 감싸 돌았다. 잠시 후, 담대진홍이 담담히 입을 열었다.

"다시 시작하지."

그러며 담대진홍이 쌍장을 내미니 퇴불이 팔짱을 끼며 말했다.

"기개만 없는 줄 알았는데 미련하기까지 한 놈이군. 뭐 먹을 게 있어 모용강에게 그토록 충성을 바치는 거냐?"

"더러운 주둥이 닥쳐라. 내가 있는 한 주군에게는 갈 수 없다."

담대진홍과 퇴불이 서로를 노려보는 사이, 금설옥은 모용현이 사라진 곳으로 고개를 돌렸다. 멀리 어른거리는 불빛이 보였다. 금설옥은 퇴불에게 외쳤다.

"사부님, 저 없어도 괜찮죠? 먼저 갈게요!"

퇴불이 뭐라 답하기 전에 금설옥이 몸을 돌려 내당으로 달려갔다. 그 순간 금설옥의 앞에 담대진홍이 나타났다.

"누구도 보낼 수 없다!"

담대진홍이 외치며 우장을 내밀었지만 금설옥은 속도를 줄이지 않았다. 그녀의 기대대로 퇴불이 그 사이에 나타나 좌장을 내밀어 담대진홍과 격돌했다.

콰앙!

폭음이 일고 두 사람이 각기 뒤로 물러났다. 금설옥이 그 사이로 생겨난 공간을 뚫고 지나가며 외쳤다.

"조심하세요!"

퇴불이 투덜거렸다.

"평생 놀랄 일을 네년이 하루에 다 시키는구나."

담대진홍은 잡아먹을 듯 금설옥의 뒷모습을 바라봤지만 퇴불의 기세가 무서워 감히 따라갈 수 없었다. 담대진홍은 포기하고 퇴불을 바라보았다. 퇴불만 통과시키지 않는다면 그것으로 족하다. 이 눈 먼 충성의 대가는 죽음이겠지만 모용강이 원하는 바를 이룰 수 있다면 그보다 가치있는 죽음이 어디 있을까! 한번 주군으로 모신 이를 위해 죽는 것보다 행복한 삶이 어디 있으랴!

말 없는 담대진홍을 향해 퇴불이 법장을 내밀었다. 담대진홍도 진기를 끌어올리며 쌍장을 휘둘렀다.

　　　　　*　　　　　*　　　　　*

　예순네 곳의 방위에서 모용강을 향해 검을 뿌리던 모용현의 동공이 크게 열렸다. 절초 무진이 형성한 공간에 갇힌 모용강의 손이 움직이더니 백아가 춤을 췄다. 그는 모용현에게 무척 익숙했지만 또한 믿을 수 없는 모습이었다. 지금 모용강의 손에서 춤을 추는 백아가 그리는 검로는 그에게서 도저히 나올 수 없는, 나와서는 안 될 검로였다.

　‘……!’

　모용현은 나오지 않는 비명을 지르고, 모용강의 백아는 예순네 자루의 검을 차례로 뿌리쳤다. 모용강을 둘러싼 예순네 자루의 검이 부러지고, 모용현의 손에 들려 있는 한 자루의 검도 부러졌다. 무진으로 인해 형성된 공간에도 균열이 일어나고, 예순네 자루, 부러진 검신들이 동시에 떨어졌다.

　챙그랑!

　반 토막의 검신이 바닥에 떨어지며 청명한 소리를 냈다. 그와 함께 무진이 형성한 반구체의 공간도 산산이 부서지고, 이어서 모용현이 바닥에 무릎을 꿇었다. 염합의 결정에서 뿜어져 나오던 내력도 끊긴 듯 텅 비어버린 속이 공허했다.

　불길과 연기가 더욱 거세게 방 안에서 치솟았다. 그에 휩싸여 남영혜와 모용강의 얼굴이 다시금 붉게 물들었다.

　부러진 검을 들고 무릎을 꿇은 모용현이 맥없이 중얼거렸다.

　“어찌 그런…….”

　모용강은 가만히 서서 백아의 검신을 살피며 말했다.

　“그 절초, 언젠가 다시 한 번 상대해야 할 때가 있을 거라 생각했다.

곰곰이 생각해 보았는데, 정답을 맞춘 것 같군."

지금 모용강의 백아가 그린 검로는 바로 일도 혈도선 허우가 무진에 대항해 만들어낸 마지막 파해식 유종(有終)이었다. 그러나 모용현은 모용강의 손에서 유종이 완벽히 살아났음을 믿을 수 없었다. 설령 무진에 맞설 수 있는 방식이 단 하나라 해도. 그래서 누구라도 결국 허우가 만들어낸 유종을 벗어날 수 없다 한들, 믿을 수 없는 일임은 분명했다.

저 혈도선 허우가 사 년에 걸쳐 만들어낸 유종을 모용강은 겨우 두 달 만에 깨우쳐 만들었음을 어찌 믿으란 말인가!

"……."

염합의 결정이 다시 내력을 끌어냈다. 무진의 시전을 한 번 겪었다는 듯 공허해진 전신으로 빠르게 진기가 차올랐다. 하지만 모용현은 무릎을 꿇은 채 일어날 수 없었다.

모용강은 무릎을 꿇은 채 미동하지 않는 모용현을 보고 남영혜에게 다가갔다. 남영혜는 여전히 무표정한 얼굴로 모용현과 모용강을 바라보고 있었다.

모용강이 기쁨에 찬 얼굴로 말했다. 그의 무거운 음성조차 들떠 있었다.

"보았소? 이걸로 끝이오. 당신이 그렇게 보호하고자 했던 량의 흔적은 이제 영원히 사라지는 것이오. 이는 모두 당신의 탓이오! 내 사랑을 끝까지 받아들이지 않은 당신의 탓이오! 전 무림을 당신의 앞에 무릎 꿇려도 내게 마음을 열지 않았던 당신의 탓이란 말이오! 나는, 내게는 당신을 원망할 자격이 있소!"

"……."

남영혜는 말이 없었지만 그 큰 눈동자는 흔들리고 있었다. 모용강은 격정을 가라앉히지 못하고, 들뜬 목소리로 말했다.

"자, 두 눈을 크게 뜨고 보시오! 량의 모습이, 당신의 사랑이 사라지는 순간을! 크하하하핫!"

모용강은 크게 웃으며 모용현에게로 걸어갔다. 모용현은 모용강이 자신에게 다가오고 있음을 알았지만 고개를 떨군 채 움직이지 않고 있었다.

불길 속에서 모용강은 백아를 높이 들었다.

4

"뭐 하는 거야!"

날카로운 비명 소리가 모용현의 고개를 들게 했다. 모용현의 하나뿐인 눈동자에 불길을 뚫고 방 안으로 들어온 금설옥의 모습이 들어왔다. 그녀의 얼굴은 불길을 받으면서도 새파랗게 질려 있었다. 동시에 모용강의 백아가 모용현의 머리 위로 떨어져 내렸다.

내가 살아도 되겠소? 대답해 준 것은 추신이 아니라, 금설옥이었다.

모용강의 백아가 모용현의 머리와 몸을 둘로 갈랐다.

"꺄아아악!"

금설옥이 비명을 지르고 모용현은 둘로 나뉘어졌다. 나누어진 모용현의 몸이 허공으로 흩어짐과 동시에, 예상이라도 했다는 듯 모용강이 몸을 돌렸다.

나누어 흩어진 몸이 재구성되듯 모용강의 뒤에서 모용현이 나타났다. 모용강은 모용현이 나타난 곳으로 검을 휘둘렀다. 그리고 다시 한 번 모용현의 몸은 둘로 나누어졌다.

'한 번 더?'

모용강의 손에는 사람을 베었다는 감각이 오질 않았다. 모용현이 이 형환위를 두 번 연속으로 펼쳐 낸 것이다. 나누어진 모용현의 몸이 다시 한 번 사라지고, 그를 지켜보던 금설옥은 자신도 모르게 추신―검을 던졌다. 아무도 없는 공간으로 날아가는 검의 궤적 끝에 모용현의 신형이 나타났다.

"받아!"

금설옥의 외침과 함께 홀연히 나타난 모용현이 추신―검을 받아 혼신의 힘을 다해 모용강의 어깨 위로 내려쳤다.

"……!"

그러나 이미 그 검이 나아갈 길 위엔 모용강의 백아가 자리 잡고 있었다. 모용현이 아무리 커다란 내력을 쏟아 부어도 모용강의 방어를 뚫진 못할 것이다.

"……!"

순간 모용현의 머릿속에 두 줄의 문장이 떠올랐다.

빠르지도 느리지도 않으니, 곧 빠르고 또한 느림이 된다.
나와 나 사이는 나와 너보다 넓고 깊다.

간월검의 열세 구결은 그 순서에 큰 의미를 둘 수 없었다. 모든 구결은 머리가 되고, 또한 꼬리가 되며 몸통이 되기를 반복하고 있어 마치 원과 같았다. 그중 간월검을 연성하기 위한 기본 조건으로 비할 데 없는 쾌검을 연성해야 함을 알려주기 위한 첫 번째 구결이 존재할 뿐이었다.

지금 모용현의 머릿속에는 간월검의 두 번째와 열두 번째 구결이 꼬리에 꼬리를 물고 하나로 맞물려 거대한 무리(武理)의 원으로 승화되었다. 그와 동시에 모용현을 중심으로 시간의 흐림이 서서히 느려지고 추신—검에게 이끌리듯 모용현의 팔이 움직였다.

시간은 곧 완전히 정지했다. 소리를 지르는 금설옥도, 남영혜를 집어삼키려는 불길도 모두 멈춘 세계에서 오직 모용현만이 움직이고 있었다. 모용현의 팔을 따라 추신—검은 마치 유령처럼 백아를 지나쳤다. 이것이야말로 모든 물리적 제약을 넘어 상대를 벤다는 간월검의 극의! 이제 팔을 완전히 뻗으면 모용강에게 닿을 수 있었다.

그때 모두가 멈춰 있는 세계를 뚫고 모용강의 움직임이 모용현에게 전해졌다. 추신—검이 모용강의 옷깃에 닿은 순간, 모용강의 몸이 기화라도 되는 듯 공기 중으로 흩어지기 시작했다.

이형환위!

모용현을 제외하고 모두가 멈춰 있어야 할 시간 속에서 모용강은 이형환위를 펼쳐 냈다. 단 세 번의 견식만으로 모용강은 이형환위를 자신의 것으로 만들었으니 그 무위의 끝이 어디인지 알 수 없었다.

아아!

모용현은 소리없는 탄식을 내뱉었다. 간월검의 극의로도 벨 수 없다니! 이대로 팔을 뻗으면 모용강의 허상을 벨 뿐이다! 모용강이라는 거대한 벽이 절망과 무기력으로 모용현을 짓눌렀다. 그때,

그대로 베어라.

낯익은 목소리가 모용현의 머릿속을 뒤흔들었다.

나를 살게 한 것은 금설옥이지만… 그녀를 나에게 보낸, 아니, 우리를 만나게 한 이가 있다. 이 목소리는 그의 것이다.

보이지 않는 손이 검을 쥔 모용현의 손 위에 얹혀졌다. 모용현은 그 손을 믿고 그대로 모용강의 허상을 베었다. 그리고 시간은 다시금 모두에게로 돌아갔다.

후두둑!
모용현의 등에 뜨거운 피가 튀었다. 모용현의 등이 붉게 물들며 금설옥은 두 손으로 입을 가리며 눈을 크게 떴다.
"……."
모용현은 천천히 몸을 뒤로 돌렸다. 그의 뒤에는 믿을 수 없다는 표정의 모용강이 서 있었다. 모용강의 가슴은 길게 찢겨져 있었고, 그의 흰옷은 붉은 피로 흠뻑 젖어 있었다.
모용강은 모용현을 노려보다 힘겹게 입을 열었다.

"이것도… 목가의 검이냐?"

모용현은 솔직히 대답했다.

"잘 모르겠소."

사실 모용현은 자신이 무엇을 했는지도 알 수 없었다. 그저 들리지 않는 목소리와 보이지 않는 손을 따라 검을 휘둘렀을 뿐이었다.

모용강이 말했다.

"아니, 그것은 틀림없는 목가의 검이다."

모용강의 기억 속에 추신의 마지막 모습이 떠올랐다. 자신과 당감소를 향해 휘둘러진 검이 삼음노괴를 베던 그 장면이.

채애애앵!

백아가 모용강의 손을 떠나 바닥에 떨어졌다. 검신을 떨며 내는 소리가 마치 주인과 자신의 운명을 예감한 듯 슬픔으로 가득했다. 그러나 모용강은 애검의 울음을 외면하고 몸을 돌렸다. 모용강은 핏자국을 남기며 남영혜에게로 걸어갔다. 모용강은 남영혜가 앉아 있는 의자 곁에서 결국 무릎을 꿇었다.

"후, 후훗… 어떻소? 량이 남긴 이의 손에 내, 내가 이제 죽으니… 얼마나 통쾌하오? 저 아이가 다, 당신의 복수를… 대신 해주었으니 얼마나 시원하오?"

모용강의 힘겨운 목소리를 듣던 모용현은 퍼뜩 정신을 차리고 남영혜에게 뛰어갔다. 그런데 혈이 눌려 있으리라 생각했던 남영혜의 몸이 조금씩 흔들리고 있었다.

"흐, 흐훗. 흐흐흐흑. 흐훗!"

남영혜는 몸을 아래위로 흔들며 앙다문 입으로 소리를 내고 있었다. 곧 남영혜의 붉은 입술이 벌어지고 울음인지 웃음인지 알 수 없었던 소리가 환희에 찬 웃음으로 바뀌었다.

"호호호홋! 오호호호호홋!"

무릎을 꿇은 모용강은 입가에 역류하는 피를 흘리며 쓰게 웃었다.

"그… 렇게 좋소?"

그러자 남영혜가 의자에서 벌떡 일어났다. 남영혜는 모용강을 내려다보며 말했다.

"당신의 어리석음을 보니 웃음을 참을 수가 없네요! 참을 수가 없어요! 오호호호, 오호호호호호!"

남영혜는 자신의 말처럼 참을 수 없었는지 미친 듯이 웃기 시작했다. 모용강은 물론이고 모용현과 금설옥도 그 모습을 멍하니 바라보고 있었다.

쿠웅!

한쪽 벽이 불에 타 무너졌다. 모용현이 놀라며 다가서려는데 남영혜가 손을 들어 그를 막았다.

"어머니!"

모용현이 외치자 남영혜가 고개를 돌려 모용현의 눈을 바라봤다. 모용현의 하나뿐인 눈 안으로 들어온 남영혜의 눈동자에는 격한 감정이 소용돌이치고 있었다.

남영혜가 다시 모용강을 향해 말했다.

"아직도 당신은 자신의 슬픔, 자신의 원망만을 보는군요. 정작 당신에게 연인을 잃은 나의 마음은 보려 하질 않고 말이죠. 내가 당신에게 복수를 하려는 것도 알지 못한 채 말이죠!"

모용강이 가슴을 움켜쥐며 대답했다.

"그, 그 오, 랜 세월 나를, 받아… 들이지 않고 괴롭혀 온, 것이… 복수가 아, 아니고 뭐… 란 말이오?"

쿠웅!

다시 한 번 반대편 벽이 불에 타 무너졌다. 그 잔해가 남영혜의 곁으로 튀어 소매에 불이 붙었다. 남영혜는 대수롭지 않다는 듯 웃옷을 벗었다. 그러자 눈부시게 흰 팔과 유려한 어깨가 드러났다. 남영혜가 다시 입을 열었다.

"당신은 나를 그토록 사랑한다 했으면서 끝까지 나란 여자가 어떤 사람인지 몰랐군요. 아니, 알려 한 적이나 있었나요?"

"…그, 쿨럭!"

무언가 말하려던 모용강은 기침을 하며 피를 토해냈다. 그 모습을 보며 남영혜가 말을 이었다.

"그래요. 오직 그만이 나를 진심으로 사랑했고, 나를 알고 있었어요."

남영혜의 시선은 모용강과 불길을 넘어 다른 곳을 향했다.

5

겹겹이 흘러내린 고운 빛깔의 망사 속, 커다란 침상 위에 반라(半裸)의 두 젊은 남녀가 사랑스러운 눈길로 서로를 바라보고 있다. 사내가 용(龍)이라면 여인은 봉(鳳)이라, 두 사람 모두 갓 이야기책에서 빠져나온 것처럼 아름답다.

그중 사내가 입을 열었다.

“강(剛)은 지금도 수련에 열중이겠군.”

여인이 대답했다.

“그는 누구와 달리 성실하니까.”

사내가 다시 말했다.

“그래, 아버지께서도 다음 가주로는 강이를 생각하고 계실 거야.”

여인도 다시 답했다.

“당신 같은 난봉꾼에게 어찌 가업을 물려주시겠어?”

“맞아. 내가 아버지라도 나 같은 놈에게는 절대 주지 않을걸.”

두 남녀가 서로를 마주 보고 약속이라도 한듯 동시에 웃음을 터뜨렸다. 한참을 웃다가 먼저 웃음을 그친 사내가 아직도 웃음을 멈추지 못하는 여인에게 입을 맞췄다. 포개어진 입술이 떨어지고 이제 웃음을 그친 여인에게 사내가 말했다.

“그래서 혼인은 강이와 할 거야?”

여인이 말했다.

“그럼 나더러 당신과 혼인하라고? 여자라면 누구든 좋다고 달려드는 당신과? 세가를 이을 마음도 없고, 그저 누구에게 얹혀살고자 하는 당신과? 아이를…….”

여인의 목소리는 점점 작아지고 귀 기울여 그를 듣던 사내의 얼굴도 흐려진다. 아아, 시간은 무심해 사랑하는 이의 기억마저 가져가려는가?

지금 남영혜의 눈앞에는 사내와 똑같은 얼굴이 있었다. 하나 그 얼굴은 그의 것이 아니다.

남영혜는 차갑게 말했다.

"그래, 당신이 몰랐던 세 가지가 있어요. 하나는 아버님은 처음부터 당신을 다음 가주로 낙점하셨다는 것. 아니, 당신의 형은 처음부터 가주의 자리에 관심이 없었다는 것."

무언가를 불사를 때마다 불길은 더욱 탐욕스러워진다. 어느새 방 전체를 집어삼킨 불길 안에서도 세 사람—모용강, 모용현, 금설옥—은 남영혜에게 시선을 고정시키고 움직이지 않았다.

"또 하나는, 그렇기 때문에 나 또한 처음부터 당신과 혼인하려 했다는 것. 당신이 굳이 량을 죽이지 않았어도 나는 당신의 것이 되었을 거라는 것……."

핏기 가신 모용강의 얼굴이 충격, 아니, 공포로 물들었다. 남영혜의 입에서 나온 것은 그의 인생을 송두리째 부정하는 말이었다.

잠시 숨을 고르고 남영혜 역시 떨리는 목소리로 입을 열었다. 하지만 그녀의 시선은 모용강이 아니라 모용현을 향해 있었다.

"마지막 하나는… 량은 처음부터 아이를 낳을 수 없는 몸이었다는 것."

모용강이 감겨가던 눈을 부릅떴다. 모용현은 쿵쾅거리는 심장 소리에 남영혜의 말을 듣지 못했다 생각했다. 아니, 귀로는 들었으되 머리로 이해할 수 없었다. 그녀는 지금 무슨 말을 하고 있는가?

침묵을 강요당한 두 사람을 제쳐 두고 금설옥이 소리쳤다.

"그게 무슨 소리예요!"

모용현을 바라보는 남영혜의 눈은 기쁨과 슬픔, 희열과 탄식으로 범벅이 되어 있었다. 남영혜는 모용현에게서 눈을 돌려 다시 모용강을 보고 말했다.

"당신이 아까 지난 이십여 년을 괴롭혀 온 것이 복수가 아니냐 말했지. 그래, 그것도 틀린 말은 아니에요. 그 역시 복수를 완성키 위한 과정이었으니까. 당신이 아이를 낳을 수 없는 몸이 된 것도 다 나의 복수를 위한 과정이었으니까."

"……."

모용강은 입을 움직이려 했지만 말이 나오지 않는 듯했다. 대신 모용강의 두 눈을 보고 남영혜가 대답했다.

"그래요. 애초에 아이를 낳을 수 없는 자는 당신이 아니라 당신의 형이었어요. 나와 량이 수많은 밤을 함께했어도 우리 사이에 아이는 생길 수 없었다는 것을 이제 알겠어요? 우리가 비록 하룻밤을 지냈어도 아이가 생길 수 있었음을 이제는 알겠어요?"

쿠웅!

한쪽 구석의 천장이 불길에 휩싸여 무너졌다. 연기가 방 안을 가득 메우는 가운데 남영혜는 말을 이었다.

"그래, 그것이야말로 나의 복수예요! 평생을 형의 아들이라 생각하고 그토록 미워했던 아이가 실은 당신의 아이였다는 것이! 그리고 당신의 손으로 아들을 죽이든, 아들의 손에 당신이 죽든! 둘 중 어느 것이라도 나의 복수는 완성되는 것이었으니! 자, 어때요? 당신은 지금까지 자기 자신이 괴로워하고 있다 여겼겠지만 차라리 그것이야말로 행복했음을 알겠나요! 말해봐요! 자신이 그토록 바라던 아들의 손에 죽는 기분을!"

남영혜의 광기 어린 목소리가 불타는 소리를 뚫고 모두의 귓속으로 들어왔다. 금설옥은 너무나 기가 막혀 아무 말도 할 수 없었다. 남영혜의 말이 정녕 사실이란 말인가? 금설옥이 같은 여인이지만 남영혜가 행한 일은 도저히 이해할 수 없었다. 이십여 년을 한결같이 살아온 집넘도 집넘이지만, 아무리 연인을 죽인 자의 아이라 해도 또한 자신의 아이이거늘! 방 안은 온통 불길에 휩싸였지만 금설옥은 남영혜의 차가운 성정에 몸을 떨어야 했다.

"왜… 말이 없나요?"

남영혜의 음성이 사그라졌다. 모용강의 두 눈은 이미 감겨 있었다. 남영혜의 말을 그가 어디까지 들었는지 아무도 알 수 없었다.

남영혜는 고개를 돌려 모용현을 바라봤다. 모용현은 멍하니 굳어 한 손에 쥔 검―추신을 놓지 않고 서 있을 뿐이었다. 남영혜는 손을 뻗어 모용현의 뺨을 어루만졌다. 그러나 모용현에게는 어머니의 온기가 아니라 지극히 차가운 감촉만이 느껴졌다.

남영혜가 말했다.

"너에게는 내가 할 말이 없다. 그래, 그때 얘기했지? 모두 내 탓이라고. 내가 죄 많은 년이라고. 나를 원망하라고."

"……."

"나는 너를 낳았지만 어미 되기를 포기한 년이다. 나에게는 너보다 내 사랑이 더 중요하고, 내 원한이 더 컸어. 그게 바로 네 어기란 년이다. 내가 아닌 다른 사람이 너를 낳았다면 어미 된 정으로 그 모든 것을 잊었을지도 몰라. 아니, 그래야 하는 거겠지!"

"……."

"하지만 나는 결국 나란다. 다른 누구도 될 수 없었고, 너를 위해 내 복수를 접을 수도 없었단다."

모용현의 뺨을 어루만지는 남영혜의 눈에 눈물이 고였다. 차오른 눈물이 곧 넘쳐흐르더니 남영혜가 울먹이며 말을 이었다.

"나를 이해해 달라고 할 만큼 염치가 없는 년은 아니다. 너는 나를 꼭 원망하거라. 너에게까지 가혹한 운명을 강요한 이 악독한 년을 저주하거라. 절대 나를 네 어미라 기억하지 말거라.”

남영혜는 모용현의 뺨에서 손을 떼고 한 걸음 뒤로 물러났다. 그곳에는 이미 죽은 모용강이 누워 있었다.

“어머……!”

퍼뜩 깨어난 모용현이 멀어지는 남영혜를 향해 손을 뻗었다. 그 순간 커다란 소리를 내며 모용현의 앞에 천장이 무너져 내렸다. 남영혜와 모용강의 모습이 무너진 잔해의 불길 속으로 사라져 보이지 않았다.

“…….”

불길은 더욱 거세게 몰아쳤다. 이 방이 아니라 창룡당이라는 건물 전체가 당장이라도 무너질 듯, 그 삐걱거림이 금설옥에게까지 전해졌다. 금설옥은 남영혜를 뒤덮은 불길을 향해 손을 내민 채 서 있는 모용현에게 다가가 말했다.

“다 무너지겠어. 어서 나가자!”

모용현은 잠깐 침묵하다 금설옥을 보고 말했다.

“당신, 당신은 모두 들었지? 나도 들었어. 그래, 그랬어. 그랬다구……. 나는, 나는 그래!”

모용현의 하나뿐인 눈은 반쯤 풀려 제정신이 아닌 것 같았다. 모용현은 금설옥의 두 어깨를 붙잡고 말했다.

“그의 복수는 어긋난 게 아니었어! 그는 정당한 복수를 한 거야! 내가 바로 그의 아들이니까! 그래, 이깟 눈이 아니라 내 목숨을 취해야 했어! 그런데 그는… 그는……!”

모용현은 말을 잇지 못하고 고개를 숙였다. 금설옥은 무슨 이야기든 그에게 해줘야 할 텐데 대체 무엇을 해야 할지 몰라 가슴이 터질 것 같았다. 대체 이런 그에게 무슨 말을 해줘야 한단 말인가!

금설옥의 두 어깨를 잡고 고개를 숙인 채 모용현이 말했다.

"…가시오."

"뭐?"

"어서 가시오."

금설옥이 말했다.

"넌 남아 있겠다?"

"…이 추악한 은원의 고리를 끊으려면."

금설옥 또한 커다란 충격을 받았지만 모용현의 말을 곧이곧대로 받아들일 수 없었다. 모용강이 언제 그를 아들이라 여겼던가? 남영혜는 스스로 자신을 어미라 생각지 말라 했다. 모용현이 비록 그들 사이에 난 자식이긴 하나 그들로부터 받은 것이 없는데 어찌 자식일 수 있겠는가!

하지만 금설옥은 모용현을 잘 알고 있었다. 이런 상황에서 그에게 그런 말을 해봤자 무슨 소용이 있을까! 하지만, 그렇다면 어떻게 해야 한단 말인가? 다시 한 번 기절시켜야 하나?

그러나 생각이 채 시작되기도 전에 금설옥은 모용현의 두 뺨을 감싸 안으며 그에게 입맞춤을 했다.

"……!"

뜨겁게 타오르는 불길 속에서도 금설옥의 입술이 가진 열기는 모용현의 정신을 일깨웠다. 여전히 그의 두 뺨을 감싼 금설옥이 놀란 얼굴의 모용현에게 말했다.

"너 지금 나더러 처녀 혼자서 애를 키우라는 거니?"

금설옥의 입술에 놀란 모용현의 머릿속에 진우심 부부의 아이가 떠올랐다. 부모의 죄를 껴안고 살아가야 할 가혹한 운명의 아이는 모용현을 향해 해맑게 웃고 있었다.

그리고 다시 금설옥의 얼굴이 보였다. 아름다운 그녀의 두 볼은 발갛게 달아올라 있었다. 모용현은 자신도 그와 같을 거라 생각했다. 자신의 두 볼에 오른 열기가 모용현은 결코 이 거대한 불길에 의한 것이 아니라고 생각했다.

"…갑시다."

모용현의 입이 열리고, 금설옥은 활짝 웃었다.

6

모용현과 금설옥은 손을 잡고 창룡당을 빠져나왔다. 두 사람이 나오길 기다렸다는 듯 힘겹게 버티고 있던 창룡당은 커다란 소리를 내며 무너져 내렸다. 창룡당을 삼킨 불꽃은 이제 달을 탐내는 듯 하늘 높이 치솟았다.

모용현과 금설옥은 서로의 손을 잡고 그 모습을 바라보았다. 모용현은 아직 충격에서 헤어 나오지 못했지만 손으로 전해지는 금설옥의 온기에 마음이 편안해지는 것을 느꼈다.

불길은 창룡당을 넘어 모용세가 전체로 번졌다. 다른 건물들까지 타오르는 모습을 보다 모용현이 금설옥에게 말했다.

"그런데 어찌 혼자 왔소? 퇴불은 어찌시고……."

금설옥이 대답을 하려는데 뒤에서 퇴불의 다급한 음성이 들려왔다.

"저놈 잡아라!"

모용현과 금설옥이 뒤를 돌아보니 담대진홍과 그를 쫓는 퇴불의 모습이 보였다. 곧장 자신들을 향해 뛰어오는 담대진홍을 보며 모용현이 추신—검을 들었다. 그러나 담대진홍은 두 사람을 그대로 지나쳐 버렸다.

"……?"

모용현과 금설옥이 서로를 마주 보며 의아해하는데 퇴불의 호통 소리가 귀를 찔렀다.

"야, 이놈들아! 저놈 잡으라니까 뭘 멀뚱히 보고 앉았냐!"

모용현과 금설옥이 퇴불을 보고 다시 고개를 돌리니 불타는 창룡당 안으로 사라지는 담대진홍의 모습이 보였다. 담대진홍은 전신이 불타오르는 데도 아랑곳하지 않고 창룡당의 잔해를 헤치고 안으로, 안으로 들어갔다.

"아이고, 저놈을!"

퇴불이 발을 동동 굴렀지만 저 크나큰 불길 속에 들어간 담대진홍을 어쩔 수는 없었다. 아른거리는 그림자로 남은 담대진홍의 신형도 곧 불길 속으로 사라졌다.

그 모습을 본 모용현과 금설옥은 뭐라 말할 수 없는 감상에 빠졌다. 일대의 종사, 일인지하 만인지상의 위치에 올라 세상을 경시했던 고수의 죽음은 실로 허무했다. 모용강에 기대지 않아도 능히 스스로 천하를 굽어볼 수 있었던 담대진홍이 왜 이러한 죽음을 선택했는지 뉘라서 알 수 있으랴!

장원 전체가 완전히 불길에 휩싸이자 구경하러 온 것인지, 불을 끄러 온 것인지 한밤중인 데도 사람들이 몰려들기 시작했다. 세 사람은 혼잡한 틈을 타 장원을 빠져나왔다.

몰려든 사람들 틈에 끼어 세 사람은 타오르는 모용세가를 바라봤다. 그러다 갑자기 퇴불이 말했다.

"그런데 네 녀석들, 어째 손을 그리 꼭 잡고 있는 게냐?"

모용현이 순간 뭐라 답해야 할지 몰라 머뭇거리는데 금설옥이 턱을 내밀며 말했다.

"그냥 이러기로 했으니까 신경 끄세요, 네?"

그러자 퇴불이 잔뜩 골이 난 듯, 하지만 뭐라 하지 못해 답답한 얼굴로 금설옥을 바라보다 흥! 콧방귀를 한 번 뀌고는 고개를 돌렸다. 금설옥은 그를 보고 다시 모용현을 보며 웃었다.

모용현도 미소 지으며 다시 타오르는 불길을 바라봤다. 치솟아오르는 불길 위로 모용천과 남영혜, 모용강과 담대진홍의 얼굴이 보이는 듯했다. 모용현은 자신이 그들처럼 저 안에 있는 것은 아닌지 생각했다.

저 안에서 있었던 일들이 모두 사실이었을까? 내가 정말 아버… 모용강을 벤 것일까? 어머니는 또 뭐라고 말했던가? 담대진홍은 무엇을 바라고 불길 속으로 뛰어들었을까?

불꽃은 말없이 그저 그 모든 기억을 불사르고 있었다. 모용현은 자신도 저 속에서 타올라 하늘로 올라가는 것인가 싶었지만 오른손으로 느껴지는 온기가 그를 붙잡고 있었다.

나는 영원히 벗을 수 없는 짐을 짊어졌다. 저 안에서 그들과 함께 타

들어갔다면 차라리 편안했을 텐데. 그녀는 끝까지 나를 놓아주지 않고 이 힘든 생을 이으라 했다. 이런 내가, 과연 살아갈 수 있을까?

"이제 어쩔까?"
금설옥이 속삭였다. 모용현은 금설옥의 온기를 느끼며 그녀의 목소리에 마음을 맡겼다.
모용강은 죽었지만 그가 남긴 분쟁의 씨앗은 중원 각지에 남아 있다. 결국 모용강이 거대한 중원을 무림맹이라는 주머니 안에 억지로 봉합한 것은, 그 반동으로 일어날 더 큰 혼란을 원해서였을까? 모용강이 중원의 약자들에게 뿌린 무공 비급을 둘러싸고 또 얼마나 많은 피가 대지를 적실지 가늠할 수도 없었다.

살아 있기 위한 이유로 삼아도 될까.

모용현은 괴롭고 또 괴로웠지만 그를 생각하며 마음을 돌렸다. 자신이 죽는다 하여 모용강과 남영혜를 둘러싼 은원의 고리가 끊기는 것은 아니다. 그 저주받은 이야기는 모용강이 뿌려놓은 분쟁의 씨앗 안에 숨어 중원 각지에서 화려하게 피어날 것이다. 그 꽃이 붉어지기 전에 뽑아야 비로소 그 두 사람의 이야기는 끝날 것이다. 그렇다면 그것이야말로 살아남은 자에게 부여된 의무가 아닐런지.
그것은 힘든 일이지만 그러나 함께라면, 금설옥과 함께라면 할 수 있을 것 같았다. 모용현은 말했다.
"일단 장사로 돌아갑시다."
"그래."

이렇게 그녀의 손을 잡고, 둘이서 그의 무덤에 가자. 그리고 진 선배
의 아이를 소개하자.

"진(盡)……."
"응?"
이제 스스로를 태우는 불꽃을 바라보며 모용현이 중얼거리자 금설
옥이 그 옆모습을 보며 물었다. 모용현은 고개를 돌려 금설옥과 마주
보며 대답했다.
"그 아이의 이름 말이오. 진이라고 합시다."

나 자신은 그러지 못했지만 그 아이만큼은 두 어깨에 얹힌 죄의 무
게를 바로 알고 그로부터 벗어날 수 있도록 해주리라. 선대(先代)의 죄
가 비록 자신의 것이 아니더라도 스스로 힘을 다해 그를 씻을 수 있는
사람이 되게 하리라.

"진진… 나쁘지 않네. 좋은 이름이야. 그 이름처럼 자랄 수 있다면
얼마나 좋을까?"
웃는 금설옥에게 모용현이 말했다.
"도와주시오."
"그건 또 뭔 소리야?"
"아까 분명 본인 입으로 말했잖소."
"야, 그건 네가 없으면 내가 키워야 한단 말이었지! 내가 언제……."
모용현은 마주 잡은 손에 힘을 주며 말했다.

“도와줄 거요, 안 도와줄 거요?”

“너, 이따 사람들 없을 때 보자!”

낮게 으르렁거리는 금설옥이 모용현의 눈에는 너무나 아름답게 비쳐졌다. 금설옥도 곧 찌푸린 미간을 풀고 혀를 차며 시선을 돌렸다. 치솟아오르는 불길의 끝에 둥근 달이 빛나고 있었다. 모용현도 그를 따라 달에게로 시선을 옮겼다.

달을 올려다보던 모용현은 눈을 감았다. 어둠 속에서 모용현은 금설옥의 온기를 더욱 강하게 느낄 수 있었다.

달빛은 손을 맞잡은 두 사람의 머리 위로 부드럽게 내려앉았다.

『정검록』 終

안녕하세요. 매은(梅隱)입니다.

처음 인사를 드렸던 때가 엊그제 같은데, 벌써 마지막 권이 나오고 후기를 적게 되었네요. 물론 정검록이라는 글 자체는 작년 8월부터 쓴지라, 거의 14개월을 여기에 매달렸지만 책으로 엮어져 나온 것은 반년에 불과하니 제가 느끼기로는 여러분과 차이가 있을지도 모르겠습니다만.

무슨 일이든 마찬가지지만, 정검록 역시 돌아보면 아쉽고 후회만이 가득합니다. 그중에서도 역시 가장 아쉬운 일은 제가 만든 추신이라는 인물의 그늘을 끝내 걷어내지 못했다는 점입니다.

처음 설정된 추신은 단순히 모용현으로 하여금 홀로 서게 하여 모용강과 대적하게 만드는 단초에 불과했습니다. 작중에 나왔던 말 그대로, 그는 태어날 때부터 죽음을 향해 가는 자였답니다. 물론 그의 비중이 결코 작은 것은 아니었으나, 이토록 커질 줄이야 저 또한 상상할 수 없었습니다. 예정된 죽음이었기에 그 생이 더욱 찬란했던 걸까요?

1부를 끝으로 물러나야 했던 추신은 정검록 전체를 관통하며 영향력을 행사해 저를 힘들게 했습니다. 결국 모용현은 혼자 힘으로 추신의 영향력에서 벗어나지 못하고 금설옥의 도움을 받아야 했습니다. 게다가 그럼에도 불구하고(!) 모용현은 끝내 추신의 그늘 안에 안주하였으니, 소년을 홀로 세우겠다던 저의 의도와는 한참 빗나가 버린 셈입니다(그 탓에 11, 12장은 거대한 사족이 되어버렸습니다). 하지만 추신과 달리 아쉽지 않은 것은, 전자의 경우 작품의 전개에 있어 영향을 끼칠 만큼 제어에 실패했던 것과 달리 후자의 경우에는 그 인물 스스로의 선택이었기 때문일까요. 모용현이라면 그럴 수밖에 없었다, 라는 정도로 저는 이해합니다만 읽어주신 여러분께는 어떻게 받아들이실지 모르겠네요.

그 두 사람과 달리 금설옥에 대해서는 그저 미안함뿐입니다. 애초에 그녀의 출발은 주인공에게 종속된 히로인이 아니라, 안티 히어로에 가까웠습니다. 모용현은 일단 주인공으로서 결함이 너무 많은 인물이었기 때문에 그의 모자란 부분이 금설옥을 통해 충족되기를 바라고 만들었으니까요. 하지만 제 공부가 미숙한 탓인지, 금설옥은 거의 무늬만 여자가 되었습니다. 종속된 여성이라는 틀을 극복하기 위해 금설옥에게 부여된 것은 또 다른 남성적 가치였으니, 그로 인해 극복은커녕 문제가 중첩되기만 한 것이죠. 그녀에게 미안한 마음뿐입니다.

남영혜 역시 학습된 모성을 벗어나 스스로의 욕망에 충실한 여성이 설정이었습니다만, 등장 횟수도 부족했고 묘사도 미숙하여 아쉬운 경우입니다(단순히 독한 년으로 보여도 할 말이 없습니다).

워낙에 부족한 글이라 아쉬움을 열거하자면 끝이 없네요.

어쨌든 저의 아쉬움은 아랑곳하지 않고 이야기는 끝나 버렸습니다. 연작 격인 연검가(連劍歌)도 머릿속에 있지만, 추신과 모용현의 이야기는 정검록으로 끝이 난 것입니다. 제가 서문에 '즐겨주세요' 라 했는데, 그동안 저만 즐거웠던 것은 아닌지 걱정뿐입니다.

정검록이라는 이야기를 하며 도움주신 분들을 앞서 서문에 밝혔습니다만, 미처 올리지 못한 분이 있습니다. 제가 미숙하나마 자신을 믿고 갈 수 있도록 힘을 주신 송시우님께 깊은 감사드립니다. 송시우님 덕분에 글을 마칠 수 있었습니다. 거듭 감사드립니다.

더불어 여기까지 함께해 주신 모든 분들께 감사드립니다. 정검록이라는 이야기는 끝났지만, 저에게는 이것이 바로 시작이라는 생각이 드네요. 이제야 겨우 출발선에 선 기분입니다. 마음 굳게 먹고, 한 발 한 발 순위나 기록이 아닌 완주를 목표로 뛰겠습니다. 부디 지켜봐 주세요.

2006년 10월 매은(梅隱).